Michael Rodewald

GOLEM – Die Künstliche Intelligenz:

Aufbruch in ferne Welten

Vorwort

In der Zwerggalaxie erwartet den atlantischen Machthaber, den Androiden Poseidon, und sein Team die Hinterlassenschaft der Schöpfer. Doch völlig unerwartet erweist sich der Ausflug als technologische Falle. Nur noch ein legitimierter Erbe ist in der Lage, eine Rückkehr zu bewirken!
Währenddessen bereitet sich die Menschheit vor, in andere Galaxien aufzubrechen – aber in der Leere des Weltalls erwarten die Reisenden unbekannte Gefahren. Erneut müssen sich die Menschen und die humanoiden Androiden völlig neuen Herausforderungen stellen.
Auch hier stehen Präsident Romanow, Golem, Poseidon und ein Mensch, mit dem niemand gerechnet hatte, im Mittelpunkt. Werden die neuen Entdeckungen ein Fluch oder ein Segen sein?
Band 6 der Zukunftsreihe "Golem – Die künstliche Intelligenz"

Weitere Infos unter → www.michael-rodewald-autor.de

Alle in diesem Buch geschilderten Handlungen und Personen sind frei erfunden. Ähnlichkeiten mit lebenden oder verstorbenen Personen sind zufällig und nicht beabsichtigt.

Quelle Titelbilder
Lizenzen:
www.Pixabay.de
Public Domain Creative Commons CC0

© 2021
Herstellung und Verlag:
BoD – Books on Demand, Norderstedt
ISBN: 978-3-7526-8979-2

Inhaltsverzeichnis

Kapitel 1 Das Erbe der Schöpfer

Planet Erde, Juni 10.005

In der USOP und im Imperium Atlas war nach der Katastrophe vor 1,5 Jahren für die Mehrheit der Menschheit weitgehend der Alltag wieder eingekehrt.

Allerdings würde es noch Jahrzehnte dauern, bis alle veränderten Gebiete kartographisch erfasst worden waren. Dennoch waren einige bewohnbare Planeten gefunden worden und darüber hinaus jede Menge Planeten, auf denen erfreulicherweise wertvolle Rohstoffe gefördert werden konnten. Das wirtschaftliche Leben hatte sich erholt und insgesamt kehrte eine Periode der Ruhe und des Aufschwungs ein. Die metallisch glänzenden Androiden des Imperiums Atlas waren inzwischen weitgehend akzeptiert; in der Krise hatten sie die USOP unermüdlich unterstützt und trotz ihres fremdartigen Äußeren und ihres weitgehend emotionsarmen Auftretens war es den meisten Menschen bewusst, dass sie ihnen viel zu verdanken hatten.

Und doch lag über allem wie ein Nebel eine schwer definierbare Stimmung. Alle hatten sich damals darauf eingestellt, ihre Heimat endgültig zu verlassen – was nicht folgenlos geblieben war. Die eine Fraktion bedauerte, dass sich durch die Katastrophe zu viel verändert hatte und nichts mehr so wie früher war und dann gab es immer mehr Stimmen, die den Alltag in Frage stellten. Fast ungeduldig wurde dazu aufgefordert, das Universum mit all seinen Wundern zu entdecken, anstatt Tag für Tag den gleichen, wirtschaftlichen Zwängen unterworfen zu sein.

Die USOP, United States of Planets, mit Präsident Lew Romanow und Golem als Berater der Menschheit, hatte daraufhin verschiedene Projekte in die Wege geleitet, um früher oder später weit entfernte Galaxien zu erreichen.

Ambitioniert war nun ein erstes Ziel gesteckt worden: Die ersten, sogenannten Long Distance-Spaceships sollten Ende des Jahres auf die Reise gehen.

Dank der Unterstützung des neuen Bündnispartners der USOP, dem Androiden-Imperium von Atlas, wusste man von Galaxien, in denen die ehemaligen Schöpfer Leben gegründet hatten.

Insgesamt waren es fünf Sternensysteme, die sich bedauerlicherweise durch die schier unendliche Entfernung von der Erde auszeichneten.

1. Kaulquappen-Galaxie: 420 Millionen Lichtjahre entfernt
2. Galaxie ESO 444-46: 640 Millionen Lichtjahre entfernt
3. Condor Galaxie: 212 Mrd Lichtjahre entfernt
4. Kometen Galaxie: 3,3 Mrd Lichtjahre entfernt
5. UGC 2885: 313 Mrd Lichtjahre entfernt

Denn selbst die besten Warp-Antriebe der USOP und des Imperiums Atlas konnten diese gewaltigen Entfernungen nicht zeitnah überbrücken. Man hatte mittlerweile errechnet, dass ein normales Raumschiff mindestens 34 Jahre benötigte, bis die Reisenden dort ankamen.

Ein Long Distance-Spaceship jedoch bestand aus einem Verbund aus drei Raumschiffen und benötigte deswegen etwas länger – es war hier mit knapp 50 Jahren zu rechnen. Aber immerhin waren es nicht die Hunderte von Jahren, die sie ursprünglich erwartet hatten. Diese speziellen Raumschiffe sollten durch ihren besonderen Aufbau einen essentiellen Aspekt der langen Reise lösen: Sie würden eine große Anzahl von Warp-Antrieben mit sich führen und waren in der Lage, die ausgebrannten Antriebe an Bord wieder aufzubereiten. Doch niemand wusste, ob das auf Dauer tatsächlich problemlos möglich war, da es noch keine Erfahrungen mit dieser Art der langfristigen Verwendung gab. Falls also ein ernsthaftes Problem während der Reise auftauchte, würde im Ernstfall jede Hilfe zu spät kommen, da die Entfernung einfach zu groß war - trotz einer Relaiskette, die die Kommunikation zur Erde aufrecht erhalten sollte. Niemand konnte eine 100-prozentige Garantie für eine sichere Reise geben.

Dimitrij Wolkow vom größten Medienkonsortium der Milchstraße New News Today veröffentlichte im Rahmen einer Ausschreibung als Erster ein Interview mit Präsident Romanow und Golem, die sich zu dem Projekt äußerten. Golem führte aus, dass die Kosten des Baus und des benötigten Materials enorm hoch waren und daher nur zwei dieser speziellen Raumschiffe auf die Reise geschickt werden sollten. Die beiden Long Distance-Spaceships bestanden aus jeweils drei Kugelzellen von jeweils 2000 Meter im Durchmesser, durch röhrenartige Gänge miteinander verbunden. Wenn bewohnbare Planeten gefunden worden waren, konnten die neuen Bewohner sich später mit der Suche nach einem möglichen, fremden Leben auf anderen Planeten beschäftigen. Präsident Romanow wies noch auf die öffentliche Ausschreibung hin, die in der kommenden Woche beginnen sollte. Alle Bürger, die sich an der Reise zur Kaulquappen-Galaxie beteiligten wollten, wurden jetzt aufgerufen, sich binnen 4 Wochen zu bewerben.

Nach Ablauf der Frist stellten der Nationale Sicherheitsrat und das Parlament mit einem gewissen Staunen fest, dass sich mehr als 300.000 Menschen freiwillig für dieses Vorhaben gemeldet hatten!

"Es ist interessant, dass die Mehrheit dieser Menschen von unseren Planeten Last Hope und Eden kommt", warf Claire Fischer, Gouverneurin von Eden im Andromeda Nebel gerade ein.

"Insgesamt ist es ein überwältigend gutes Ergebnis", stellte Präsident Romanow klar. "Ich denke, dass unser in die Wege gebrachtes Projekt nun den notwendigen Zulauf aus der Bevölkerung hat."

"Die nächste Frage, der wir uns nun stellen sollten ist die
der Leitung", sagte Stella Armstrong, Verteidigungsministerin und Vize-Präsidentin. "Ich meine, es sollte eine Doppelspitze geben: jemanden aus der USOP und natürlich
auch ein Androide aus Atlas. General Minho Zhu, was ist
Ihre Haltung dazu?"
"Ich schlage dafür Admiral Francesco Moretti vor, der
Oberkommandierende unseres Kampfverbandes. Er ist
ein energischer, fähiger Mann, an keine Familie gebunden und so, wie ich ihn kenne, offen für neue Herausforderungen."
Golem meldete sich jetzt zu Wort: "Ich empfehle für den
reibungslosen Ablauf der Expedition, Admiral Moretti unbedingt einen Androiden an die Seite zu stellen, der Erfahrung im Umgang mit den Atlantern hat. Die beste Persönlichkeit für diese Aufgabe sehe ich in meinem ehemaligen Doppelgänger Fynn Shan. Shan sollte dabei eine
gleichwertige Position einnehmen, sodass sich eine Viererspitze von jeweils zwei Atlantern und zwei Mitgliedern
der USOP bildet."
Nach der ersten Überraschung gab es sofort einige Stimmen, die sich vehement dagegen aussprachen.
Romanow und Golem warfen sich einen kurzen, vielsagenden Blick zu.
*"Ganz wie erwartet – wir können uns wohl auf eine müh-
same Diskussion einstellen ..."*
Nach seiner Rückkehr vom "Planeten 9" und den damit
verbunden, grenzüberschreitenden Erfahrungen war eine
bislang unbekannte Fähigkeit in seinen Gehirnarealen aktiviert worden. Abgesehen von anderen Veränderungen in
seiner Persönlichkeit war Romanow seitdem in der Lage,
mit Golem und Poseidon, die ebenfalls die Reise zum Ursprung des Universums mit ihm gemacht hatten, telepathisch zu kommunizieren.

"Eine Viererspitze, die sich aus drei - wohlgemerkt drei! –
Androiden und nur einem Menschen zusammensetzt ...
das ist nicht akzeptabel!"
Gouverneur Amar Nath, Planet Mars, blickte empört in die
Runde. Er war bekannt dafür, dass er Androiden gerne zu
Füßen der Menschheit gesehen hätte, aber in keinem Fall
gleichberechtigt neben ihr. Einige seiner Anhänger
stimmten ihm sofort energisch zu.
Im Saal herrschte eine unentschlossene Stille und Mrs.
Armstrong wandte sich erneut an Golem. Sie hatte mittlerweile großen Respekt vor den klugen, hoch entwickelten Androiden, die sich von Menschen im Umgang und
sichtbar nicht mehr unterschieden. Dazu gehörten auch
die Golden Future-Androiden, die ein Emotionsmodul besaßen und sich, wenn es zugelassen wurde, zu einer ei-
genständigen Persönlichkeit entwickelten. Allerdings wurden sie in der USOP nach wie vor als Gegenstand ohne
jede Rechte angesehen, mit denen der Besitzer beliebig
verfahren konnte. Allein mit einem Vornamen versehen
konnte jeder erkennen, mit wem er zu tun hatte – was sich
nur bei einer Heirat, Adoption oder in einer hohen Position
änderte. Sie hatte schon manches Mal darüber nachgedacht, dass diese Maßnahmen angesichts der Leistung
vieler Androiden antiquiert und überholt war, aber eine
Mehrheit im Rat, um daran etwas zu ändern – hatte sich
bisher nicht gefunden.
"Würden Sie uns bitte näher erläutern, warum Sie uns
diese Viererspitze empfehlen?"
"Ein Mensch und ein Androide stellen sowohl ein ausge-
wogenes Gegengewicht als auch eine Balance zu den atlantischen Androiden dar", begann Golem.
"Was soll das denn heißen?!", unterbrach ihn Matthew
Williams, Gouverneur von Europe, Andromeda Nebel.
"Drei Androiden sollen ein Gegengewicht und eine

Balance zu einem Menschen bilden? Da muss ich doch mal energisch widersprechen!"

"Mr. Matthews", ließ Mrs. Armstrong jetzt bestimmt und leicht verärgert vernehmen. "Ich hoffe nicht, dass ich Sie noch einmal daran erinnern muss, einem Redner nicht ins Wort zu fallen."

Immer noch erbost starrte er sie an, sagte aber nichts mehr.

"Es geht hier nicht um ein Gleichgewicht von Menschen und Androiden, sondern um eine Balance zu den Atlantern. Atlas wird ein gleichberechtigter Partner in dieser Expedition sein - das mag noch nicht so deutlich ausgesprochen worden sein, aber es ist uns allen bewusst", führte Golem jetzt aus. "Mit einer einfachen Doppelspitze mit nur einem Menschen, der keine Erfahrung im Umgang mit diesen Androiden hat, sind Schwierigkeiten vorprogrammiert. Daher rate ich dringend zu einer Viererspitze."

"Das mag sicher nicht allen gefallen", meldete sich der Gouverneur Zhang Tian von Last Hope, "aber ich stimme Golem zu. Es erscheint mir ratsam, so zu verfahren. Und Fynn Shan ist mir gut bekannt. Er arbeitet auf Last Hope in der Klinik für Neurologie und Psychosomatik. Die Klinik hat von seiner Arbeit sehr profitiert und er ist eine bemerkenswerte Persönlichkeit, der mit seiner Art sowohl bei unsern Bürgern als auch bei den Atlantern gut ankommt. Übrigens stehen er und seine Frau auch auf der Liste der Freiwilligen für die Expedition."

"Unabhängig von den Empfindlichkeiten einzelner, was das Thema Androiden angeht", äußerte sich Mrs. Young, Gouverneurin des Mondes, und sah ernst in die Runde, "muss im Vordergrund stehen, was für dieses Vorhaben im Sinne der daran beteiligten Menschen notwendig ist. Eine Persönlichkeit, die sowohl uns vertritt als auch einen guten Kontakt mit den atlantischen Androiden hat, ist absolut wünschenswert. Lassen Sie uns das bitte berücksichtigen."

Die nachfolgende Abstimmung zeigte, dass eine Mehrheit schlussendlich dafür war, Golems Vorschlag umzusetzen. Die Entscheidung wurde dem Imperium sofort als Vorschlag übermittelt mit der Bitte, zwei Vertreter für die Viererspitze zu benennen.

Poseidon, der Machthaber von Atlas in der Zwerggalaxie, erhielt die Nachricht kurze Zeit später und sendete sofort sein Einverständnis.

Letzten Endes hatten Romanow, Golem und er bereits mehrmals darüber gesprochen und vereinbart, dass das die beste Option war. Daher hatte Poseidon die Androiden Nergal und Mahal dafür vorgesehen.

Nergal, ein Androide der oberen Führungsstruktur, arbeitete zurzeit mit Justin Schwarz, dem Chefwissenschaftler der USOP, im Forschungszentrum an den Spaceships und Mahal befand sich zurzeit noch als atlantischer Konsul auf dem Planeten Eden im Andromeda Nebel. Darüber hinaus schickte er den irdischen Androiden Ben Smith, mittlerweile ein atlantischer Bürger, als Botschafter von Atlas ebenfalls mit auf die Expedition.

Dann widmete er sich wieder seinem anderen Vorhaben. Denn das Flaggschiff der USOP, die EARTH ONE, befand sich bereits im Anflug auf Atlas.

An Bord waren Nergal und Justin Schwarz, der Androide Han, der in der Dimensionssprungtechnik die größte Erfahrung besaß, Fynn und Maya Shan von Last Hope sowie Isis Romanow, First Lady und Frau des Präsidenten der USOP.

Von der Öffentlichkeit unbemerkt hatte Poseidon erst ein Jahr nach dem Tod der Schöpfer über die KI Neptun die Information erhalten, dass auf einem kleinen Planeten in der Nähe von Atlas, der wie durch ein Wunder vom

Materiebrand verschont geblieben war, verborgene Hinterlassenschaften zu erwarten waren.

Er selbst rechnete damit, dass sie hier endlich die Art von Transmissionstechnik finden würden, die das Problem der riesigen Entfernungen zu anderen Galaxien lösen konnten. Die Schöpfer hatten Leben in mehreren Galaxien gegründet und eine Reise musste folgerichtig in einer annehmbaren Zeit stattgefunden haben. Doch bisher waren nur Technologien bekannt, die zwar relativ kleine Objekte teleportieren konnten - aber keine größeren Raumschiffe. Dazu kam, dass man immer noch weit entfernt davon war, die Funktionsweise dieser Geräte zu verstehen. Poseidon hatte sie von den Schöpfern einst zur Verfügung gestellt bekommen und konnte sie bedienen – kannte jedoch nicht die technischen Hintergründe.

Aber Poseidon zögerte schon seit Monaten, den endgültigen Startschuss für eine gezielte Untersuchung des kleinen Planeten zu geben, der sich Mystiko nannte, passenderweise ein griechisches Wort für Geheimnisse.

Als er vor 1,5 Jahren seinen Schöpfern auf dem Planeten 9 gegenüberstand, hatte er erkannt, dass sie – trotz ihrer unvorstellbaren, technologischen Überlegenheit – sehr eitel und selbstbezogen waren. Den Grund, warum er sich so zurückhielt, erkannte er im Gespräch mit der atlantischen KI Neptun, mit der er sich häufig beriet: Er misstraute den Schöpfern und damit dem, was sie so sorgsam verborgen hielten. Es war nicht auszuschließen, dass bei der Entdeckung mit einer unbekannten Gefahr zu rechnen war.

Allerdings drängte der Nationale Sicherheitsrat der USOP immer mehr darauf, die Erkundung endlich in Angriff zu nehmen. Daraufhin hatte er entschieden, das Gespräch mit Romanow und Golem zu suchen, mit denen durch die damalige Reise ein besonderes Bündnis entstanden war.

Also war er mit seinem Flaggschiff zum Mond geflogen und hatte sich dort mit beiden getroffen.

In Golems privater Suite sitzend artikulierte er seine Bedenken und Romanow sagte nachdenklich: "Ich kann das gut nachvollziehen, Poseidon. Diese Schöpfer mögen mächtig gewesen sein, aber eines waren sie in keinem Fall: von selbstloser Gesinnung."

"Unsere Expedition in die Kaulquappen-Galaxie soll Ende des Jahres starten; wir schreiben jetzt August", analysierte Golem. "Es wurden zwar einige Probleme gelöst, aber nicht mit 100-prozentiger Sicherheit. Falls es Komplikationen geben sollte, war alles vergebens und 300.000 Menschen werden im Weltall früher oder später sterben. Daher stimme ich dem Wunsch der USOP unbedingt zu – es wäre wünschenswert, auf eine Technologie zugreifen zu können, die uns schneller zum Ziel befördert."

"Du bist also der Meinung, wir sollten das Risiko eingehen?", fragte Romanow. Golem betrachtend, der sich so klar für die Erkundung aussprach dachte er daran, dass sein Freund sich, genau wie Isis, besondere Herausforderungen in seiner Existenz wünschte. Und sollten sich Poseidons Vermutungen bewahrheiten, dann war es natürlich eine atemberaubende Vorstellung, so weit entfernte Galaxien zeitnah erkunden zu können.

Unvermutet lächelte Golem ihn an, als ob er wusste, woran er gerade dachte. Zwischen ihnen hatte sich nach seiner Rückkehr vom Planeten 9 eine tiefe Freundschaft und Verbundenheit entwickelt, die er sehr genoss. Golem besuchte ihn und Isis regelmäßig und er würde auch erst morgen wieder zur Erde zurückkehren.

"Ja, wir sollten die Erforschung von Mystiko angehen", erwiderte Golem.

"Gut. In jedem Fall wäre es ratsam, sich auf ein paar unerklärliche Ereignisse einzustellen", meinte Romanow.

"Schwarz und Nergal werden als Spezialisten mit dabei sein", sagte Poseidon.

"Han ist ebenfalls eine gute Option, wenn es um eine Dimensionssprungtechnologie geht", fügte Golem an. "Ich würde ihn mit hinzuziehen. Und dann habe ich das Anliegen, dass Fynn mit dabei ist, Poseidon. Er wird in der Führungsspitze der Expedition seinen Platz einnehmen und sollte von Anfang an Kenntnis über die Entdeckungen haben."

Poseidon nickte zustimmend. "Einverstanden."

"Ich habe eine Bitte", meldete sich Romanow zu Wort. "Isis hat den Wunsch geäußert, dich zu begleiten."

"Isis ist mir jederzeit willkommen", erwiderte Poseidon. Er hatte sie damals als kluge Androidin kennengelernt, die geschickt taktierte und dabei viel Diplomatie bewies. Ihr Einfallsreichtum und Kreativität würden dem Vorhaben zugutekommen. Damit war es entschieden und Poseidon hatte danach alle Vorbereitungen getroffen.

Als er im Hangar ankam traf er auf Hades - den Oberkommandierenden der atlantischen Streitkräfte und seinen Stellvertreter. Beide erwarteten jetzt die Ankunft des Beibootes der EARTH ONE, das gerade zur Landung ansetzte.

Als sich die Tür öffnete und der Steg ausgefahren wurde, sah er auch schon Isis Romanow, die sie herzlich begrüßte, als sie an Bord gingen.

"Hallo Poseidon, wie schön, dich zu sehen. Ich soll dir einen Gruß von Lew ausrichten. Willkommen Hades", sendete sie über ihr internes Modul mit einem strahlenden Lächeln. Poseidon hatte sich nicht verändert, dachte Isis, während die beiden auf sie zukamen.

Er war ein großer Androide von imposanter Gestalt. In eine schlichte, blaue Uniform gekleidet hatte er dennoch eine ausdrucksstarke Präsenz und seine dunklen Augen in dem humanoid geprägten, metallisch-silbern glänzenden Gesicht erwiderten ihr Lächeln, was bei ihm selten der Fall war: *"Ich freue mich, dass du mit dabei bist, Isis. Leider sehen wir uns viel zu selten."*

"Ich werde die gemeinsame Zeit genießen", erwiderte Isis mit einem Zwinkern, auf alte Zeiten anspielend. *"Und noch etwas: Ich werde die Steuerung des Beiboots übernehmen."*

In der Zentrale wurden die anderen Ankömmlinge von ihm begrüßt, während Isis sich bereits mit der Bord-KI verband und das Raumschiff kurz darauf abhob. Diese Art von Steuerung war unmittelbarer und reaktionsschneller als wenn sich ein Mensch an eine Steuerkonsole gesetzt hätte. Dennoch war diese Vorgehensweise in der USOP unüblich, da immer noch vorzugsweise Menschen eingesetzt wurden.

Das Flaggschiff der USOP würde im Orbit von Atlas verbleiben, während alle mit dem kleineren Beiboot, was den Bedürfnissen der beiden, teilnehmenden Menschen besser gerecht wurde als ein Androiden-Raumschiff, zum Planeten Mystiko flogen. Die Flugzeit würde eine Stunde betragen. Sich den Anwesenden zuwendend dachte Poseidon kurz daran, dass Fynn Shan als ehemaliger Doppelgänger Golems praktisch zum inneren Kreis gehörte, ebenso seine menschliche Frau, Maya Shan, die er in ihrer Eigenschaft als Reporterin des Last Hope Sunrise gesondert zu diesem Ereignis angefordert hatte.

Es war kein Geheimnis, dass Maya Shan als Hausjournalistin von Atlas protektioniert wurde. Mahal hatte sich von Anfang an für sie ausgesprochen und als er sie bei dem ersten, gemeinsamen Manöver mit der USOP auf seinem Flaggschiff kennengelernt hatte, erkannte er, dass sie ein ungewöhnlich starkes Interesse daran hatte, sich für Androiden einzusetzen. Ben Smith hatte ihm später berichtet, dass sie ihren beruflichen Erfolg auch dahingehend ausnutzte, auf Dauer eine Gleichberechtigung für die irdischen Golden Future-Androiden in der USOP zu erreichen. Ihre wöchentlichen, informativen und immer wieder auch provokativen Artikel wurden interplanetar geschätzt und es gefiel ihm, diese Entwicklung in der USOP zu unterstützen.

Fynn und Maya Shan standen bei Justin Schwarz, der gerade Han und Nergal gegenüber zum Besten gab, dass er den kleinen Planeten "Dark Surprise" getauft hatte. Han machte lächelnd eine Bemerkung dazu, während Nergal ihn nachsichtig ansah.

Isis saß konzentriert an der Steuerkonsole und Hades hatte sich zu ihr gesellt. Poseidon begab sich zu beiden und verband sich ebenfalls mit der Bord-KI.

Isis warf ihm einen kurzen Blick zu, seinen Kontakt wahrnehmend. Poseidon war aufgrund seiner technologischen Überlegenheit in der Lage, auch ihr internes Netzwerk zu übernehmen, was sie damals bei ihrem ersten Kontakt am eigenen Körper erlebt hatte. Allerdings hatte er das danach nie wieder getan.

"Das ist nicht nötig."

"Das ist mir bewusst. Es ist mehr eine Gewohnheit."

"Wir werden in 8 Minuten vor Ort sein."

Der Planet Mystiko war ein kleiner Planet, unbewohnt und ohne Atmosphäre, sodass sich die Menschen dort nicht ohne Schutzanzug aufhalten konnten. Das Beiboot begann jetzt, zur Landung anzusetzen und alle betrachteten interessiert den Bildschirm, auf dem jedoch nur eine wüstenähnliche Oberfläche mit Felsbrocken, Kratern und Geröll zu erkennen war.

Maya Shan und Justin Schwarz zogen ihre Raumanzüge an und alle gingen von Bord, um sich hier umzusehen.

"Das ist nicht gerade ein Urlaubsparadies", kommentierte Justin Schwarz trocken und Maya Shan fragte sich zweifelnd, wo sich denn hier etwas befinden sollte. An der angegebenen Position, die von der KI Neptun an Poseidon übermittelt worden war, sah sie auf gelblich-rotes Gestein und riesige, im Sand vergrabene Felsbrocken.

"Also hier ist nichts, nada, Leute", warf Fynn Shan kurz darauf unbekümmert ein. "Meine internen Scanner zeigen nicht ein einziges Grabmal an."

Fynn Shan besaß eine gute Portion Humor, den er gerne zur Schau trug, dachte Justin Schwarz schmunzelnd. Es war immer wieder erfrischend mit ihm und er freute sich, dass er und Maya mit von der Partie waren.

Nergal war mit Isis noch dabei, einen weiteren Umkreis abzugehen, während Han ruhig dastand und die Ergebnisse abwartete. Maya Shan war unterdessen damit beschäftigt, jede Menge Fotografien für ihren Artikel zu schießen.

Aber letzten Endes zeigten auch eingesetzte Messgeräte nichts von einer unterirdischen Anlage, geschweige denn von einem Zugang. Es gab nicht den geringsten Anhaltspunkt einer energetischen Aktivität; alles lag still und leblos vor ihnen.

Etwas ratlos sahen sich alle an und unwillkürlich richteten sich die Blicke auf Poseidon und Hades.

"Und was nun?", fragte Maya Shan schließlich, etwas aussprechend, was allen durch den Sinn ging.

Doch Poseidon erwiderte nichts darauf. Im Grunde hatte er damit gerechnet, denn ansonsten wäre hier schon längst etwas entdeckt worden. Was auch immer hier verborgen lag – es war gut getarnt. Trotzdem war es frustrierend, so gar keinen Hinweis darauf zu erhalten, wie sie vorgehen mussten. Da ließ sich auch nichts mit internen Analysen erreichen.

Der Machthaber von Atlas betrachtete sinnend den achtkantigen Würfel in seiner Hand, den er auf den Planeten mitgebracht hatte. Die KI Neptun hatte ihm damals, zusätzlich zu der Positionsangabe, einen Ort offenbart, an dem sich ein Gegenstand befand, der Zugang zu einer verborgenen Anlage auf Mystiko gewähren sollte. Glatt und geschmeidig lag der Würfel nun auf seiner metallenen Hand – aber es gab keinerlei Information, wie er zu aktivieren war. Poseidon war davon ausgegangen, dass er sich hier aktivieren oder zumindest irgendetwas geschehen würde – doch es passierte … nichts!

Han äußerte sich schließlich: "Unsere Scans zeigen keine Hohlräume an. Also dürfte es wenig Sinn machen, hier Ausgrabungen durchzuführen."

"Es besteht eine gewisse Wahrscheinlichkeit, dass der Plasmabrand Schäden angerichtet hat, da es sich bereits in Reichweite befand", tat Nergal kund.

"Wenn das der Fall ist", ließ Schwarz vernehmen, dem die energiezehrenden Auswirkungen des Materiebrandes noch gut in Erinnerung waren, "genügt es, dass allein die Autorisierung nicht mehr funktionsfähig ist – und schon ist unsere Mission beendet."

Nach knapp 10 Minuten waren sich alle Beteiligten einig, dass sie so nicht weiterkamen.

"Wir werden uns in zehn Kilometern Entfernung von der Oberfläche positionieren und einen leichten Beschuss auslösen", entschied Poseidon.

"Was soll das denn bewirken?", fragte Justin Schwarz irritiert.

"Wir finden hier mit unseren Sensoren und Messgeräten vor Ort keinen Hinweis, wie wir weiter vorgehen müssen. Also werden wir eine Reaktion provozieren."

"Hmm", brummte Justin Schwarz skeptisch. "Ich hoffe nur, dass wir damit nicht das Kind mit dem Bad ausschütten und endgültig alles zerstören!"

Poseidon sah ihn nur wortlos und, wie es schien, etwas konsterniert an und wandte sich dann an Isis.

"Was meinst du dazu?"

"Es ist eine Option und umsetzbar. Alles Weitere wird sich ergeben", war ihr knapper Kommentar.

Also stiegen alle wieder in das Beiboot und starteten. In der angegebenen Entfernung zielte Isis mit dem Bordgeschütz auf die Oberfläche des kleinen Planeten.

Gespannt starrten alle auf den Bildschirm … Nichts!

"Na, wer sagt's denn!", meinte Fynn amüsiert zu Justin Schwarz, als Poseidon einen weiteren Beschuss anordnete. "Und schon sind wir einen Schritt weiter: Wir wissen, dass wir immer noch nichts wissen. Aber ein Krater mehr oder weniger spielt hier wirklich keine Rolle."

Poseidon bewerte gerade die Situation, um zu einer Entscheidung zu gelangen, als sich von einer Sekunde auf die andere ein Schutzschirm um den kleinen Planeten bildete und gleichzeitig fand ein Beschuss des Beiboots statt!

Dank Isis Reaktionsschnelligkeit, die mit der Bord-KI direkt verbunden war, bekam das Raumschiff durch ein umgehendes Ausweichmanöver mit sofortiger Aktivierung des Schutzschirms keinen Treffer ab.

Kurz darauf hallte Hades Stimme durch den Raum, auf Poseidons Hand zeigend: "Poseidon – der Würfel!"

Überrascht beobachtete die Gruppe, wie der Würfel in seiner Hand, den er sofort hochhielt, an Helligkeit zunahm und scheinbar zu glühen begann.

Poseidon legte den Gegenstand auf dem Boden ab und dann erschien vor den erstaunten Augen aller ein manngroßes Hologramm. Während die Gruppe sich fragte, wer das wohl sein mochte, lächelte Isis unwillkürlich, denn sie erkannte sofort, dass es sich hier um das Abbild von Admiral Michael Röttger aus dem Jahr 2153 handelte. Für lange Zeit verbannt in eine ferne Vergangenheit hatte sie sich in jener Zeit die Position einer Gouverneurin des Planeten Eden erarbeitet. Damals war sie mit ihm und seiner Frau Li befreundet gewesen. Doch dann ertönte seine

Stimme, die ungewohnt drohend erklang: "Wer wagt es, die Ruhe der Schöpfer zu stören?!"

Poseidon hatte zeitgleich alle Daten an die KI Neptun auf Atlas übermittelt, mit der er permanent verbunden war. Und kurz darauf erhielt er von der KI als Antwort ein Datenpaket mit der Aufforderung, es zu aktivieren.

Also übertrug Poseidon die Informationen auf das Netzwerk des Beiboots und anschließend zeigte sich auf dem Bildschirm der Zentrale das Symbol einer Galaxie und die Stimme der KI Neptun erklang: "Es wird bestätigt, dass das "Protokoll 8dfn63e1z" erfüllt wurde. Die Voraussetzungen, die Schöpfer für tot zu erklären, sind gegeben. Das Erbe kann beansprucht und freigegeben werden."

Das Gestalt als Hologramm sagte: "Wir werden die Angaben überprüfen und eine Schaltung zur KI Neptun freigeben zwecks Abgleich der gemachten Angaben."

Nach einer gefühlten Ewigkeit brummte Justin Schwarz: "Bald haben wir Neujahr!"

Fynn Shan erwiderte schlagfertig: "Justin, wir tun das, was Menschen immer gerne tun, wenn sie nicht weiter wissen: Wir warten auf Erleuchtung!"

Seine Frau Maya verschränkte die Arme und sah ihn etwas pikiert an, sagte aber nichts dazu. Und Poseidon äußerte mit dem Anflug eines Lächelns: "So ist es."

In der Zentrale kehrte Stille ein und alle warteten nun gespannt auf die kommenden Ereignisse. Niemand bewegte sich; die Androiden standen im Raum und warteten ruhig ab. Nur die Atemzüge der beiden Menschen waren zu hören und Fynn ging schließlich zu seiner Frau, legte liebevoll seinen Arm um sie und flüsterte ihr etwas zu.

Nach einer unbestimmten Weile wurde die Geduld der Wartenden endlich belohnt: Der Würfel erhellte sich wieder, das Hologramm erschien und mit der Stimme von Röttger hörten alle: "Die Überprüfung ist abgeschlossen und die Angaben wurden bestätigt. Bitte landen Sie an der übermittelten Position."

"Der Schutzschirm ist deaktiviert", meldete Isis im gleichen Augenblick.

Auf dem Weg zur Oberfläche ergab ein Scan jedoch keine Veränderung. Das Beiboot setzte auf und die Truppe stieg wieder aus. Doch kaum hatten alle den Boden betreten begann der große Felsbrocken vor ihnen wie von innen heraus zu leuchten. Es war vergleichbar damit, wie sie es bei diesem Würfel beobachtet hatte, dachte Isis Romanow interessiert. Aber dann sah sie, wie sich eine torähnliche Öffnung im Felsen auftat!

Jeder schien etwas verblüfft oder ratlos den anderen anzusehen. Es lag ein Zögern in der Luft, hindurchzugehen und das betraf auch Poseidon.

Poseidon hatte den Würfel mitgenommen und als er erkannte, dass sich erneut eine Aktivität zeigte, legte er diesen vor das Tor. Und wieder erschien das Hologramm von Admiral Röttger: "Sie werden das Risiko eingehen müssen. Treten Sie ein oder kehren Sie unverrichteter Dinge wieder zurück!"

Poseidon wandte sich mit einem Blick an Isis und so äußerte sie sich: "Ich kenne zwar die Figur des Hologramms – aber Admiral Röttger hat im Jahr 2153 gelebt. Röttger selbst war ein integrer Mensch, der uns keine Schaden zufügen würde. Mit wem wir es hier allerdings tatsächlich zu tun haben, erschließt sich mir nicht. Wir werden entscheiden müssen, ob wir das Risiko eingehen wollen."

Das Hologramm verharrte unbeweglich und mischte sich in die Diskussion in keiner Weise ein. Auch sonst war nicht erkennbar, ob die Kommunikation wahrgenommen wurde.

"Es bringt uns nicht weiter, hin und her zu diskutieren", warf Maya Shan jetzt ein und schaute alle mit leuchtenden Augen an. "Wir sind ein Team von Spezialisten und im

Grunde haben wir uns bereits entschieden, denn sonst wären wir nicht hier!"

Es war ihr deutlich anzusehen dass sie auf Erkundungstour gehen wollte und so sagte Fynn Shan schmunzelnd: "Ich schließe mich an."

Justin Schwarz sah noch etwas nachdenklich aus, aber gab schließlich von sich: "Gut, von nichts kommt nichts. Ich stimme zu."

Nergal und Han entschieden sich ebenfalls dafür und nach einer kurzen, internen Beratung mit Hades, Isis und der KI Neptun gab Poseidon seine Zustimmung.

Mit den unterschiedlichsten Gefühlen in die Felshöhle eintretend, die von einer wachsamen Vorsicht bis hin zu einer ausgelassenen Entdeckerfreude reichten, stellte sich erst einmal eine Ernüchterung ein.

Denn im Inneren waren nur rohe Felswände zu sehen; einzig von oben kam eine Beleuchtung des Areals in Form eines hellweißen Lichtes.

"Wollen die uns foppen?", sagte Justin Schwarz leicht empört. "Hier ist nichts!"

"Justin, was hast du denn erwartet?", lachte Fynn Shan. "Oder dachtest du etwa, dass uns die Schöpfer ihr Erbe auf dem Silbertablett präsentieren?"

"Naja", brummte dieser, "ein bisschen mehr darf es schon sein."

"Das Tor!", rief Isis plötzlich. Als sich alle umdrehten, konnten sie nur noch zusehen, wie sich der Eingang verdunkelte und dann - war die Öffnung verschwunden. Hades erfühlte nur noch eine feste, stabile Felswand: Es war so, als wäre hier nie etwas anderes gewesen!

"Ziehen wir mal ein erstes Resümee", tat Fynn kund, die Umgebung nach einem ersten Scan musternd. "Das hier ist eine Felshöhle mit einer künstlichen Beleuchtung. Einen Ausgang gibt es nicht. Mit anderen Worten: Wir sitzen hier vorerst fest."

Poseidon hatte mittlerweile registriert, dass eine Kommunikation mit der KI Neptun auf Atlas ebenfalls nicht mehr möglich war.

Der irdische Androide Han kommentierte: "Das Hologramm erscheint hier nicht."

"Es wird sich etwas ergeben", tat Nergal mit der üblichen, atlantischen Gelassenheit kund. "Letzten Endes wissen wir, dass das der Eingang zu einer verborgenen Anlage ist."

Bevor noch jemand seine Meinung äußern konnte, begann der Boden in einem Grün zu leuchten, das sich sekündlich intensivierte.

Poseidon erkannte diese atlantische Technik sofort und sagte gerade noch: "Wir werden teleportiert!"

Und dann erschienen sie von einem Augenblick auf den anderen übergangslos in einem großen, angenehm beleuchteten Saal. In der realitätsgetreuen Darstellung verschiedener Galaxien an der Decke erkannte Poseidon sofort die, in denen die Schöpfer einst Leben gegründet hatten.

Ansonsten war die vorhandene Einrichtung eher praktisch und nüchtern; sie sahen auf eine Art riesigen Konferenztisch und daneben standen weitere Tische und Stühle. Alles ließ vermuten, dass sich hier hin und wieder menschenähnliche Besucher aufhielten.

Während sich alle noch an Ort und Stelle umsahen hatte Isis den Saal langsam durchschritten, als sie eine Bewegung registrierte. Innehaltend erkannte sie, dass eine Gestalt aus einer Nische hervortrat: Es war Michael Röttger! Aber wie war das möglich? Wurde Röttger – so wie sie einst in der Vergangenheit – in der Zukunft festgehalten? "Michael, bist du es wirklich?"

Sie lief auf ihn zu und erkannte, dass es sich hier nicht um ein Hologramm handelte. Die Gestalt vor ihr schien menschlicher Natur zu sein, sodass Isis spontan nach seiner Hand griff. Und dann umarmte sie ihn erfreut mit den Worten: "Ich freue mich, dich nach so langer Zeit wiederzusehen!"

Röttger erwiderte ihre Umarmung fest: "Ich freue mich, dich zu sehen, Isis, oder sollte ich besser sagen Nicole? Wie geht es Athena und Finn Schwarz?"

Kurz darauf standen alle anderen um die beiden herum und hörten, wie Isis lachte: "Die beiden werden sich sofort auf den Weg machen, wenn sie hören, dass du hier bist!"

Sich von ihr lösend schaute Röttger jetzt auf die Gruppe und sagte ernst: "Ich muss euch darauf hinweisen, dass ich Admiral Röttger bin – und auch nicht bin."

Poseidon, dem dieses Geplänkel allmählich zu viel wurde, fragte barsch: "Wer oder was bist du? Wo befinden wir uns?"

Röttger musterte ihn ausdruckslos: "Ihr befindet euch in der Nähe vom Planeten Neptun, Galaxie Milchstraße, in einer Dimensionsblase und einer Zeitspalte, die für keinen Unbefugten erreichbar ist."

Eine überraschte Stille breitete sich aus, während jeder diese Information verdaute.

"So, so. Wir sind also sozusagen wieder zu Hause", begann Justin Schwarz langsam. "Aber was heißt das: Für keinen Unbefugten erreichbar?"

"Das, was ich gesagt habe: Es wird uns hier niemand finden", lächelte Röttger tiefgründig. "Andernfalls wäre das schon längst geschehen, meinst du nicht auch?" Röttger musterte ihn plötzlich genauer und fügte dann neugierig an: "Du erinnerst mich an Finn Schwarz … kann es sein, dass du sein Nachfahre bist?"

Schwarz nickte, aber bevor er etwas sagen konnte, erhob Poseidon ungeduldig seine Stimme und forderte: "Für Familiengespräche ist später noch Zeit. Was ist hier geschehen?!"

"Ich schlage vor, wir setzen uns alle an den großen Tisch. Diese Geschichte wird einige Zeit benötigen", schlug Röttger vor. Auf dem Weg dorthin fragte er freundlich: "Hat jemand ein Bedürfnis? Wasser, Essen oder sonstiges … nein?"

Doch niemand antwortete und so begann er, als alle Platz genommen hatten.

"Fangen wir erst einmal damit an, wer ich bin."

Ruhig in die Runde schauend erkannte Röttger, dass er hier eine Versammlung von Androiden und Menschen vor sich hatte. Der Androide, der ihn barsch angesprochen hatte, war ein atlantischer Androide, so, wie er hier viele dienstbare Helfer zur Verfügung gestellt bekommen hatte. Bedauerlicherweise waren es jedoch nur reine Befehlsempfänger, ohne jeden Esprit. In Zukunft musste er sich jedoch um mangelnde Unterhaltung keine Sorgen mehr machen; die lange Zeit der Einsamkeit war endgültig vorbei.

Und so fuhr er fort: "Ich bin ein Klon des damaligen Admiral Michael Röttger, und zwar mit seinen sämtlichen Erinnerungen bis zu seinem Lebensende. Der Admiral hatte bei der Erforschung des Artefakts in der Antarktis durch einen Zufall den Teleportationsvorgang ausgelöst und so wurden er und sein Team hierher transferiert. Während auf der Erde mehrere Monate vergingen waren er und sein Team durch die künstliche Zeitfalte nur eine kurze Zeit hier gefangen. Damals hatten die Schöpfer viele Experimente unter dem Aspekt durchgeführt, auf verschiedene Weise Leben in den Galaxien zu verbreiten. Der Admiral und sein Team wurden einem Prozess unterzogen, an dessen Ende wir als identische Klone standen. Danach fand eine Löschung der Erinnerung an diese Zeit statt, damit alle auf die Erde zurückgeschickt werden konnten. Ich und die anderen, erschaffenen Menschen sind hiergeblieben.

Durch gewährte Besuche im ehemaligen Raumschiff in der Antarktis, das auf Anweisung der Schöpfer modernisiert wurde, haben wir jedes Mal die neu entstandenen Erinnerungen unserer Ebenbilder abgerufen. Auf diese Weise konnten wir uns bis zu deren Tod sozusagen immer wieder updaten, was unserer Unterhaltung förderlich war. Danach wurde uns der Zugang zum Raumschiff verwehrt. Unsere Aufgabe hier in der Anlage bestand darin, die Einrichtung und alle vorhandenen Technologien zu warten. Doch es gab im Laufe der Jahrhunderte tödliche Unfälle – schlussendlich musste ich mich damit abfinden, der einzige Überlebende zu sein. Schließlich tauchten die Schöpfer wieder auf. Das war übrigens zu dem Zeitpunkt, als du, Isis, die Katastrophe korrigieren wolltest, die die Erde umnebelt hatte. Gaia und Zeus besuchten gerade Neptun und ich war Zeuge davon, wie sie dich im entscheidenden Moment unterstützten."

Röttger nickte Isis bedeutungsvoll zu: "Ja, es war so geschickt gemacht, dass niemand darauf kommen konnte, dass außer dir noch jemand daran beteiligt gewesen war. Ihr habt euch damals sicherlich gewundert, warum auf einmal die Zeitlinie derart verändert konnte, sodass die erste Katastrophe nicht mehr stattfand."

"Das ist richtig", erwiderte Isis interessiert. "Wir haben uns oft gefragt, warum und wie ich mit diesem einen Mal plötzlich Erfolg gehabt haben konnte."

Röttger nickte bestätigend und sagte dann: "Die Schöpfer bedauerten, dass sie uns vernachlässigt hatten und erkannten meine Lage. Sie richteten mir die Möglichkeit ein, die Menschheit ab dem Zeitpunkt zu beobachten – ohne allerdings in Erscheinung treten zu dürfen, geschweige denn einen Kontakt aufzubauen. Daher bin ich im Großen und Ganzen über die Entwicklungen informiert."

Nach seinen Worten herrschte ein Schweigen, in dem jeder seinen Gedanken oder Bewertungen nachhing.

"Das war sehr informativ", tat Nergal kund. "Dennoch stellt sich jetzt die Frage: Wo ist das Erbe der Schöpfer? Und woraus besteht es?"

Röttger lächelte bedeutungsvoll: "Das ist nicht in einem Satz zu beantworten. Ich werde euch durch die vorhandenen Anlagen führen und dabei alles erläutern."

Unruhig geworden hob Maya Shan aus einer inneren Eingebung heraus die Hand: "Wie kommen wir eigentlich wieder zurück in die Zwerggalaxie? Ich habe in deinem Vortrag nichts darüber gehört, dass es hier eine Teleportationsmöglichkeit gibt. Denn ansonsten hättest du sicherlich mal einen kleinen Ausflug zur Erde gemacht, oder?"

Alle richteten verblüfft den Blick auf sie und so ergänzte Maya mit einer Geste: "Naja, ich hätte das an seiner Stelle so gemacht."

"Das ist richtig", lachte Röttger. "Aber leider hast du recht: Eine solche Möglichkeit haben mir die Schöpfer wohl sicherheitshalber nicht eingeräumt. Der Transport zur Erde ist blockiert und ich kann ihn nicht in Gang bringen. Auf Atlas bin ich weder gewesen noch wurde es mir gestattet, dort aufzutauchen. Ihr habt euch als Erbe der Schöpfer ausgewiesen. Die Schöpfer sind davon ausgegangen, dass ihr alle vorhandenen Technologien, die ich euch noch zeigen werde, selbst aktivieren könnt. Wenn ihr nicht dazu in der Lage seid – dann werdet ihr mir hier Gesellschaft leisten müssen."

Maya Shan wirkte betroffen und Fynn Shan murmelte: "Wow, ein Abenteuer mit open end!"

"Da steckt bestimmt dieser Bursche Zeus dahinter!", knurrte Justin Schwarz erbittert. "Ich wusste schon, warum ich den Planeten "Dark Surprise" nennen wollte!"

"Wir werden jetzt mit der Führung beginnen", ordnete Poseidon befehlsgewohnt an.

Doch Röttger, der den Menschen der Truppe ihre Beklommenheit ansah, wandte sich beruhigend an Shan und

Schwarz: "Es wird euch hier an nichts fehlen. Ich schlage vor, hier erst einmal in Ruhe anzukommen und nach einigen Stunden Schlaf …", jetzt wandte er sich an Poseidon, "… oder der Bewertung der gesammelten Informationen machen wir uns ausgeruht an die Besichtigung."

"Was ist deine Meinung?", sendete Poseidon intern an Isis.

"Ich halte seinen Vorschlag für sinnvoll, nicht nur in Hinblick auf Maya und Justin. Wir werden heute alles übrige analysieren, was wir hier vorfinden und morgen gehen wir konzentriert an die Technologien, die uns erwarten."

Kurz darauf sagte Poseidon knapp und hörbar: "Wir sind einverstanden."

Röttger erhob sich und sagte einladend: "Dann folgt mir bitte."

Nachdem sie den Saal verlassen hatten, liefen sie durch einen Flur, von dem seitlich verschiedene, kleinere Räume abgingen. Röttger öffnete diese und wies jedem ein Quartier zu. In eines hineinschauend sahen alle eine schlicht ausgestattete, helle Räumlichkeit in gedämpftem Licht. Es waren als dekorative Symbole an den Wänden zu sehen, eine Hygieneeinheit sowie eine Liege und ein Tisch mit einer Sitzgelegenheit.

"Falls etwas sein sollte: Mein Quartier ist hier."

Weitergehend erreichten sie einen anderen Saal, der für die Essensaufnahme gedacht war.

"Wie wäre es jetzt mit einer Mahlzeit?"

"Da sage ich nicht mehr nein", äußerte sich Justin Schwarz und sah zu Maya Shan, die ebenfalls nickte.

"Ich schlage vor", warf Isis in die Runde, "wir treffen uns in einer Stunde im Konferenzraum. Dann können wir weiter diskutieren."

Poseidon nickte zustimmend und fragte: "Ist es gestattet, hier herumzuwandern?"

"Selbstverständlich", erwiderte Röttger. "Ihr seid keine Gefangenen."

Röttger, Maya und Fynn Shan, Justin Schwarz und Isis Romanow setzten sich, während sich der Rest zerstreuten.

"Das riecht gut", stellte Schwarz kurz darauf erfreut fest, als ein duftender Teller vor ihn gestellt wurde.

"Ich esse gerne ein saftiges Steak – aber natürlich handelt es sich hier um kein echtes Fleisch", erwiderte Röttger. "Da sind Gemüse und gebackene Kartoffeln."

Isis leistete den dreien beim Essen gerne Gesellschaft und auch Fynn war neugierig, wie das Stationsessen schmeckte.

"Nicht schlecht", gab er dann von sich. "Aber jeden Tag ein Steak?"

Fragend sah er Röttger an.

"Gibt es denn wenigstens ein paar Variationen? Habt ihr hier auch Sushi oder Salat?"

Röttger lächelte: "Salat ist schwer herzustellen, aber Sushi liegt im Bereich des Möglichen."

"Das hat gut getan", teilte Maya im Anschluss mit und auch Schwarz Laune hatte sich gebessert. Isis berichtete Röttger auf seine Frage hin über Finn und Athena, woran sich Justin Schwarz beteiligte. Maya lehnte sich bei ihrem Mann an, der sie daraufhin in die Arme nahm.

"Ich bin sehr froh, dass wir zusammen hier sind", murmelte sie leise.

"Ich kann mich an eine Frau erinnern, die voller Begeisterung auf Entdeckungsreise gehen wollte", neckte er sie liebevoll.

"Eine Reise ohne Wiederkehr … ich gebe zu, ich habe mir etwas anderes unter diesem Abenteuer vorgestellt", sagte Maya mit einem ersten Lächeln.

Zufrieden betrachtete er sie: "So ist es besser. Wir werden uns morgen das Erbe genauer ansehen. Warum sollte uns das Unmögliche nicht gelingen?"

"Du bist und bleibst ein unerschütterlicher Optimist", erwiderte sie innig sein Lächeln.

Justin Schwarz schmunzelte, einen Blick auf die beiden werfend. Fynn war ein junger Androide, der durch den Kontakt mit Maya einen gewaltigen Sprung in eine eigenständige Persönlichkeit hinein vollzogen hatte. Aber auch Maya hatte sich um 180 Grad gedreht – denn bevor sie sich in ihn verliebt hatte, war sie eine entschiedene Gegnerin von Romanows liberaler Androidenpolitik gewesen. Vor 1,5 Jahren hatte Fynn sie mit einem romantischen Heiratsantrag in Indien überrascht und dort hatten sie sich am gleichen Tag trauen lassen. Dazu besaß er als ehemaliger Doppelgänger Golems, der lange Zeit an den Ratssitzungen teilgenommen hatte, jede Menge Erfahrung auf dem politischen Parkett, was man ihm allerdings aufgrund seiner scheinbar unbekümmerten Art nicht gleich anmerkte.

Fynn Shan, seinen Blick wahrnehmend, zwinkerte ihm jetzt zu und so betrachtete er Isis. Wie es ihr wohl ging? Denn Lew war auf der Erde zurückgeblieben.

Als hätte sie ihm seine Gedanken angesehen antwortete sie: "Es geht mir gut, Justin. Wie Maya schon sagte: Wir sind ein Expertenteam – morgen sehen wir weiter!"

Röttger lachte und Schwarz gab sich zufrieden. Nachdem eine Stunde vergangen war, traf sich die Gruppe wieder am Konferenztisch.

Meinungen wurden ausgetauscht und es wurde noch ein wenig über die weitere Vorgehensweise diskutiert, bis sich bald darauf alle in ihre Quartiere zurückzogen.

Doch Poseidon und Isis blieben, denn er hatte sie über ihr internes Kommunikationsmodul um ein Gespräch gebeten. Abwartend sah sie ihn jetzt an.

"Ich habe die Verantwortung für dieses Vorhaben und werde auch in Zukunft die letzte Entscheidung treffen", begann Poseidon bestimmt. *"Wir werden gemeinsam diskutieren und ich werde mir die Meinungen aller anhören. Danach werde ich mich mit dir und Hades beraten, denn eure Haltung gewichte ich höher. Anschließend gebe ich meinen Entschluss bekannt."*

Ihr war bewusst, dass es eine unerwartete Auszeichnung darstellte und nickte ihm erfreut zu.

"Das ist eine weise Vorgehensweise, Poseidon. Auf gute Zusammenarbeit."

"Auf gute Zusammenarbeit, Isis."

Danach ging Isis Romanow in ihr Quartier. Eine Weile spürte sie ihren Gefühlen nach. Mit tiefer Zufriedenheit erkannte sie, dass sie jetzt in einem ungewöhnlichen Abenteuer steckte - besser hätte sie es sich wünschen können! Doch würde sie Lew wiedersehen? Sie hatten in der Vergangenheit beide einige derartige Situationen überstanden und sie wusste, dass er sie genauso vermissen würde wie sie ihn, sollte alles schieflaufen. Doch bis jetzt gab es dafür keine Anzeichen und so leitete sie ihren Ruhemodus ein.

Kapitel 2 Verschollen

Zwerggalaxie Planet Atlas

Nachdem die KI Neptun festgestellt hatte, dass die Verbindung zu Poseidon plötzlich abgebrochen war und Versuche, den Kontakt wiederherzustellen, vergeblich waren, wurde eine Mitteilung an die EARTH ONE geschickt, ein Systemalarm ausgelöst und das Kampfgeschwader zum Planeten Mystiko entsendet. Admiral Schneider löste auf der EARTH ONE sofort die Kampfbereitschaft aus und startete in Richtung des kleinen Planeten. Dort trafen sie zeitgleich mit den Atlantern ein, die mit zehn Schlachtschiffen gekommen waren, alle 1.500 Meter im Durchmesser. Das war eine gewaltige, militärische Power, wie Leon Schneider anerkennend feststellte. Admiral Schneider rief den Commander des Geschwaders über die KI Neptun.
"Hier Ares", meldete sich dieser knapp.
"Haben Sie ein Vorschlag, wie wir vorgehen?"
Schneider befand sich im Hoheitsgebiet des Imperiums Atlas in der Zwerggalaxie und daher hatten die Atlanter hier das Sagen.
"Wir schleusen von unseren beiden Raumschiffen jeweils zehn Beiboote als Geleitschutz aus. Zwei Schiffe werden auf der Oberfläche landen und eine Untersuchung durchführen. Bisher haben unsere Scans nichts erfasst. Das Beiboot der EARTH ONE befindet sich verlassen und ohne jede Energieanzeige an der Position, die von der KI Neptun übermittelt wurde. Es gibt keine biologischen Lebenszeichen."
"Das deckt sich mit unseren Scans. Wir treffen uns vor Ort", erwiderte Admiral Schneider.
Dann befahl er umgehend die Ausschleusung von neun Beibooten im Alarmstart. Die Zentrale und damit die

Befehlsgewalt über die EARTH ONE übergab er seiner fähigen Stellvertreterin, Vice Admiral Antonia Carli, eine Italienerin von 250 Jahren, die sich im Einsatz gegen den Materiebrand bewährt hatte. Zuletzt gab Schneider die Order, die Regierung der Erde und Präsident Romanow zu informieren.

An Bord des Beiboots angekommen, flog die EARTH ONE 2 direkt auf den Planeten zur besprochenen Position. Auf Mystiko landend verließ Schneider im Schutzanzug sein Raumschiff und marschierte zum verlassenen Beiboot EARTH ONE 1, bei dem Commander Ares ihn bereits erwartete. Nach einer kurzen Begrüßung deaktivierte Admiral Schneider die Schutzvorrichtung des Beibootes per Oberrang Code, sodass es nun ungehindert betreten werden konnte.

Aber trotz der nun folgenden, gründlichen Untersuchung ließen sich keine Unregelmäßigkeiten feststellen. Alle technischen Systeme waren funktionsbereit und es war keine, wie auch immer geartete, Nachricht hinterlassen worden.

Die Suchtrupps der atlantischen Androiden meldeten, dass sie weder einen Eingang zur Anlage ausmachen konnten noch nachvollziehbar war, wohin Poseidon und seine Begleiter verschwunden waren. Es gab keine Spur von ihnen. Das Letzte, was Poseidon noch übermittelt hatte, war eine Öffnung im Felsbrocken vor ihnen und seine Entscheidung, dass sie diesen betreten würden. Doch Scans zeigten keinen Hohlraum darin an!

Ares beriet sich gerade mit der KI Neptun und Admiral Hades, als sich Präsident Romanow bei Admiral Schneider meldete.

"Hier ist Romanow. Leon – Golem und ich werden so schnell wie möglich mit der ATLANTIS kommen."

Golem hatte Romanow diesen Vorschlag gemacht, da die ATLANTIS als eines von zwei Zeitsteuerungsschiffen nur ihm unterstanden. Dafür war kein zeitraubender Antrag nötig oder gar lange Erklärungen vor dem Nationalen Sicherheitsrat.

"Ich rechne mit 4-5 Tagen Flugzeit. Leon, ich schlage vor, die EARTH ONE kehrt in den Orbit von Atlas zurück. Wir werden uns auf Atlas treffen und mit der KI Neptun das gemeinsame Vorgehen abstimmen."

Da Poseidon und sein Stellvertreter Hades verschwunden waren besagte die Rangfolge, dass die KI Neptun nun den obersten Befehlshaber des Imperiums Atlas stellte.

Admiral Schneider bestätigte und veranlasste, dass die ausgeschleusten Beiboote bei Mystiko blieben genauso wie das atlantische Geschwader, wie ihm Ares gerade mitteilte.

Sorgenvoll kehrte Schneider auf die EARTH ONE zurück. Es war von einer Expedition, einer harmlosen Erkundungstour die Rede gewesen – aber es hatte niemand damit gerechnet, dass sich alle buchstäblich in Luft auflösen würden! Ausgerechnet Isis Romanow war mit dabei gewesen … er mochte nicht daran denken, wie es Lew gerade ging!

Planet Erde

Kaum hatte Romanow das Gespräch mit Schneider beendet, machte er sich auch schon auf den Weg zum Präsidentengleiter, um unmittelbar darauf zum Mond abzuheben. Während des einstündigen Fluges hatte er genug Zeit, alles zu ordnen und Stella Armstrong zu kontaktieren, die seine Vize-Präsidentin war.

"Es tut mir leid, das zu hören, Lew", sagte sie teilnahmsvoll. "Ich weiß, dass Poseidon den Beginn dieser Erkundung aus unerfindlichen Gründen immer wieder hinausgezögert hat. Aber dass er den richtigen Instinkt hatte …

diese Schöpfer waren mir nie sehr sympathisch. Ich hoffe sehr, du und Golem findet Isis und alle anderen!"
Damit war das Gespräch beendet und Armstrong setzte die Flotte der USOP intern auf Alarmstufe 1 mit der Begründung, dass ein merkwürdiges Phänomen beobachtet worden war.

Romanow dachte bedrückt daran, dass sich Isis ab und zu eine Herausforderung gewünscht hatte - er hatte ihr mit der Teilnahme an Poseidons Erforschung eine Freude machen wollen. Dennoch war gerade ihm genau bewusst gewesen, dass Poseidon starke Bedenken gehabt hatte, aber er und Golem hatten diese nicht ernst genug genommen … und nun war sie verschwunden. Zugegeben, es hatte schon ausweglosere Situationen gegeben, die sie überstanden hatten.

Als er den Mond erreichte, erwartete ihn Golem am Hangar. Sie begrüßten sich mit einer festen Umarmung und sahen sich dann wortlos an.
"Kein noch so schnelles Raumschiff kann mir Isis zurückbringen, Golem. Und mal abgesehen von ihr – Fynn und Maya sind auch verschwunden und Justin …"
"Wir werden sie finden, mein Freund."
Schweigend betraten sie das Beiboot, dass sie zur AT-LANTIS brachte und kurz darauf startete das Raumschiff in Richtung Zwerggalaxie zum Planeten Atlas.

Planet Neptun, Galaxie Milchstraße

Am nächsten Morgen trafen sich Fynn und Maya Shan, Isis Romanow und Justin Schwarz sowie Röttger zum Frühstück.
Maya berichtete dabei, dass sich hinter den Symbolen an den Wänden verborgene Nischen befanden.
"Ach", äußerte sich Schwarz erstaunt, "ich dachte, es wäre nur eine Wanddekoration."

"Ich habe diese Funktion in dem Habitat auf Poseidons Flaggschiff zum ersten Mal erlebt, als ich mit Smith und Poseidon zum ersten Manöver flog", berichtete Maya lächelnd.

"Und, was hast du alles entdeckt?", fragte Isis. "Ich werde mir die Dekoration später mal genauer anschauen."

"Du musst das Symbol mit der Hand berühren – daraufhin erscheint eine Öffnung in der Wand, die zu einer Nische führt. In einer Nische ist ein Trinkbecher, der sich mit Wasser füllt und zwei weitere Fächer dienen einfach nur als Ablage. Auf dem Flaggschiff gab es keinen zusätzlichen Speiseraum, daher beinhaltete eine andere Nische verschiedene, verpackte Nahrungsrationen, die für mich bereitgestellt worden waren. Aber das Erstaunlichste war eine Karaffe, die ein blumig-vanilliges Öl enthielt. Ich denke, es war für die Körperpflege gedacht."

"Ja", bestätigte Röttger, "Gaia mochte solche kleinen, irdischen Annehmlichkeiten."

"Und?", fragte Schwarz gespannt. "Wie bist du mit Zeus klargekommen?"

Röttger zuckte die Achseln. "Was soll ich sagen? Zeus … naja, er war eben Zeus. Er forderte bedingungslosen Respekt und Gehorsam als unser Schöpfer; ansonsten war er reserviert und unnahbar. Gaia dagegen interessierte sich mehr für uns."

"Wie viele Klone wart ihr denn anfangs?", fragte Maya Shan.

"Wir waren zu sechst."

"Und alle deine Freunde sind im Laufe der Zeit verunglückt", meinte sie nachdenklich und sah ihn anteilnehmend an. "Das war bestimmt schlimm für dich."

Röttger betrachtete sie schweigend. Plötzlich lag eine Anspannung in der Luft und alle Augen richteten sich unwillkürlich auf ihn.

"Offen gestanden", begann er langsam und mit beherrschter, tonloser Stimme, "stimmt das nicht ganz. Nach dem Tod unserer Ebenbilder war uns ein Besuch auf dem Raumschiff verwehrt und wir hatten keinerlei Kontakt mehr zur Außenwelt. Das hat uns auf Dauer schwer zu schaffen gemacht. Es gab zwar einen Todesfall aber alle anderen wählten irgendwann den Freitod, nicht mehr willens, mit dieser Situation zu leben."

"Aber warum seid ihr hier zurückgelassen worden?", fragte Fynn Shan in die betroffene Stille hinein. "Sicher, ihr solltet die Anlagen warten, doch das hätten die Androiden auch bewerkstelligen können. Du hast gesagt, dass ihr im Zuge von Experimenten entstanden seid, da die Schöpfer auf verschiedene Weise Leben in den Galaxien verbreiten wollten."

"Sie hatten sich anders entschieden", brachte Röttger schließlich ausdruckslos heraus.

"Das ist unglaublich", empörte sich Maya Shan mit flammenden Blick. "Erst experimentieren sie mit dem Leben herum und dann heißt es: Sorry, ich kann dich jetzt doch nicht gebrauchen?! Das ist ja wohl das Letzte!"

Isis legte mitfühlend ihre Hand auf seinen Arm: "Das tut mir leid. Dieses Schicksal ist grausam – niemand verdient das, was du mitgemacht hast."

"Das sehe ich genauso", stellte Schwarz immer noch bestürzt fest. "Wenn wir es hier hinaus schaffen, dann bist du herzlich eingeladen, dir in unserer Zeit dein eigenes Leben aufzubauen, Michael."

Mit einem tiefen Atemzug murmelte Röttger tief bewegt: "Danke für eure Anteilnahme, meine Freunde."

Nach einer Weile sagte er: "Es ist Zeit, zum Konferenzraum zu gehen; die anderen werden uns sicherlich schon erwarten."

Als sie dort eintrafen sahen sie Poseidon, Han, Hades und Nergal bereits am Tisch stehen.

"Gut", meinte Röttger. "Wenn alle bereit sind, dann starten wir mit der Führung."

Mit seinen Gästen weitergehend zeigte er ihnen die Anlage, beginnend mit einigen, kleineren technischen Errungenschaften der Schöpfer. So konnte man mittels eines Dimensionen-Teleskops verschiedene Welten beobachten. Mit diesem Teleskop, erklärte Röttger den staunenden Anwesenden, hatte er die Entwicklung der Menschheit auf der Erde beobachten können. Die Berechtigung, das von den Schöpfern gegründete Leben in den anderen Galaxien zu beobachten, hatte er allerdings nicht erhalten. Zeus hatte ihm hoheitsvoll mitgeteilt, dass diese Funktion allein von den Auserwählten aktiviert werden konnte. Gaias Fürsprache hatte ihm immerhin die Beobachtung der Erde ermöglicht, damit er wenigstens indirekt einen Kontakt zur Außenwelt halten konnte.

Letzten Endes hatte Michael damit wohl seine geistige Gesundheit bewahrt, dachte Isis Romanow, dem vorangegangenen Gespräch eingedenk.

Justin Schwarz zeigte sich zunehmend begeistert von den vielen, interessanten Möglichkeiten, die Röttger ihnen zeigte und erläuterte. Und während er immer wieder Fragen dazu stellte, wuchs Poseidons Unruhe und Ungeduld. Denn mit keiner der bisher erwähnten Hinterlassenschaften war ein Entkommen aus der Dimensionsblase möglich.

"Das ist alles sehr vielversprechend", begann Poseidon beherrscht. "Doch wir sollten zum wesentlichen Kern des Erbes kommen."

Röttger erwiderte nur: "Gut. Dann folgt mir bitte."

Er lief mit der Gruppe zu einem gleiterähnlichen Fahrzeug, mit dem sie zu einem entfernteren Ort der Anlage fuhren.

"Sag mal", fragte Fynn Shan neugierig. "Wie groß ist denn diese Anlage eigentlich?"

"Die Fläche der Anlage umfasst 100 Kilometer im Durchmesser. Was wir hier durchfahren, ist die Fertigungshalle, in der einst die Dimensionsraumschiffe gebaut wurden."
Irgendwann hielt der Gleiter vor einem riesigen Tor. Nach einem kurzen, wortlosen Befehl an die KI der Anlage öffneten sich riesigen Torhälften und ein taghelles Licht flammte auf.
"Aber hallo!", gab Schwarz unwillkürlich von sich, während ihm der Mund offenstand.
Soweit das Auge reichte waren hier unzählige, königsblau schimmernde Kugelraumer geparkt. Auf jedem war das Symbol einer Galaxie erkennbar, was anscheinend Logo der Schöpfer darstellte.
"Das ist wohl das, was euch vorrangig interessiert", meinte Röttger in die überraschte Stille hinein.
"Alle 150 Raumschiffe haben eine Größe von 200 Metern im Durchmesser. Das heißt, es ist Platz für knapp 300 Menschen darin."
Bemerkend, dass bei den ersten beiden Raumschiffe die Schleusen geöffnet waren, fragte Poseidon: "Ist es möglich, diese zu besichtigen?"
"Selbstverständlich, nur zu."
Kaum hatte die Gruppe gespannt den Eingang passiert, begannen verdeckt installierte Leuchten in einem intensiven Blau aufzuleuchten und dann hörten sie eine angenehme, weibliche Stimme: "Willkommen an Bord!"
Da jetzt alle Röttger fragend anschauten, der die Raumschiffe während seines Zwangsaufenthalts ausgiebig erkundet hatte, bedeutete er ihnen, ihm zu den Expressliften zu folgen, die sie in die Zentrale brachten.
"Anscheinend ist blau die Lieblingsfarbe der Schöpfer", entfuhr es Maya, denn die Zentrale bestand ebenfalls aus einem einfachen, blau erhellten Raum. Sich umsehend erkannten alle, dass der Raum leer war – es gab hier buchstäblich nichts.

"Wie ist die Steuerung des Raumschiffes zu aktivieren?", fragte Hades laut.

"Legitimiere dich!", erklang die Stimme der Bord-KI erneut.

Unwillkürlich schaute Isis zu Poseidon. Er stand still und versuchte sicher gerade, sich mit dem Netzwerk des Raumschiffes zu verlinken. Bisher war er mit seiner herausragenden Technologie mit Leichtigkeit in alle Netzwerke der USOP hineingekommen und so wartete sie gespannt darauf, was sich gleich offenbaren würde. Doch nach einiger Zeit stellte Poseidon klar: "Ich erhalte keinen Zugang."

Überrascht sahen ihn alle an. Poseidon wandte sich fragend an Röttger, der ihm ruhig erklärte: "Ich kann da nicht weiter helfen. Mir ist es bisher nicht gelungen, eines dieser Raumschiffe zu aktivieren. Es gibt keinen Hinweis darauf, wie und wo ein Code einzugeben ist."

Verblüfft sahen sich alle an.

"Wurde auch der Maschinenraum in die Untersuchung mit einbezogen?", fragte Nergal.

"Natürlich. Folgt mir bitte."

Nach einer weiteren Fahrt mit dem Expresslift erreichten sie das Herzstück des Raumschiffes und fanden dort eine blau schimmernde Pyramide vor. Aber außer der Beleuchtung war keine energetische Tätigkeit erkennbar.

Das ist also ein Dimensionsantrieb aus, ging Justin Schwarz durch den Sinn, während er die Pyramide ehrfürchtig und gebannt betrachtete. Welche Macht in dieser Pyramide steckte – dagegen war der Warp-Antrieb eine Konstruktion aus grauer Vorzeit!

Doch wie zuvor war außer dieser eindrucksvollen Pyramide nichts in dem Raum vorhanden. Die Androiden versuchten zu erfassen, ob hier irgendeine verborgene Steuerungsmöglichkeit existierte – doch es ergab sich kein einziger Anhaltspunkt.

Still und ratlos standen sie da und schließlich befahl Hades hörbar: "Bord-KI, aktiviere den Zugriff auf die Steuerung des Antriebs."

"Legimitiere dich und das Tor des Universums wird dir offenstehen."

Fragen nach dem "wie" wurden mit einer Wiederholung der Ansage beantwortet.

"Wir kommen vorerst nicht weiter", meinte Fynn Shan nachdenklich, als sie wieder in die Zentrale zurückkehrten.

Michael Röttger wirkte niedergeschlagen. Er hatte die Hoffnung gehegt, dass die Besucher allein durch die bisherige Legitimierung automatisch die Berechtigung für die anderen technischen Errungenschaften der Schöpfer erhalten hatten. Doch dem war ganz offensichtlich nicht so. Immerhin hatte er jetzt wenigstens Gesellschaft - aber sie würden genauso wie er hier gefangen sein, außer eine andere Rasse würde irgendwann hier erscheinen.

Nachdem sie noch eine Weile im leeren Raum der Zentrale verbracht hatten, fuhren sie schweigend in die Anlage zurück.

Während die meisten in den Konferenzraum gingen fragte Isis spontan: "Michael, würdest du mich bitte mit der Benutzung des Teleskops vertraut machen?"

Röttger zeigte ihr die Handhabung, als Poseidon ihn mit der Bitte ansprach, sich noch einmal mit ihm auf den Weg zurück zu den Raumschiffen zu begeben.

Fynn Shan hatte sich Isis Romanow angeschlossen und so beobachteten sie jetzt auf dem wandgroßen Bildschirm, der mit dem Teleskop verbundenen war, dass auf der Erde die Alarmstufe 1 ausgerufen worden war. Darüber hinaus zeigten die vier großen Bildschirme auf dem Regierungspalast in der Town of Planets, die immer die neuesten Nachrichten wiedergaben, dass gerade die ersten Freiwilligen für die beiden Long Distance-Spaceships ausgelost worden waren. Die Raumschiffe befanden sich bereits in verschiedenen Testphasen; Mitte Dezember würde die Besatzung an Bord gehen und der Start war auf den 15. Januar festgelegt worden.

"Auf der Erde ist es jetzt Oktober! Das heißt, wir werden schon seit zwei Monaten vermisst", stellte Isis dabei überrascht fest. "Mit anderen Worten: Die Zeit vergeht auf der Erde sehr viel schneller als hier!"

Beide sahen sich wortlos an und dann sagte Fynn Shan ungewohnt ernst: "Michael hat uns von seinem Ebenbild ähnliches erzählt, Isis. Wenn wir nicht bald eine Lösung finden, fliegen sie ohne uns - um es mal freundlich auszudrücken!"

Poseidon war mit Michael Röttger wieder zurückgekehrt und gesellte sich zu den beiden. Isis informierte ihn von dem gerade Erfahrenen und Poseidon berichtete im Gegenzug, dass er den Würfel aus seiner Kabine geholt hatte, um damit noch einmal in der Zentrale des Raumschiffes zu testen, ob sich dadurch etwas tat. Aber es hatte sich keine Reaktion gezeigt.

"Das sieht nicht gut aus", stellte Fynn fest.

"Was übersehen wir?", fragte Isis daraufhin.

"Das ist die entscheidende Frage, die wir weiter verfolgen werden", entschied Poseidon. *"Wir werden uns jetzt zu den anderen begeben."*

Als die drei den Saal betraten, verstummten die Gespräche unwillkürlich. Spürend, dass es Neuigkeiten gab, setzten sich alle erwartungsvoll an den runden Tisch.

Isis Romanow berichtete zunächst, was sich in der Zwischenzeit auf der Erde getan hatte und abschließend wies sie darauf hin, dass die Zeit unterschiedlich schnell verging. Zu Poseidon schauend ergänzte dieser: "Der mitgebrachte Würfel, der auf Mystiko zur Aktivierung des

Eingangs führte, hat in der Zentrale keine Reaktion ausgelöst."

"Das ist eigenartig", meinte Justin Schwarz nachdenklich. "Dort auf Atlas funktioniert er und in dieser Anlage nicht? Es muss doch Sensoren geben, die auf irgendetwas reagieren. Was meinst du, Han?"

"Wir befinden uns hier in einer Dimensionsblase und in einer künstlichen Zeitspalte. Es ist also davon auszugehen, dass wir auf dieser Ebene etwas aktivieren müssen. Es stellt sich die Frage, wie und was?"

"Es muss eine Komponente geben, über die wir uns noch nicht im Klaren sind oder die uns jetzt nicht in den Sinn kommt", analysierte Isis Romanow.

"Das macht doch alles keinen Sinn", warf Maya Shan ein. "Die Schöpfer sterben und ein Jahr später heißt es: Das Erbe darf angetreten werden. Ein geheimnisvoller Würfel taucht auf, ein Hologramm erscheint, ein Datenpaket wird übertragen und Simsalabim … der Felsen gibt das Tor zu Aladdins Schatzhöhle frei! Und tatsächlich sind wir hier in einer Art Schatzkammer gelandet. Es muss einen Weg zurück geben."

"Ich stimme dir zu", sagte Justin Schwarz. "Der Würfel war speziell für Poseidon und für den Fall des Ablebens der Schöpfer gedacht. Er sollte also in die Lage versetzt werden, diesen Ort zu besuchen. Und ich gehe mal nicht davon aus, dass die Schöpfer ihm das Schicksal zudachten, dass er Röttger auf ewig Gesellschaft leisten sollte."

Das allerdings war eine ungemein niederträchtige Vorstellung. Poseidon konnte auch diese zwar nicht ganz ausschließen, seiner letzten Begegnung mit Gaia eingedenk, aber es war nur wenig wahrscheinlich. Sie hatten ihn lange Zeit nicht als gleichwertig behandelt, doch zum Schluss war er mit Zeus Segen in die Freiheit entlassen worden. Oder hatte Nergal recht, dass der Brand einen unwiderruflichen Schaden verursacht hatte?

Die verschiedenen Möglichkeiten immer wieder diskutierend drehte sich irgendwann alles im Kreis und so beschloss die Gruppe, sich am nächsten Tag frisch ausgeruht der Lösung weiter zu widmen.

Poseidon, Hades, Nergal und Han verließen den Raum um, trotz der Situation, gelassen und emotionslos in den Ruhemodus zu gehen.

Isis dagegen blieb noch gedankenvoll am Tisch sitzen und so ging Justin zu ihr.

"Schon wieder so eine "mission impossible", was?", begann er und ließ sich neben ihr nieder.

"Wir geben noch lange nicht auf, Justin", meinte sie bestimmt. "Wir übersehen etwas – und wir werden es herausfinden. Aber es gefällt mir überhaupt nicht, dass die Zeit auf der Erde so viel schneller vergeht als hier."

Bekümmert sah Isis ihn an: "Lew weiß nicht, dass wir noch leben."

Schwarz nahm ihre Hand und sagte warm und anteilnehmend: "Es wird sich ein Weg finden. Wir sehen uns morgen beim Frühstück, meine Liebe, ich zähle auf dich!"

Isis hatte während der letzten Krise entschieden, ihn dazu zu bringen, wieder mehr auf seine Gesundheit zu achten. Von niemanden sonst hätte er sich diese Bevormundung gefallen lassen, aber schlussendlich hatte er es sehr genossen, jeden Tag mit ihr Zeit zu verbringen.

Isis war einst für Golem gebaut worden, aber im Grunde hatte er mit ihr auch seine eigene Traumfrau erschaffen – und doch war er froh gewesen, dass sie sich nach ihrer Wiederbelebung erneut für Lew entschieden hatte. Denn für eine Partnerschaft war er einfach nicht der Typ; dazu war er viel zu sehr mit seiner Arbeit verheiratet. Ihm genügten die Familientreffen und er freute sich an den Beziehungen, die seine Schöpfungen mit den Menschen erlebten.

In ihrem Quartier angekommen hatte Maya Shan entschieden, erst einmal für ihr körperliches Wohlbefinden zu sorgen, während ihr Mann es sich auf dem Bett gemütlich machte.

"Also, wenn man es genau nimmt", sagte sie gerade, gutgelaunt aus der Schalldusche kommend, "wollten wir sowieso eine Reise in die Kaulquappen-Galaxie unternehmen. Falls einer von uns auf die springende Idee kommt, sind wir schneller dort, als wir dachten."

Zur Wand gehend berührte Maya das Sonnensymbol und holte sich die Ölkaraffe heraus, die ihr Michael auf ihre Bitte hin gegeben hatte. Eine Weile war sie ganz damit beschäftigt, sich dem Genuss des angenehm duftenden Öls auf der Haut hinzugeben als sie sich umdrehte und Fynn prüfend betrachtete, der, die Arme unter dem Kopf gekreuzt, ungewohnt ruhig dalag und vor sich hinsah.

"Woran denkst du?"

"Ich gehe unsere Informationen durch. Wie Isis sagte: Wir übersehen etwas."

"Das tust du jetzt schon eine ganze Weile", kommentierte seine Frau trocken, während sie zu ihm ging und sich an ihn kuschelte.

"Ich gebe es ungern zu", sagte Fynn mit einem Seufzer, den Arm um sie legend. "Aber ich komme zu keinem erhellenden Ergebnis."

"Wenn ich etwas herausbekommen will, was verborgen gehalten wird, schaue ich mir gerne das Profil der beteiligten Personen an", begann Maya. "Und hier sehe ich auf die Schöpfer, vier von ihnen in menschlicher Form. Ich habe sie selbst nicht kennengelernt, aber doch viele Informationen vom Hörensagen. Sie wurden mir beschrieben als: mächtig, technologisch überlegen, emotional reagierend, Beschlüsse wurden intern unter den zwölf ausgemacht, überheblich, arrogant, anmaßend und sie haben ihre Schöpfungen, sprich Poseidon, nicht als gleichwertig behandelt. Den Menschen wurde damals ein Angebot gemacht – nicht aber den Androiden, was dafür spricht, dass Androiden von ihnen als geringer eingestuft wurden als Menschen. Andererseits haben sie mit menschlichem Leben experimentiert, Klone geschaffen, die hier elend zugrunde gingen, was wiederum für einen Mangel an Respekt und Empathie für biologisches Leben spricht. Zusammengefasst sehe ich hier Könige und Königinnen in ihrem Reich, die sich weit über alles erhoben hatten. Ich behaupte, dass sie niemanden für wert hielten, ihnen auf Augenhöhe zu begegnen, wobei sie einen kleinen Unterschied zwischen Menschen und Androiden machten."

Maya hielt einen Augenblick wortlos inne und fuhr dann fort.

"Lass uns auf diesem Hintergrund unsere Situation bewerten. In Poseidon haben wir hier einen Androiden, ursprünglich ohne Emotionsprogramm und von den Erschaffern als reiner Befehlsempfänger vorgesehen, der in begrenztem Umfang jedoch selbstständig handeln sollte. Nach ihrem Tod wurde ihm und der KI Neptun auf Atlas mit dem Würfel und dem Datenpaket der Zugang zu dieser Anlage mit den Dimensionsraumschiffen freigegeben."

Sie sah ihn bedeutungsvoll lächelnd an.

"Ich bin der Meinung, da passt etwas ganz und gar nicht zusammen!"

"Es war nicht vorgesehen, dass Poseidon die entscheidenden Technologien selbst aktiviert", führte Fynn das Gesagte weiter aus.

"Davon ist stark auszugehen."

"Also war ursprünglich diese Anlage für einen Menschen gedacht, der eine definierte Reife erreicht hat und damit selbst die Legitimierung mitbringt", sinnierte er.

"Ich vermute mal, dass das auch für eine andere Spezies galt; es soll ja in den entfernten Galaxien noch weitere geben. Die wären dann hier aufgetaucht oder Poseidon hätte sie mit seiner Zugangsberechtigung hierher begleitet", erwiderte Maya.

"Wenn du recht hast, bedeutet das allerdings, dass wir die weitere Legitimierung nicht besitzen, denn weder deine noch Justins Anwesenheit haben etwas bewirkt", schloss Fynn.

"Nicht zu vergessen Michael, ein unsterblicher Mensch und vernetzt mit den KIs hier in dieser Dimension. Allein die Tatsache, dass jemand ein Mensch ist, genügt also nicht", ergänzte Maya.

"Andererseits war im Datenpaket der KI Neptun, die Poseidon empfing, keine Rede von alledem", warf Fynn ein.

"Das ist, zugegeben, eigenartig. Was einige Fragen aufwirft: Wurde tatsächlich auch alles übermittelt? Das Datenpaket kam auch erst an, als das Hologramm aktiviert worden war. Warum wurden ihm nicht alle Informationen auf einmal übergeben? Und nicht zuletzt: Was hätte Poseidon ursprünglich damit getan, wenn er in der Zwerggalaxie allein auf seinem Thron gesessen hätte?"

"Er hätte die Anlage interessiert untersucht", entgegnete Fynn. "Was dafür spricht, dass eine Rückkehr ursprünglich vorgesehen war."

Eine Weile hing jeder seinen Gedanken nach.

Schließlich betrachtete er sie voller Stolz: "Das war ausgezeichnet recherchiert, mein Kätzchen."

Seitdem Maya ihm einmal erzählt hatte, dass Menschen ihren Liebsten tierische Kosenamen gaben, nannte er sie gerne so. Kätzchen waren genau wie sie freiheitsliebend, hatte er ihr vergnügt erklärt. Sie hatten einen guten Kampfgeist und verwandelten sich blitzschnell in ein fauchendes Raubtier, bei dem man sich eine blutige Nase abholte. Doch dann lagen sie wieder behaglich schnurrend im Arm und ließen sich genussvoll den weichen Bauch kraulen.

In seinem Blick begann es jetzt zu irrlichtern: "Du hast das Zeug zu einem vielversprechenden Androiden."
Sie lachte und neigte sich zu ihm: "Wie sieht es aus: Bekomme ich heute noch einen Gutenachtkuss?"
Wie am ersten Tag verlor sie sich stets aufs Neue in seinen strahlenden, grauen Augen, stellte Maya glücklich fest, um dann langsam und hingebungsvoll in seinen Zärtlichkeiten zu versinken.

Planet Atlas

Die ATLANTIS traf nach vier Tagen in der Zwerggalaxie ein und im Anflug auf Atlas nahm Romanow mit der KI Neptun Kontakt auf. Während der Abwesenheit von Poseidon und Hades war sie jetzt der oberste Befehlshaber des Imperiums Atlas.
"Hier sind President Romanow und Golem. Wir bitten um ein Gespräch zwecks weiteren Vorgehens, was das Verschwinden der bekannten Personen auf Mystiko angeht."
"Ich erwarte euch in Poseidons Arbeitszimmer im Regierungssitz auf Atlas", lautete die Antwort.
Nach einer Stunde landeten sie mit dem Beiboot und wurden dort von einem Androiden empfangen, der sie begleitete. Während sie durch die Flure des Regierungssitzes wanderten registrierte Romanow, wie nüchtern dieses Mal alles wirkte. Offensichtlich legte die KI Neptun wenig Wert auf Pracht, die sich sonst durch die vielen Hologramme verschiedenster Galaxien und Welten jedem Besucher präsentierte. Auch gab es keine Security, ohne die man hier früher keinen Schritt vorangekommen wäre.
Am Ziel angekommen wurden sie von einem Androiden in der blauen, atlantischen Uniform begrüßt: "Willkommen, ich bin die KI Neptun. In Fällen wie diesen, wenn weder Poseidon noch Hades präsent oder verfügbar sind, erscheine ich in meinem Avatar-Androiden."

Überrascht sahen sich Golem und Romanow an.

"Sehr erfreut", erwiderte Präsident Romanow. "Du weißt, warum wir gekommen sind. Mit Poseidon sind mehrere, hochkarätige Personen verschwunden sowie ein Teil der Führungsspitze für die Reise zur Kaulquappen-Galaxie. Wir bitten um eine detaillierte Information über das, was geschehen ist."

Die KI Neptun kam der Bitte nach und berichtete den beiden, dass sie Poseidon zusätzlich zu den Koordinaten auf dem Planeten Mystiko auch den Aufenthaltsort eines Würfels übermittelt hatte, der ihm im Falle des Todes der Schöpfer übergeben werden sollte. Ein Hologramm war daraus erschienen, das von Isis Romanow als Admiral Michael Röttger identifiziert wurde. Daraufhin hatte die KI Poseidon ein weiteres Datenpaket geschickt. Die letzte, übermittelte Nachricht war die, dass der Zugang zur Anlage aktiviert worden war und danach brach jeglicher Kontakt ab. Allerdings wurde von den im Orbit kreisenden Sonden zu diesem Zeitpunkt ein Transmissionsvorgang aufgezeichnet. Doch das Ziel dieser Teleportation war nicht feststellbar.

"Untersuchungen am Ort des Geschehens haben nicht den geringsten Anhaltspunkt über den Verbleib der Verschwundenen oder über einen Zugang ergeben", endete die KI Neptun.

"Existiert ein weiterer Würfel?", fragte Golem.

"Bedauerlicherweise nicht. Es gibt auch keine gespeicherten Daten, wie er aufgebaut ist."

"Das klingt nicht sehr vielversprechend", meinte Romanow ernst. "Was ist deine Meinung dazu? Wie lautet deine Empfehlung, wie wir weiter vorgehen?"

"Es ist sehr wahrscheinlich, dass alle in eine andere, höhere Dimension teleportiert wurden. Die Schöpfer hatten sich zu ihren Lebzeiten über das Gebilde Aither in diese Sphären zurückgezogen und es ist davon auszugehen, dass sich auch die gesuchten Technologien dort befinden."

"Dann gehe ich davon aus, dass alle gesund und munter sind", stellte Romanow mit einem Gefühl der Erleichterung fest. "Aber warum hören wir nichts von ihnen? Es sind mittlerweile fünf Tage vergangen."

"Das kann verschiedene Gründe haben", lautete die Antwort. "Es ist wahrscheinlich, dass sie sich mitten in der Erforschung der Technologien befinden und in ihrer Dimension nicht mit uns kommunizieren können. Die schlechteste Option ist die, dass sie nicht zurückkehren können – aber davon ist zum jetzigen Zeitpunkt noch nicht auszugehen."

"Soweit, so gut", meinte Romanow schließlich. "Dennoch sollten wir uns das näher ansehen. Was hat es mit diesem Hologramm auf sich, das den Namen Admiral Röttger trägt?"

"Die Aufzeichnungen der USOP besagen, dass Röttger eines natürlichen Todes im Alter von 262 Jahren gestorben ist – und zwar im Jahr 2380", erläuterte Golem.

"Admiral Röttger war zu jener Zeit für die Menschen so etwas wie eine irdische Legende."

In diesem Moment erschien ein Androide und führte Athena und Finn Schwarz in den Raum.

Nach einer kurzen Begrüßung durch die KI Neptun berichtete Athena, dass Isis ihr noch eine kurze Nachricht übermittelt hatte. Aber auch sie konnte nichts Neues erzählen und so gingen sie alle gemeinsam zum Hangar, um sich anschließend mit Admiral Schneider auf dem Planeten Mystiko umzusehen.

"Schön, dass ihr beiden da seid", äußerte sich Romanow lächelnd. "Aber ich wundere mich doch, dass ihr so schnell kommen konntet."

"Nachdem Isis sich nicht mehr meldete - du weißt, wir tauschen uns in bestimmten Zeitabständen aus - war mir klar, dass sie Unterstützung benötigt. Kurz darauf wurde ich von Stella Armstrong kontaktiert. Sie hat mich mit Commander Jules auf der ADMIRAL RÖTTGER zu deiner Unterstützung hierher beordert."

Mit einem Blick auf Finn Schwarz ergänzte Athena: "Finn wurde auf meine Bitte hin eingeladen. Armstrong weiß, dass wir ein gutes Team sind."

"Und nicht nur das", murmelte Schwarz fröhlich, den Arm um sie legend. "Meine Frau hat mich eben gerne bei sich."

Romanow schmunzelte und warf Golem einen Blick zu, der Athena gerade zufrieden betrachtete.

Im Verlauf der kommenden Tage untersuchten Finn Schwarz, Athena, Golem und Romanow zusammen mit Admiral Schneider und den Atlantern immer wieder den Planeten an den angegebenen Koordinaten und führten täglich Gespräche mit der KI Neptun, während die Besorgnis mit jedem Tag, an dem sie nichts von den Verschwundenen hörten, leise wuchs.

Nach zwei Wochen gab selbst Neptun zu, dass es anscheinend Schwierigkeiten mit der Rückkehr gab.

"Aber das ist wenig plausibel", meinte Admiral Schneider. "Erst erhält Poseidon den Zugang zu dem Erbe und dann wird ihm die Rückkehr verwehrt? Das macht doch keinen Sinn."

"Die Schöpfer haben sich durchaus von Emotionen hinreißen lassen", erklärte Romanow nachdenklich. "Sie waren weder edel und nur von einer zur Schau getragenen Großmut." Er dachte daran, wie sie ihnen damals scheinbar großzügig die Freiheit schenken wollten, nur um einen Atemzug später eine Katastrophe anzukündigen, bei der sie selbst nicht mehr anwesend sein würden. Unwillkürlich zu Golem sehend ging ihm auch die Szene mit Gaia durch den Sinn, die von einer gewissen Rachsucht geprägt gewesen war. Hatten die Schöpfer Poseidon schlussendlich doch noch einen bitterbösen Streich gespielt?

"Eine andere Option ist die, dass der Materiebrand mehr beschädigt hat als ursprünglich angenommen", warf Golem ein. "Oder Poseidon hat noch nicht realisiert, wie er die Rückkehr in Gang setzen kann."
Am Ende hielten alle frustriert fest, dass sie einfach nicht mehr weiterkamen und die Suche nach der verschwundenen Gruppe vorerst beendet werden musste. Und so machten sich Mitte September die irdischen Raumschiffe auf den Heimweg in die Milchstraße.

Planet Neptun, Milchstraße

Am nächsten Morgen traf sich die Gruppe wie vereinbart im Konferenzraum und Maya und Fynn präsentierten ihre Überlegungen und Schlussfolgerungen.
Poseidon schwieg zunächst dazu und so kommentierte Justin: "Das macht Sinn. Also stellt sich die Frage: Wo befindet sich die Teleportationsplattform für die Rückkehr? Und wie funktioniert sie? An dem Ort, an dem wir angekommen sind, ist nichts."
"Von einem Racheakt der Schöpfer ist nicht auszugehen. Von so hochentwickelten Persönlichkeiten sind niedere Beweggründe nicht zu erwarten", äußerte sich Nergal.
"Der Meinung bin ich überhaupt nicht", hielt Justin Schwarz energisch dagegen. "Dieser Zeus war unerträglich überheblich und arrogant."
"Gaia hat versucht, mich und Golem während unseres kurzen Aufenthalts auf dem Planeten 9 gegeneinander auszuspielen, als ihr klar wurde, dass wir nicht mehr kritiklos bereit waren, alles hinzunehmen", berichtete Poseidon jetzt. "Ich stimme Mayas Annahmen zu, dass die Schöpfer uns Androiden weniger wertschätzten. Unsere Gehorsamsverweigerung hatte sie verärgert. Die Schöpfer verhielten sich im Grunde sehr menschlich und ließen sich von Emotionen durchaus zu niederen Handlungen hinreißen."
Isis bestätigte die Haltung, da sie von Golem und Lew ähnliches erfahren hatte.
Nergal sagte schließlich nur: "Das ist eine unangenehme Überraschung."
"Wie war das eigentlich für dich, Michael?", fragte Maya Shan zu Michael Röttger gewandt. "Du hast doch Gaia und Zeus live erlebt."
Der so Angesprochene sah die Anwesenden nachdenklich an: "Ich kann mich nicht wirklich beklagen, denn ich

wurde nie ungebührlich behandelt. Aber als wir das erste Mal darum baten, diese Anlage zu verlassen, wurde uns der Wunsch mit der Begründung verweigert, dass mit unserem Erscheinen auf der Erde die Gefahr eines Zeitparadoxons bestünde. Wir akzeptierten das, solange unsere Doppelgänger noch lebten. Aber als diese schon längst gestorben waren und wir auch keinen Zugang mehr zum ehemaligen, atlantischen Raumschiff in der Antarktis erhielten haben wir beim nächsten Besuch der Schöpfer erneut auf der Bitte bestanden. Zunächst erhielten wir dieselbe Erklärung wie zuvor, die wir jedoch zu hinterfragen begannen. Daraufhin wurden wir damit abgespeist, dass wir erst weiter an Reife gewinnen müssten, um alle Zusammenhänge zu verstehen. Einige von uns haben versucht, mit Gaia und Zeus zu diskutieren, um sie umzustimmen – aber es war vergeblich. Kurz darauf waren sie wieder verschwunden."

"Wenn ich das alles so höre", begann Fynn Shan, "dann können wir nicht mehr ausschließen, dass unsere gottgleichen Schöpfer Poseidon als eigenständig gewordenen, in die Freiheit entlassenen Androiden als Abschiedsgeschenk einen kleinen Streich spielen wollten. Zeit genug dafür hatten sie vor ihrem Abgang. Allerdings erscheint mir eine starke Rachsucht, durch die Poseidon unwiderruflich in der Patsche sitzen sollte, eher unwahrscheinlich. Ich kann mir jedoch gut vorstellen, dass sie eine Hürde wie eine Prüfung installierten, ganz nach dem Motto "Dann beweise mal, was du wirklich drauf hast!"

"Ich stelle mir die Frage", meldete sich Han zu Wort, "wo sich hier in dieser riesigen Dimensionsblase eine zentrale Steuerung befindet. Weißt du etwas darüber, Michael?"

"Es existiert eine Stations-KI, die mit allem vernetzt ist und die ganzen Vorgänge regelt. Etwas anderes kenne ich nicht."

"Ich schlage vor, dass wir der KI viele, verschiedene Fragen vorlegen und die Antworten im Anschluss auswerten", tat Nergal kund. "So erhalten wir mehr Informationen über die Funktionsweise dieser Anlage."

"Das ist ein vielversprechender Gedanke", stimmte Isis Romanow begeistert zu und Poseidon entschied, dass sie am besten sofort damit beginnen sollten.

Und so wurden unzählige Fragen formuliert, wie: Gibt es eine Selbstreparatur-Routine? - Wie werden Fehlfunktionen korrigiert? - Existiert eine Möglichkeit, um bei einem Notfall die Station zu verlassen? - Kann die Dimensionsblase heruntertransformiert werden? - Welche Voraussetzungen sind zur Bedienung der Transmitter notwendig? - Wer ist zur Bedienung der Dimensionsschiffe zugelassen?

Nach einer halben Stunde wurden die Fragen der KI vorgelegt und die Antworten auf Anhaltspunkte analysiert.

Doch das meiste war belanglos, bis auf zwei Informationen. So bestätigte die KI, dass es eine Katastrophenschaltung gab, die von einer verborgenen Zentrale ausgelöst werden konnte. Voraussetzung war die Entscheidung der Stations-KI, dass die Anlage anders nicht mehr gerettet werden konnte und schlussendlich die Selbstzerstörung eingeleitet werden sollte. In diesem Fall würde alles biologische Leben an einen anderen Ort teleportiert werden.

"Das ist interessant", sagte Nergal. "Es existiert also eine verborgene Zentrale."

"Aber wo soll die sein?", meinte Röttger. "Wir haben hier auch alles durchsucht, aber keine Steuerungseinheit oder ähnliches gefunden."

"Ich denke nicht, dass es sich hier um eine physische Steuerungseinheit handelt", erwiderte Isis. "Ich gehe eher von einem Netzwerkknoten aus, der mit einem speziellen

Datenspeicher verbunden ist, in dem diese Informationen angelegt sind."

"Schön und gut", warf Schwarz ein. "Aber wie erreichen wir den? Die Stations-KI wird uns dabei nicht helfen."

"Das werde ich übernehmen", tat Isis Romanow kund, woraufhin sie alle überrascht anschauten. Mit einem Blick auf Poseidon fuhr sie lächelnd fort: "Ich habe immer eine Nano-Drohne bei mir, die mir schon in der Vergangenheit gute Dienste geleistet hat."

Mittlerweile wusste Poseidon von den beiden Spionage-Drohnen in seinem Netzwerk, mit denen Isis das Emotionsmodul damals geschickt auf den Weg gebracht hatte. Er nickte ihr unmerklich zu und so fuhr sie fort: "Ich werde sofort damit beginnen, die Drohne einzuschleusen. Am besten bleibt Han bei mir, da ich zeitweise sehr abwesend sein werde, um mich auf die Steuerung der Drohne zu konzentrieren. Auch schlage ich vor, dass wir ab sofort – bis auf Maya, Justin und Michael – keine Ruhepausen mehr einlegen. Gestern war es auf der Erde bereits Oktober – das bedeutet, es vergehen für jeden Tag, den wir hier verbringen, dort vier Wochen. Ich hoffe, wir erhalten schnell Ergebnisse, ansonsten werden die Spaceships bereits unterwegs sein, wenn wir zurückkehren."

Alle einigten sich darauf, dass Nergal, Justin und Maya der Stations-KI weiter Fragen stellen sollten und sich mit der Auswertung der Antworten beschäftigten.

Poseidon entschied, zusammen mit Hades, Fynn und Röttger nach einer Transmissions-Plattform in der Anlage zu suchen. Zunächst begaben sie sich zu der Stelle des Saals, an der sie anfangs aufgetaucht waren. Der ganze Bereich wurde sorgfältig gescannt, aber es ließ sich nichts Besonderes ausmachen oder eine Reaktion erzielen. Sie entschieden schließlich, die ganze Anlage nach und nach zu durchkämmen und machten sich an die Arbeit.

Isis hatte sich mit Han zum Terminal im Saal begeben, der für Wartungsarbeiten genutzt wurde und dadurch gleichzeitig eine Schnittstelle zum Stationsnetzwerk war. Die Drohne wurde über die Stromzufuhr eingeschleust und dann konzentrierte Isis sich nur noch auf die Steuerung anhand der übermittelten Informationen. Gleichzeitig fuhr sie sämtliche, anderen Systeme in sich herunter und war dadurch von der Außenwelt so gut wie abgeschottet; einzig der Kommunikationskanal mit Poseidon blieb aktiv. Han saß währenddessen ruhig neben ihr.

Und dann bewegte sich die Drohne stetig vorwärts. Die ersten Netzwerkknoten waren relativ einfach zu überwinden. Doch je näher die Drohne dem Zentrum der Stations-KI kam, umso länger dauerte es. Immer wieder mussten erst Datenpakete abgewartet werden, um die entsprechende Zugangsberechtigung für ein weiteres Vordringen herauszulesen. Und nach einer Stunde war es soweit: Der Kernspeicher war ungehindert erreicht worden, ohne einen Abwehrmechanismus der KI hervorgerufen zu haben. Nun galt es, die darin enthaltenen, diversen Unterspeicher zu untersuchen, um herauszufinden, wo sich die Katastrophenschaltung genau befand. Und wieder verging einige Zeit, bis Isis über die Drohne einen kleinen Speicher entdeckte mit der Bezeichnung "Sicherheitsverzeichnis".

Bildlich gesprochen betrat sie über die Drohne diesen Speicher und ein Autorisierungsprogramm verlangte sofort einen Zutrittscode. Innehaltend überlegte sie, wie sie an den Code herankommen konnte, da es hier keine Datenpakete gab, die sie hätte auslesen können, denn zurzeit gab es keinen relevanten Sicherheitsfall. Also wie gelangten hier Informationen hinein? Sämtliche, vorhandenen Schnittstellen absuchend entdeckte sie endlich eine unscheinbare Schnittstelle, die vermutlich der Analyse und Filterung der hereinkommenden Daten auf sicherheitsrelevante Vorkommnisse diente. Isis entschied, die Drohne hier weiterzuschicken, denn der Weg, den sicherheitsrelevante Daten gingen, musste zum Speicher führen, in dem auch die Katastrophenschaltung angelegt war und damit auch die Aktivierung einer Teleportationsplattform.

Es mochten einige Stunden vergangen sein und nach wie vor wies nichts auf eine wie auch immer geartete Plattform hin, wie Hades gerade feststellte.
Innehaltend fragte Fynn plötzlich: "Sag mal, Michael, du hast doch damals noch in das Artefakt auf der Erde reisen können. Von wo aus hast du das getan?"
Röttger sah ihn verdutzt an, ehe sich seine Miene aufhellte. "Daran habe ich nicht mehr gedacht, denn diese Möglichkeit hatte ich schon vor langer Zeit abgeschrieben, da sie nicht mehr aktiviert werden konnte. Diese Plattform befindet sich in der Lagerhalle für die Ausrüstung, denn bei jedem Besuch wurden Teile des alten Raumschiffs auf den neuesten Stand gebracht."
"Na, das ist doch mal was – und es könnte endlich Licht ins Dunkel bringen", meinte Fynn gut gelaunt. Poseidon nickte und so marschierten die vier zur Lagerhalle.
Sobald sie diese betraten erhellte sich der riesige Saal und sie sahen sich prüfend um. Überall waren kleinere und größere Aggregate abgestellt.
Poseidon sah Michael Röttger auffordernd an und so lief er direkt auf eine Wand zu. Unmittelbar davor löste sie sich sozusagen in Luft auf, was darauf hinwies, dass es sich hier nur um eine scheinbare Wand ohne jede Struktur gehandelt hatte. Poseidon erkannte sofort die ihm bekannte, runde Bodenplatte, mit der teleportiert werden konnte.
Aber noch lag sie still und inaktiv vor ihnen und auch der Würfel änderte nichts daran. Immerhin hatten sie die

Plattform – und jetzt war der nächste Schritt zu bewältigen: Wie wurde sie aktiviert? Nacheinander betraten sie
den Bereich – nichts.
In der unmittelbaren Umgebung war ebenfalls nichts auszumachen. Während sie noch hin und her analysierten
sendete Isis an Poseidon: *"Ich bin jetzt im relevanten
Speicher, in dem auch die Aktivierung von Transporten
gesteuert wird. Wo befindest du dich?"*
*"Wir befinden uns bei der Plattform, die zum Artefakt in
der Antarktis auf der Erde führt"*, erwiderte Poseidon.
*"Wenn du eine Aktivierung durchführen kannst, dann be-
ginne damit."*
"Leute, da tut sich was", murmelte Fynn Shan überrascht
und sah wie gebannt auf die Plattform, von der plötzlich
ein grünes Licht auszugehen schien.

Planet Erde

Mittlerweile war es Anfang Dezember. Vor fast 4 Monaten
waren Poseidon, Hades, Nergal, Isis, Justin, Han, Fynn
und Maya verschwunden und es gab weder eine Spur
noch eine Nachricht von ihnen.
Romanow hatte sich in seiner Arbeit vergraben, um nicht
allzu viel darüber nachzudenken, dass er durch seine eigene Entscheidung das Leben aller leichtfertig aufs Spiel
gesetzt hatte. Poseidon hatte Bedenken gehabt, und zwar
so stark, dass er die Erkundungstour hinausgezögert
hatte – allein das war bei einem atlantischen Androiden
ungewöhnlich.
Isis … er vermisste sie schmerzlich und in den einsamen
Nächten überkam ihn manchmal die ohnmächtige Verzweiflung, dass er sie vielleicht nie mehr wiedersehen
würde. Golem war der Meinung gewesen, dass niemand
dieses Ereignis hätte vorhersehen können. Doch das
hatte ihn nicht zu trösten vermocht. Denn wenn alle nicht

mehr zurückkehrten, musste er damit leben, dass er eine Mitverantwortung trug.

In der Sitzung des Nationalen Sicherheitsrates ging es heute darum, wer die Leitung der Expedition übernehmen sollte, denn Anfang Januar würden die beiden Long Distance-Spaceships auf die Reise gehen. Die KI Neptun des Imperiums Atlas hatte Mahal benannt und den weniger bekannten Androiden Ares, der als Oberbefehlshaber das Kampfgeschwader befehligte.

Zunächst berichtete Arnaud Morel vom Forschungszentrum der USOP über die neuesten Testverläufe der beiden Raumschiffe.

"Die letzten Übungen und Tests wurden abgeschlossen. Es sind zwar ein paar Nachbesserungen nötig, die aber alle im Zeitrahmen liegen. Für die Aufbereitung der Warp-Antriebe während der Fahrt haben wir grünes Licht. Es läuft alles plangemäß und so kann gleich nach Neujahr mit der Belegung der Quartiere begonnen werden", endete er gutgelaunt.

"Sehr gute Arbeit, Mr. Morel", sagte Armstrong anerkennend. "Und nun kommen wir zur Diskussion über die Besetzung der zweiten Führungsposition neben Admiral Francesco Moretti. Ich bitte um Vorschläge."

"Commander Jules von der ADMIRAL RÖTTGER ist in meinen Augen die passende Wahl", meldete sich Golem zu Wort. "Er wird von seiner menschlichen Crew anerkannt und geschätzt und ich bin sicher, dass er auch zu den Atlantern einen guten Draht aufbauen wird."

Da der Beschluss grundsätzlich schon getroffen war, von der USOP einen Menschen und einen Androiden zu benennen, wurde daran nicht mehr gerüttelt. Jules war eine gute Wahl, dachte Romanow anerkennend. Beide Persönlichkeiten kannten sich vom Kriegseinsatz und dem Manöver mit den Atlantern und würden gut miteinander zurechtkommen. Fynn Shan hatte zwar den besseren

Draht zu den Atlantern, doch er hätte sich mit Moretti erst einmal zusammenraufen müssen.

Die Gouverneure waren letzten Endes derselben Meinung und so war der Entschluss schnell gefasst. Dann gab es noch einige Anträge, was die zu erwartende Reise betraf und schließlich war die Sitzung beendet.

Den Saal verlassend sah Romanow, dass Golem auf ihn wartete. Sie hatten seit geraumer Zeit keinen Kontakt mehr miteinander gehabt und Romanow war sich bewusst darüber, dass er ihm aus dem Weg gegangen war. Aber Golem war auch sein Freund und damit hatte er ein Anrecht auf ein paar klärende Worte.

"Du bist sehr reserviert, Lew. Gibt es etwas, dass ich wissen sollte?"

"Hast du Zeit für ein Gespräch?"

Golem nickte und so ergänzte Romanow: *"Dann schlage ich vor, wir gehen zu meiner Suite."*

Schweigend liefen sie zu seinem Apartment im Regierungsgebäude. Romanow lud Golem ein, sich mit ihm auf der Terrasse niederzulassen, die aus dieser Höhe einen atemberaubenden Blick auf die Skyline der Town of Planets bot.

Auf das quirlig bunte Treiben der Stadt schauend begann Romanow nach einer Weile: "Ich weiß, ich bin zurzeit nicht gerade sehr zugänglich."

"Du fühlst dich schuldig für das, was geschehen ist", erwiderte Golem, geduldig neben ihm sitzend.

"Bin ich das etwa nicht?", brach es aus Romanow bitter heraus. "Ich kann mich nicht einfach davon freisprechen. Dabei habe ich mir ins eigene Herz geschnitten und mir vielleicht das genommen, was mir so unendlich viel bedeutet."

Seit Wochen sprach er das erste Mal wieder darüber und, während Golem anteilnehmend neben ihm saß, durchfluteten ihn neben dem niederdrückenden Kummer unvermutet ganz andere Emotionen: Eine ohnmächtige Wut auf das Leben, das ihm Isis zu nehmen schien, ein gewaltiger Zorn auf sich selbst und nicht zuletzt haderte er auch mit seinem Freund, der alles so gelassen hinnahm. Denn Golem war es gewesen, der sich damals für die Unternehmung stark gemacht hatte …

Eine Stille breitete sich danach zwischen ihnen aus und er erkannte, dass Golem ihn betroffen ansah.

"Ich habe damals an das Wohl der vielen Menschen gedacht und es als unwahrscheinlich eingestuft, dass eine Rückkehr nicht möglich sein würde", begann dieser jetzt. "Du weißt, wir Androiden koppeln uns leichter von unseren Emotionen ab. Aber ich bin ebenso besorgt und bekümmert wie du, dass wir nichts mehr von Isis und den anderen hören, auch wenn ich es nicht offen zeige."

Sich schweigend musternd war sich Romanow deutlich bewusst, wie abweisend er sich gerade gab. Wo war die Weite, die er einst empfunden hatte, fragte er sich plötzlich mit wachsender Traurigkeit, die Zeit, als er so offen für alles gewesen war?

"Mir bedeutet unsere Freundschaft viel, Lew … es schmerzt mich, dass du dich von mir entfernst."

Golem, der ihm aus dem Sarkophag geholfen hatte und für ihn ins Feuer gegangen war … wollte er wirklich den, der ihm eigentlich ebenso viel bedeutete, vor den Kopf stoßen?

"Es tut mir leid", hörte sich Romanow erstickt sagen, während er nach Golems Hand griff und ihm die Tränen kamen. "Mir geht es nicht gut. Ich … ich brauche dich."

Golem erhob sich und während sie sich umarmten löste sich der Kummer langsam und irgendwann kehrte, auch wenn es kein Frieden war, doch eine Ruhe ein.

300.000 Menschen mit ihren Familien sowie viele Golden Future-Androiden wollten sich auf eine jahrzehntelange Reise einlassen, um sich in einer fernen Galaxie eine neue Existenz aufzubauen. Täglich erschienen in die Presse Interviews der Freiwilligen, was sie dazu bewegt hatte. Unzählige Artikel und Sendungen über die Annehmlichkeiten auf den riesigen Raumschiffen erläuterten anschaulich, wie der Lebensraum für so viele Menschen in dieser langen Zeit aussehen würde.

Im Grunde waren die beiden Spaceships wie eine Stadt aufgebaut: versehen mit Habitaten, Erholungsparks, medizinischen Stationen, Aufenthaltsräumen, Flaniermeilen, Bars und Restaurants, Büros, Fitnessräumen, Geschäften, einer Stations-Security und der Gerichtsbarkeit im Falle von Streitigkeiten.

Imposant war auch die technische Ausstattung.

Ein Spaceship bestand aus drei gewaltigen Kugelraumern, die durch Röhren miteinander verbunden waren. In jedem dieser Kugeln befand sich ein Warp-Antrieb der neuesten Generation, dessen theoretische Reichweite 20 Millionen Lichtjahre betrug, bevor die Energiespulen ausgetauscht werden mussten. Die gesamten Warp-Antriebe konnten mehrfach aufbereitet werden, bis sie verschlissen waren. Waffentechnisch hatte die USOP ihren Aussiedlern alles Erdenkliche mit auf dem Weg gegeben, einschließlich eines Sonnenzerstörers, der sinnigerweise Dark Light genannt wurde. Hinzu kamen auf jedes Raumschiff voll ausgebildete Kampftruppen sowie zehn Beiboote der 200 Meter-Klasse sowie zahlreiche, wendige Zerstörer der Gleiter-Klasse.

Die Hauptzentrale befand sich im mittleren Kugelraumer und besaß alles, was nötig war, um von hier aus im gesamten Spaceship alles zu kontrollieren und zu steuern. Im Notfall konnten die Raumschiffe auch separat agieren und stellten dann drei vollwertige Kampfschiffe dar. Die Bedienung und Wartung lag zu 80% in den Händen von Androiden, was mehrheitlich atlantische Androiden waren. Überhaupt war die Automatisierung auf ein kaum mehr zu überbietendes Niveau gebracht worden.

In einem Ernstfall konnten allein 50 Mann bzw. Androiden das gigantische Raumschiff fliegen. Mittelpunkt war eine spezielle Bord-KI, die über ein Plasmagehirn verfügte und ein Großteil des Wissens, das in Golems riesigen Datenspeichern auf dem Mond vorhanden war, mit auf den Weg bekommen hatte. Allerdings waren alle sensiblen Daten der USOP davon ausgenommen worden, wie Flottenstützpunkte oder militärische Einzelheiten. Die KI erhielt den sinnigen Namen Wisdom und stellte in beiden Raumschiffverbänden eine Einheit dar. Aber wenn es sein musste, konnte sie im Rahmen der Vorgaben auch in nur einem einzigen Raumschiff alleine entscheiden und handeln und sich später wieder synchronisieren.

Die beiden Long Distance-Spaceships erhielten schließlich in einem feierlichen Akt den Namen der Zielgalaxie, nämlich KAULQUAPPE 1 und KAULQUAPPE 2 und wurden unter den Augen von Milliarden von Zuschauern getauft.

Romanow und Armstrong trafen sich Mitte Dezember mit Admiral Moretti und Commander Jules, um mit beiden Führungsoffizieren ihre Aufgaben während der Reise zu besprechen. Moretti war eine tatkräftige Persönlichkeit, die Führungsstärke ausstrahlte und gegenüber der Weiblichkeit gerne mit italienischem Charme auftrat, wie Romanow schmunzelnd vermerkte. Jules dagegen besaß ein ruhige, souveräne Präsenz mit einer gut durchdachten und überlegenen Rhetorik. Als sich beide respektvoll mit Handschlag begrüßten, bestätigte sich sein ursprünglicher Gedanke: Sie würden prächtig miteinander auskommen.

Danach fand ein weiteres Treffen als Viererspitze gemeinsam mit den Atlantern Ares und Mahal statt. Hier waren zusätzlich Golem sowie Ben Smith als Botschafter von Atlas anwesend.

Golem und Romanow wollten moderieren und anfangs lag eine sehr zurückhaltende Stimmung im Raum, als sich alle Anwesenden nach einer förmlichen Begrüßung zunächst schweigend musterten.

Romanow warf Golem einen fragenden Blick zu: *"Ich schlage vor, du kommuniziert erst einmal intern, um das Eis zu brechen und wir treffen uns dann auf der hörbaren Ebene?"*

"Das scheint mir das passende Vorgehen zu sein", nickte Golem unmerklich.

"Ich bitte um einen Augenblick Geduld", sagte Romanow zu Moretti und Armstrong, während Golem mit den Atlantern und Jules Kontakt aufnahm.

"Was heißt das denn?", fragte Admiral Moretti leicht erstaunt, spürend, dass hier etwas vor sich ging, auf das er keinen Zugriff hatte.

"Ich habe Golem vorgeschlagen, zunächst mit Jules, Ares, Smith und Mahal intern den Anfang zu machen. Danach begegnen wir uns alle auf der sprachlichen Ebene."

Romanow sah Moretti an, dass ihm das nicht schmeckte, aber er würde sich darauf einstellen müssen, dass nicht alles wie gewohnt seiner direkten Kontrolle unterlag. Für ihn würde das gute Verhältnis zu Jules entscheidend sein, mit dem die Atlanter ganz sicher nicht nur sprachlich kommunizieren würden. Das Treffen verlief schlussendlich zufriedenstellend und es wurde beschlossen, dass ein finales Treffen Anfang Januar stattfinden sollte.

Das letzte Dezemberdrittel war angebrochen, als Romanow mitten in der Nacht plötzlich die Augen öffnete, hellwach in die Dunkelheit starrend mit dem deutlichen Gefühl, dass er genau wusste, was zu tun war. Warum war ihm das nicht schon früher eingefallen?

Aufspringend fuhr er seinen Terminal hoch und kontaktierte Golem auf dem Mond. Es war zwar noch tief in der Nacht, aber der Androide würde schnell präsent sein. Kurz darauf erhielt er auch schon die Antwort.

"Was gibt es, Lew?"

"Das alte, atlantische Raumschiff auf der Antarktis hat eine Anlage, die zur Teleportation genutzt wird. Ich benötige dich für den Zugang. Ist es dir möglich, heute mit mir dorthin zu reisen?"

"Wir wissen bisher nur von einem Transportweg zwischen dem Schiff und Atlas", wandte Golem nüchtern ein.

"Das ist richtig. Aber es muss noch einen anderen Zielort geben", erwiderte Romanow. "Erinnere dich: Die Anlage erhielt technische Updates und Poseidon wusste nichts darüber."

"Gesetzt den Fall, es ist so – dann stehst du unter Umständen vor derselben Situation wie Poseidon. Wie gedenkst du, zurückzukommen?"

"Das weiß ich noch nicht", gab Romanow zu. "Aber ich werde auf keinen Fall hier herumsitzen und weiter abwarten. Also – hast du heute Zeit?"

"Gut, ich mache mich auf den Weg und hole dich in einer guten Stunde ab."

Ruhig und entschlossen machte sich Romanow fertig und hinterließ eine Nachricht im Büro mit der Anweisung, seine Termine zu verlegen. Armstrong würde er erst Bescheid geben, wenn er vor Ort war, denn er war nicht bereit, sich von irgendjemanden noch ein Hindernis in den Weg legen zu lassen. Es war letzten Endes nur eine Ahnung, aber aus einem unerfindlichen Grund heraus wusste Romanow, dass er dem nachgehen musste.

Als Golem eintraf bat dieser ihn, noch einen Umweg zum Forschungslabor von Justin und Han zu machen. Dort holte er einen der Peilsender, die auch in einer höheren Dimension ein Signal abgaben.

"So wissen wir wenigstens, wo du dich aufhalten wirst. Ich werde den Vorgang überwachen und so wirst du nicht ganz ohne Rückendeckung unterwegs sein."
Danach liefen sie zum Hangar, um mit dem Beiboot der ATLANTIS, mit dem Golem gekommen war, zur Antarktis zu fliegen.
Nach einer guten Stunde vor Ort angekommen passierten sie verschiedene Schleusen und befanden sich vor dem Scanner, der die Identität der berechtigten Personen nach bestimmten Kriterien wie DNS, Blutzusammensetzung, Gehirnströme und Iris feststellte. In Golem selbst wurde während dieses Prozesses eine ganz spezielle, elektronische Signatur erzeugt, die er in Verbindung mit einem, auf dem Mond befindlichen, Speicher erzeugte. Mittlerweile hatte Romanow das ursprüngliche Gerät ersetzen lassen und die Apparatur erfasste schnell alle erforderlichen Daten von ihnen.
Eine kleine Leuchtdiode an der Schleuse ging schließlich von Rot auf Grün: Damit war die Echtheit ihrer Personen zweifelsfrei festgestellt. Danach startete Golem seinen Autorisierungsprozess und nach einer Minute leuchtete die zweite Leuchtdiode ebenfalls grün auf - die Schleusentür begann sich zu öffnen.
Als diese vollständig aufgefahren war, erhellte sich der riesige Raum, in dem das atlantische Raumschiff seit Jahrtausenden isoliert gehalten worden war. Es war schon ein paar Jahre her, dass er sich hier aufgehalten hatte, ging Romanow durch den Sinn. Damals hatte Smiths Körper leblos in der Schleuse gestanden und auch heute flammte die blaue Beleuchtung auf, als sie das Raumschiff betraten, um mit den Expressliften zur Zentrale zu fahren.
"Das Schiff wurde nach Bens Erscheinen gründlich durchsucht, aber es konnte nichts aktiviert werden - bis auf die Stromzufuhr und die Kommunikation mit der Bord-KI",

erläuterte Golem. Die Zentrale betretend, die sich als gro-
ßer, runder und leerer Raum präsentierte, fragte Roma-
now spontan laut: "Wo befindet sich die Plattform für eine
Teleportation?"
"In der Zentrale", ertönte die Antwort der Bord-KI.
"Spezifiziere diese Information", forderte Golem.
"Der Boden der Zentrale selbst stellt die Fläche dar, auf
der Transporte stattfinden."
"Soweit, so gut", entschied Romanow und wandte sich an
Golem. "Übrigens: Jemand muss Armstrong noch informieren. Ich fürchte, dieses Mal bist du der Glückliche …"
Golem erwiderte sein Lächeln: "Ich werde heute noch hier
warten und dann zum Mond fliegen, um den Peilsender
dort zu überwachen. Komm zurück, mein Freund."
Nach einer abschließenden Umarmung begab sich Ro-
manow in die Mitte des Raumes und Golem zog sich an
den Eingang zurück, um ihn im Blick zu behalten.
Doch zunächst passierte nichts. Schließlich sagte Roma-
now laut: "Ich wünsche eine Teleportation. Beginne da-
mit!"
"Nenne den Zielort."
Romanow und Golem sahen sich an.
*"Na bitte – ein Zielort ist Atlas, das wissen wir. Also gibt
es noch einen anderen."* Unwillkürlich benutzte Romanow
die gedankliche Kommunikation.
"Oder mehrere", warf Golem sofort ein.
Romanow nickte und fragte die KI: "Nenne mir die Optio-
nen."
"Planet Atlas, Zwerggalaxie NGC 147 und Planet Neptun,
Milchstraße, 5. Dimension."
Das war eine Überraschung! Neptun … also waren alle
nicht allzu weit entfernt.
"Ich fordere den Transport zum Planeten Neptun an."
"Legitimation erteilt."

Der Boden der Zentrale begann in einem sanften Grünton zu leuchten, der sich intensivierte und von einer Sekunde auf die andere verschwand Lew Romanow spurlos vor Golems Augen.

Kapitel 3 Die Aktivierung

Planet Neptun

Die große, runde Plattform in der Lagerhalle, vor der Poseidon, Hades, Fynn und Röttger standen, begann immer intensiver grün zu leuchten und von einem Augenblick auf den anderen erschien vor ihren Augen eine Gestalt: Lew Romanow!
Poseidon, gleichzeitig Isis und Nergal die Nachricht seiner Ankunft übermittelnd, sagte erfreut: "Willkommen in unserer Dimension, Lew!"
Romanow sah die kleine Gruppe wortlos an, während ihn Wellen der Erleichterung durchrieselten. Seine Ahnung hatte sich bestätigt, dachte er mit einer tiefen Zufriedenheit, woher auch immer sie gekommen war.
"Du weißt nicht, wie froh ich bin, euch zu sehen, Poseidon! Wir haben monatelang nichts von euch gehört und wussten nicht, ob ihr überhaupt noch lebt. Isis …?"
"Sie wird gleich eintreffen."
"Wie hast du das geschafft?", fragte Fynn Shan und ging auf ihn zu, um ihn mit einer herzlichen Umarmung zu empfangen.
Aber dessen Blick blieb zunächst an Michael Röttger hängen: "Darf ich fragen, wer Sie sind?"
"Ich bin der Klon des einstigen Admirals aus dem Jahr 2153", antwortete dieser ruhig.
Isis Romanow hatte mittlerweile die Drohne in den Ruhezustand versetzt und war zusammen mit Han zur Lagerhalle gelaufen. Da über Nergal auch Maya und Justin informiert worden waren, trafen sie jetzt alle zusammen dort ein.
Romanow, der gerade berichtete, was sich in der Zwischenzeit auf der Erde getan hatte, legte erfreut den Arm um seine Frau.

"Ich habe übrigens einen Peilsender bei mir, den mir Golem mitgegeben hat. Seid ihr bereit zur Rückkehr? Er wartet auf uns in der Antarktis", endete er jetzt.
Eine Stille breitete sich aus, bei der sich alle anderen einen bedeutungsvollen Blick zuwarfen.
"Was ist?", fragte Romanow irritiert.
"Das ist der Punkt, den es zu klären gilt", sagte Poseidon. "Es gibt hier einige bedeutsame Entdeckungen, die du dir vor der Rückkehr anschauen solltest. Jedoch müssen wir bei alledem berücksichtigen, dass die Zeit hier langsamer vergeht als auf der Erde."
"Was heißt das?", fragte Romanow sofort.
"Wir sind erst seit erst vier Tagen an diesem Ort – ein Tag hier bedeutet eine Zeitspanne von einem Monat auf der Erde."
"Golem muss sofort eine Nachricht darüber erhalten - wenn er überhaupt noch dort ist", sagte Romanow eindringlich.
"Hades wird zurückkehren und Golem informieren", entschied Poseidon und gab ihm die Order.
Hades betrat die Plattform, die erneut zu leuchten begann und schon war er im nächsten Augenblick verschwunden.
"Grandios! Unser Rückweg steht schon einmal", stellte Schwarz erfreut fest. Michael Röttger und Maya Shan war die Erleichterung deutlich anzusehen und Fynn sagte: "Na, dann ist der Weg ja freigegeben. Vielleicht klappt es nun auch mit dem Transport nach Mystiko."
Unvermutet erklang die Stimme der Stations-KI: "Diese Plattform wurde aktiviert und kann jederzeit für einen Transport genutzt werden. Eine Änderung des Zielorts ist nicht möglich."
Überrascht schauten sich alle an: Die KI hörte also mit!
"Danke für die Information. Hast du eigentlich auch einen Namen?", fragte Fynn.

"Nein. Ihr könnt mit mir über die hörbare Sprache kommunizieren oder über den Terminal."

Alle gingen in den Konferenzraum zurück und besprachen das weitere Vorgehen. Zunächst brachten sie Romanow auf den aktuellen Stand ihrer Erkenntnisse.

Poseidon schlug schließlich vor, dass Isis weiter mit der Drohne arbeitete, um noch mehr Informationen zu erhalten während er mit Michael Röttger und Fynn Shan Romanow die vielen technischen Errungenschaften zeigen wollte.

"Gut. Wir sehen uns später noch, mein Engel", meinte Romanow zu seiner Frau und drückte sie einen Moment lang innig an sich.

"Ich setze mich mit Han wieder an den Terminal im Saal", erwiderte Isis lächelnd. Er schien etwas hagerer geworden zu sein, stellte sie fest, aber die Zeit verrann unerbittlich und private Gespräche mussten warten.

Die Drohne wurde wieder aktiviert und jetzt erhielt Isis über die vorher anvisierte Schnittstelle den Datensatz, der die Information der gerade stattgefundenen Teleportation beinhaltete. Als Ausgangsort waren die Koordinaten des Zielorts Erde, Milchstraße, 3. Dimension, verzeichnet mit dem Zusatz: "Transportgut biologisch". Den Rücktransport von Hades hatte die Zusatzbezeichnung "Transportgut Androide".

Was sofort die Frage aufwarf: Wo waren die Aufzeichnungen über ihren Transport von Mystiko hierher?

Weiter suchend entdeckte Isis schließlich die gesuchten Informationen in einem Unterspeicher, in dem ein Verzeichnis mit der Bezeichnung "Sicherheitsrelevante Vorkommnisse" existierte. Der Transport vom Planeten Mystiko war gespeichert worden mit dem Vermerk: "Nach einmaligem Transport erfolgte Löschung des Zielorts Mystiko, Imperium Atlas, Zwerggalaxie NGC 147. Anweisung Zeus".

Da Poseidon mit Michael Röttger und Lew Romanow gerade den Saal durchquerte versetzte Isis Romanow die Drohne in den Ruhezustand, um ihnen diese Neuigkeit mitzuteilen.

Nergal, Maya Shan und Justin Schwarz waren ebenfalls im Saal, sodass alle zu einer kurzen Besprechung zusammen kamen. Schwarz kommentierte grimmig: "Also haben wir mit unseren Überlegungen leider richtig gelegen. Man kommt nicht mehr umhin, diese Anweisung als bösen Seitenhieb gegen Poseidon anzusehen."

"War Zeus denn überhaupt noch einmal hier gewesen?", fragte Maya Shan Röttger. "Bisher hieß es doch immer, dass Gaia und Zeus schon lange nicht mehr hier waren. Ich meine vor unserer Beinahe-Katastrophe und das müsste, wenn man es in deine Zeit umrechnet, vor 1-1,5 Monaten gewesen sein."

"Ja", bestätigte Röttger. "Es war allerdings nur eine kurze Stippvisite von Zeus wie ich von der Stations-KI erfahren habe. Ich selbst habe ihn nicht gesehen."

In der darauf entstandenen Stille sagte die Stations-KI: "An dieser Stelle gebe ich im Namen und Auftrag der Schöpfer eine Erklärung ab. Diesen Ort mit seiner ganzen Zukunftstechnologie dürfen nur Spezies verlassen, die den nötigen Reifegrad besitzen. Ist die Legitimierung erfolgt, dann ist eine Aktivierung der Dimensionssänften möglich und damit auch eine Ab- und Anreise. Die zweite Transportstation wurde jetzt aktiviert. Eine endgültige Legitimierung kann jedoch erst in einem der Raumschiffe durch die KI Caecilia (griechisch: Die Himmlische) erfolgen."

"Dimensionssänfte ... was für eine interessante Bezeichnung für ein Raumschiff!", entfuhr es Maya Shan.

"Dann machen wir es doch so", schlug Schwarz entschlossen vor. "Ich werde zur Erde zurückkehren und ein

Expertenteam zusammenstellen. Wir werden den Dingen schon auf den Grund gehen!"

"Ihr könnt jederzeit nach "Yn" (griechisch: Erde) reisen", meldete sich die Stations-KI wieder unaufgefordert zu Wort. "Ich mache darauf aufmerksam, dass eine Rückkehr nur für die anwesenden Menschen oder Androiden möglich ist. Andere Personen müssen sich erst neu legitimieren oder von einer legitimierten Person autorisiert werden."

"Na, das wird ja immer schöner", brummte Justin Schwarz. "Also werden wir entweder einen Weg finden müssen, die Raumschiffe selbst zu aktivieren oder die schöne Technologie ist Geschichte. Denn uns rennt die Zeit davon – unendlich lange können wir nicht bleiben, sonst erkennt uns auf der Erde niemand mehr!"

"Bei vollständiger Legitimierung wird die Zeitfalte deaktiviert", gab die Stations-KI bekannt. "In dem Fall verläuft die Zeit in der Dimensionsblase in Nullzeit, d.h. ein Zeitunterschied zu Yn ist nicht mehr vorhanden."

Nach weiteren Beratungen entschied Poseidon, dass Isis mit der Drohne weiterarbeiten sollte, um Informationen über die Aktivierung der Raumschiffe zu erhalten. Allerdings teilte er ihr das über einen internen, abgesicherten Kommunikationskanal wortlos mit, um zu verhindern, dass die Stations-KI Kenntnis davon erhielt.

Gleichzeitig bat er Röttger, mit ihm und Romanow jetzt zu den Dimensionsschiffen zu fahren.

Fynn Shan und Han begaben sich mit Isis Romanow an den Terminal. Sie schloss die Augen und saß erneut still und abwesend da. Und so wurde die Nano-Drohne jetzt in den Sektor der Transportberechtigung gelenkt.

Dort stellte sie fest, dass sämtliche, hier Anwesende von der KI registriert und eingeordnet worden waren. Aber die weiteren Erkundungen brachte keine neuen, verwertbaren Erkenntnisse. Nirgends war eine Datei erkennbar, die

Informationen über die Raumschiffe enthielt. Also versetzte sie die Drohne wieder in den Ruhezustand und öffnete die Augen.

"Und?", fragte Fynn neugierig.

"Wir sind alle registriert worden – das passt dazu, dass nur die zurückkehren können, die hier anwesend sind. Mehr finde ich nicht."

"Wir sollten uns mit deiner Drohne in das Netzwerk eines der Raumschiffe einklinken", schlug Han vor, den internen, abgesicherten Kommunikationskanal benutzend. *"Die KI hat davon gesprochen, dass die vollständige Berechtigung erst dort erfolgt. Es ist möglich, dass hier zwei getrennte Netzwerke vorliegen."*

"Das ist ein guter Gedanke", stimmte Isis zu und dann sagte sie hörbar: "Ich habe noch eine Frage an dich. Kannst du mit Caecilia kommunizieren?"

"Nein. Erst wenn die Aktivierung erfolgt ist, werde ich in eine Kommunikation mit eingebunden, um erforderliche Reparaturen oder notwendige Installationen durchführen zu lassen."

Isis nickte Fynn und Han zu und so erhoben sich die drei, um den anderen mitzuteilen, dass sie sich ebenfalls zu den Raumschiffen begeben würden.

In der Zwischenzeit war Romanow mit Poseidon und Röttger im Hangar angekommen und bewunderte den riesigen Saal mit den Raumschiffen.

"Das ist fantastisch", entfuhr es ihm überrascht. "Allerdings sind sie nicht groß und fassen nicht sehr viele Menschen. Das muss wohl die Zeit gewesen sein, als sich die Anzahl der Schöpfer bereits immens reduziert hatte."

Gemeinsam betraten sie das naheliegende Raumschiff, liefen durch die offene Schleuse und fuhren mit den Expressliften zur Zentrale.

"Legitimiere dich!", ertönte sofort die Stimme der Bord-KI Caecilia.

Poseidon sah zu Romanow: *"Wir gehen mittlerweile davon aus, dass nur eine biologische Lebensform mit einer definierten Reife diese besitzt."*

"Ich verstehe", antwortete Romanow nachdenklich und schaute sich um. Wieder war da eine unbestimmte Ahnung, dass die Lösung direkt vor ihm lag.

"Ihr habt diesen Raum sicherlich gut untersucht - und doch muss hier etwas sein."

Im Raum umhergehend rief Romanow spontan, wie im Schiff auf der Antarktis: "Aktiviere dieses Raumschiff!"

Das Blau in der Zentrale intensivierte sich plötzlich und eine zusätzliche, helle Beleuchtung flammte auf. "Willkommen. Eine Legitimierung ist erkannt worden. Die Aktivierung wird eingeleitet."

Romanow, Poseidon und Röttger sahen sich überrascht an.

"Glückwunsch! Du bist derjenige, der die Berechtigung besitzt!", strahlte Röttger erfreut, während Isis, Han und Fynn gerade hereinkamen.

"Ihr kommt gerade richtig", lachte Romanow und wandte sich dann an Röttger und Poseidon: "Die Frage ist nur – worin besteht die Legitimierung?"

"Ich habe euch beobachtet", warf Röttger ein. "Ihr hattet euch unterhalten, richtig?"

"Das ist richtig. Seit unserer Reise in die höheren Dimensionen haben wir einen telepathischen Kontakt."

"Das ist für einen normalen Menschen sehr ungewöhnlich. Ich vermag es nicht", sagte Röttger nach einer kleinen Pause. "Die Schöpfer hatten jedoch diese Fähigkeit."

"Das ist eine Erklärung", bestätigte Poseidon. "Es ist möglich, dass über einen Scan deiner Gehirnaktivität Fähigkeiten erkannt wurden, die durch den Kontakt mit einer höheren Dimension aktiviert worden waren."

"Dann ist das der Grund, warum du die Teleportationsplattform auf der Erde aktivieren konntest", warf Isis ein.
"Das hätte uns gleich auffallen müssen. Im Grunde hat
uns die Stations-KI indirekt auch noch darauf hingewiesen."
"Blind wie Maulwürfe", lachte Fynn Shan. "Da lag die Lösung offen vor uns und wir haben sie nicht erkannt."
In der Zwischenzeit war auch der Rest eingetroffen.
Staunend betrachteten sie die Veränderungen, die sich
gerade in der Zentrale vollzogen. Aus dem Boden erhoben sich mehrere Sitze, die Maya Shan als die erkannte,
die sie auf dem atlantischen Flaggschiff bereits erlebt
hatte. Die Wände der Zentrale erwiesen sich als riesige
Bildschirme, die jetzt die Abbildung einer Galaxie zeigten,
so, wie sie auf allen Raumschiffen als Symbol zu sehen
war.
"Die Aktivierung ist abgeschlossen", tat die KI Caecilia
kund.
Während alle noch die Eindrücke verarbeiteten, ertönte
die bekannte Stimme der Stations-KI: "Gemäß der Übermittlung der KI Caecilia ist die Legitimierung vollständig
erfolgt. Ich deaktiviere den Schutzmechanismus der Zeitfalte, bis neue Anweisungen erfolgen. Der Mensch Lew
Romanow ist als Erbe der Schöpfer anerkannt und kann
im vollen Umfang über alle Errungenschaften verfügen."
"Meinen Glückwunsch, Lew", meinte Justin Schwarz trocken. "Ich hoffe, du redest noch mit uns Normalsterbli-
chen, so als neuer Gott!"
Alle lachten und Romanow konterte amüsiert: "Justin, das
hängt ganz davon ab, wie ehrerbietig du dich in Zukunft
zeigst. Aber Spaß beiseite. Wie wollen wir weiter vorgehen?"
"Wir sollten uns mit der Bedienung dieses Raumschiffs
vertraut machen und dann starten", sagte Poseidon.

Caecilia erläuterte sofort: "Die Bedienung ist auf dem rechten Bildschirm dargestellt. Während des Fluges werden hier alle relevanten Vorgänge eingeblendet. Das Raumschiff wird in vollem Umfang von mir gesteuert. Es ist allein eine Zieleingabe erforderlich. Bei längeren Flügen in D 10 wird die Besatzung in speziellen Kammern in einen künstlichen Schlaf versetzt, da die dabei auftretenden Dimensionskräfte für einen biologischen Körper nicht verkraftbar sind. Hier sind drei Sänften vorhanden – der Rest befindet sich in den einzelnen Habitaten."
"Zeige uns diese drei Sänften", sagte Romanow.
Bei diesen Worten öffneten sich vor den erstaunten Augen der Anwesenden neben dem Eingang drei Nischen und gaben die Sicht auf Sarkophage frei, die Romanow und Poseidon sofort als die erkannten, in denen ihre Körper während der Reise zum Ursprung des Universums untergebracht gewesen waren.
Schnell entstand eine Diskussion darüber, ob es klug war, mit einem Raumschiff zu starten, dessen Technik keinem der Anwesenden auch nur im Geringsten verständlich war.
"Ich stimme dafür, sich mit der Technik erst einmal vertraut zu machen, bevor wir starten", äußerte sich Nergal.
"Ja, es ist schon etwas gewagt", gab Fynn zu. "Andererseits: Wie lange wollen wir uns damit vertraut machen? Bis wir alles verstanden haben, können Wochen, Monate oder Jahre vergehen. Wir sollten losfliegen und mit der Erfahrung lernen."
Schwarz und Han stimmten Nergal zu und Poseidon vertrat zusammen mit Isis Fynns Einstellung. Michael Röttger und Maya Shan enthielten sich.
Schließlich sagte Romanow: "Gut. Ich denke, beide Meinungen haben etwas für sich. Wir haben zwar eine Nullzeit erreicht, aber auf der Erde starten unsere Spaceships bereits Anfang Januar. Es muss dringend mit dem

Nationalen Sicherheitsrat abgeklärt werden, ob die Reise aufgeschoben wird oder ob sie wie geplant stattfinden soll. Ich gehe aber davon aus, dass wir noch weit entfernt davon sind, diese Technik zu verstehen, ganz zu schweigen davon, sie in unsere Raumschiffe zu integrieren."

"Ich stimme dir zu", sagte Schwarz ernst. "Das steht als Nächstes an. Mal was ganz anderes: Zurzeit bist du der Einzige, der die Legitimierung besitzt. Wer soll eigentlich diese herrlichen, 150 Dimensionsraumschiffe hier alle fliegen?"

Wortlos sahen sich alle nachdenklich an.

"Formuliere gedanklich, welche Personen du autorisieren willst. Danach wird bei den ausgewählten Menschen oder Androiden ein Gehirnscan mit einer Registrierung durchgeführt. Dieser Prozess kann nur durch mich in einer der Dimensionssänften stattfinden."

Romanow erkannte verblüfft, dass er Caecilia gehört hatte, und zwar auf telepathischem Weg. Dieser Tag steckte voller Überraschungen! Bisher hatte er diese Erfahrung nur mit Aither, Poseidon und Golem gemacht. Caecilia hatte er bis jetzt als unpersönliche KI angesehen - aber sie schien wohl etwas mehr zu sein.

"Bitte teile diese Information hörbar für alle anderen mit."

"Allein der Berechtigte kann in den Dimensionssänften weitere Personen oder Androiden autorisieren, die er für eine Bedienung für erforderlich hält", erklang Caecilias Stimme jetzt laut.

"Sehr gut - damit haben wir das schon einmal geklärt", erklärte Schwarz daraufhin zufrieden.

"Ich schätze dich sehr, Lew, aber ganz unsterblich bist du nicht", wandte Fynn Shan locker ein. "Irgendwann wird sich die Frage stellen, wie wir den Kreis der erlesenen Berechtigten erweitern."

Das war eine gute Frage, dachte Romanow. Bis jetzt war er die einzige "Hauptschnittstelle", denn nur bereits legitimierte Personen konnten eine Autorisierung veranlassen. Plötzlich fiel ihm ein, dass Golem mit seinen organischen Komponenten auch berechtigt sein könnte. Sie beide hatten sich in der Zentrale auf dem Schiff in der Antarktis unterhalten und sicherlich war er auch gescannt worden.

"Caecilia, hast du Informationen über mich von der KI des Schiffes in der Antarktis erhalten?"

"Ja."

"Ich war dort mit einem humanoiden Androiden, Golem. Besitzt er die Voraussetzung, sich als Erbe der Schöpfer zu legitimieren?"

"Ja. Doch für eine vollständige Freigabe muss er hier erscheinen."

Romanow warf Poseidon jetzt unwillkürlich einen nachdenklichen Blick zu. Die Schöpfer hatten ihn von Anfang an als Befehlsempfänger betrachtet und waren wenig bereit gewesen, ihn und seine Leistung entsprechend anzuerkennen. Im Gegenteil: Sie hatten ihm noch einen bösen Streich gespielt, wohl wissend, dass er die Gelegenheit genutzt hätte, ihr Geheimnis zu erforschen. Dass es jetzt so gut ausging, hatten sie nicht ahnen können – doch er befand sich weiterhin in einer untergeordneten Situation.

"Caecilia, kann Poseidon eine Legitimierung erhalten?", fragte er spontan.

"Laut Anweisung der Schöpfer ist eine Berechtigung Poseidons möglich, wenn der Erbe diese beantragt. In dem Fall erhält er die volle Gleichstellung."

Auf den ersten Blick erschien diese Anweisung im Ansatz positiv, aber Romanow erkannte sofort, dass er diese Information nur auf seine gezielte Frage hin erhalten hatte. Und es blieb letzten Endes jedem Erben selbst überlassen, ob er sie ausführen wollte oder nicht. Im Grunde war es ein weiterer Seitenhieb. Gaia und Zeus mussten sich sehr über seine eigenmächtige, kritische Haltung geärgert haben!

"Gut", murmelte Romanow, entschlossen, die Absichten der ehemaligen Schöpfer ins Leere laufen zu lassen. Golem musste hier erscheinen und dann würde er sich mit ihm beraten, wie sie es hinbekamen, dass Poseidon seine neue Stellung nicht als mitleidige Gabe betrachtete.

Die neugierigen Blicke bemerkend sagte er jedoch nur: "Ich schlage vor, Golem kommen zu lassen. Er sollte auch autorisiert werden und dann sehen wir weiter. Was denkst du darüber, Poseidon?"

"Ich bin einverstanden", sagte dieser nur knapp.

"Caecilia, kann ich hier einen Kontakt mit Golem aufnehmen? Ich gehe davon aus, dass er sich auf seiner Basis auf dem Planeten Mond befindet."

Ohne eine Antwort zu geben verschwand das Abbild der Galaxie vom Bildschirm vor ihnen und nur Sekunden später entstand eine Verbindung zum Arbeitszimmer von Golem, der vor seinem wandgroßen Terminal stand.

"Ich freue mich, euch zu sehen. Hades hat mich über alles informiert, Lew. Seid ihr mit der Aktivierung der Dimensionsschiffe weitergekommen?"

"Welches Datum haben wir?", fragte Justin Schwarz stattdessen.

"Es ist der 25. Dezember", antwortete Golem.

Erleichtert sahen sich alle kurz an.

"Golem, ist es dir möglich, zu kommen? Wir erklären dir alles Weitere vor Ort. Die Zeit ist mittlerweile gleichgeschaltet worden", erklärte Romanow. "Du wirst also nicht allzu lange weg sein."

"Ich breche sofort auf", entschied Golem. "Ich sollte in spätestens zwei Stunden bei euch sein."

Justin Schwarz, Nergal und Han wollten unbedingt an Bord bleiben, um sich mit der neuen Technik zu beschäftigen. Röttger und Maya hatten mittlerweile Appetit und sowohl Isis als auch Fynn schlossen sich ihnen an. Poseidon und Romanow wanderten zur Plattform, um dort auf Golem zu warten. Und schließlich war es soweit: Golem erschien und nach einer kurzen, herzlichen Begrüßung und einem Austausch der Informationen, was Poseidon intern über sein Kommunikationsmodul schnell erledigt hatte, bat Romanow: "Ich möchte mit Golem noch privat unter vier Augen sprechen. Wenn du einverstanden bist, Poseidon, treffen wir uns alle in einer halben Stunde in der Zentrale."

"Du kennst jetzt viele Informationen, aber nicht alle, mein Freund", begann Romanow, während sie beide durch die Anlage liefen. Er erklärte ihm, dass er auf dem Raumschiff ebenfalls legitimiert werden würde und sprach die Option an, dass Poseidon der dritte im Bund sein sollte.

"Ich meine, diese Position steht ihm zu – was denkst du darüber?"

"Ich bin einverstanden", sagte Golem sofort. *"Darüber hinaus wäre es nicht klug gewesen, ihm dieses Recht zu verwehren. Das hätte auf Dauer zu einem Unfrieden geführt, der sich auch auf das Verhältnis zur USOP erstreckt hätte. So haben wir in dieser Angelegenheit eine ausgewogene Führung."*

An Bord des atlantischen Dimensionsschiffes erhielt Golem von Caecilia als Erstes seine Legitimation.

Da Romanow den anderen nichts davon erzählt hatte, gab es erneut verblüffte Gesichter, nur Poseidon stand wie erwartet ausdruckslos daneben und ließ keine Emotionen mehr erkennen.

"Caecilia", begann Romanow. *"Ich und Golem beantragen die Legitimierung Poseidons und erkennen ihn als gleichberechtigt an."*

"Die Legitimierung ist erteilt."

Golem gab wie besprochen seine Anweisung und daraufhin sagte Caecilia hörbar für alle: "Aufgrund einer speziellen Anweisung der Schöpfer Gaia und Zeus erhält Poseidon, Oberbefehlshaber von Atlas, im Falle der Aktivierung der Dimensionssänften eine gesonderte Legitimierung. Poseidon besitzt damit alle Rechte und Befugnisse als gleichwertiger Erbe der Schöpfer."

Golem und Romanow traten zu Poseidon und sprachen ihm ihre Glückwünsche aus.

"Das ist hervorragend! Damit bleiben wir ein Dreiergespann", sagte Romanow erfreut.

Poseidon musterte die beiden unbeweglich, bis er schließlich unmerklich lächelte.

"Wie du einst sagtest: Blutsbrüder auf ewig – ich bin einverstanden."

"Unwiderruflich verbunden", bekräftigte Golem.

Poseidon spielte mit seinen Worten auf die Rückkehr ihrer gemeinsamen Reise zum Ursprung des Universums an, als sie entdeckten, dass sie immer noch telepathisch kommunizieren konnten.

"Was wird das jetzt?", meinte Schwarz lächelnd, der, wie alle anderen auch, bemerkte, dass hier etwas vor sich ging. "Der Geheimbund der neuen Schöpfer?"

Isis seufzte insgeheim, denn dieser Männerbund, der sich mit dieser besonderen Art der Kommunikation so vollständig allen entzog, hatte heute weiter an Macht gewonnen.

Fynn Shan kommentierte dagegen fröhlich: "Ja, Justin, wir haben jetzt drei neue Herren und Meister, denen wir uns ehrerbietig zeigen müssen!"

Nachdem sich alle mit der neuen Situation angefreundet hatten, wurden die Anwesenden autorisiert, einschließlich Röttger, der nun doch recht überwältigt aussah. Nach endlosen Jahrhunderten würde er diese Station verlassen und sich völlig frei bewegen können!

"Du bist eingeladen, dir in der USOP ab sofort deine eigene Existenz aufzubauen, Michael", sagte Schwarz herzlich.

"Ich biete dir die Stelle eines persönlichen Assistenten an", bekräftigte Golem. "Das ist eine gesicherte Stellung und ein Platz in unserer Gesellschaft, von dem aus du dich im Laufe der Zeit auch weiter orientieren kannst."

"Das Angebot nehme ich gerne an", murmelte Röttger, vor lauter Ergriffenheit nun doch den Tränen nah. Maya Shan half ihm aus der Verlegenheit, indem sie ihn spontan umarmte: "Willkommen im Jahr 10.005 auf der Erde, Michael!"

Gemeinsam wurde beschlossen, eine einstündige Pause zu machen und dabei vorwiegend im Raumschiff zu bleiben. Letzten Endes war es für eine Reise vorgesehen, also musste alles Erforderliche vorhanden sein.

Michael Röttger gab die Anweisung, dass Wasser und alles Nötige von Androiden an Bord gebracht wurde, um Nahrung zu synthetisieren und dann führte er sie zu den Kabinen, die sie belegen konnten.

Ein Konferenzraum war ebenfalls vorhanden und so wurde vereinbart, dass sie sich in einer Stunde dort treffen würden, um das weitere Vorgehen zu besprechen.

"Eine kleine Gedankenpause tut uns allen gut", meinte Maya Shan gerade zu ihrem Mann, als sie zu ihrem Quartier gingen.

"Du meinst damit sicherlich euch Homini sapienti? Essen, ein Nickerchen machen und sich das Ganze nochmal sorgfältig durch den Kopf gehen lassen – das braucht eben alles seine Zeit", neckte Fynn sie gewohnt humorvoll.

"Nein, mein Schatz, ich schließe auch euch humanoide Androiden mit ein. Ein sorgfältige Analyse und eine nochmalige Bewertung der gesammelten Informationen aus verschiedenen Blickwinkeln heraus kann nie schaden", konterte sie lächelnd und zwinkerte ihm vielsagend zu.

Sie überraschte ihn immer wieder, stellte Fynn Shan mit einem Glücksgefühl fest, während er sie von der Seite aus im Gehen musterte.

"Mein kluges Kätzchen", brummte er, als sie in der Kabine ankamen und schloss sie in seine Arme. "Oder wie sagt ihr Menschen: Meine bessere Hälfte?"

"Stimmt", lachte Maya und sah ihn bedeutungsvoll an. "Du solltest meine Ratschläge also immer beherzigen."

"Das muss ich erst noch genauer analysieren", murmelte Fynn und begann, seine Frau ausgiebig zu küssen.

Isis war Arm in Arm mit Romanow in den Saal gegangen, in dem Essen bestellt werden konnte. Er setzte sich und orderte bei dem sofort erscheinenden, atlantischen Androiden das viel gerühmte Steak, von dem Justin ihm erzählt hatte. Da er mitten in der Nacht aufgestanden war und seitdem nichts gegessen hatte, meldete sich allmählich sein Magen.

"Ich habe einen Bärenhunger!", rief Romanow beschwingt aus.

"Du hast abgenommen", stellte Isis besorgt fest, während sie ihn prüfend musterte.

"Du kennst mich doch", meinte Romanow leichthin und zog sie in seine Arme, um sie innig zu küssen. "Alleine schmeckt es mir bei weitem nicht so gut. Und du, mein Engel? Jetzt erzähl doch mal: Wie war es für dich in den vergangenen Tagen?"

Er hatte nicht vor, von seinem vergangenen Kummer zu berichten und ihr damit die Freude zu verderben. Poseidon und sie waren erst seit vier Tagen hier – und alles war gut ausgegangen. Das nächste Mal würde er mit dabei sein oder mehr Vertrauen haben müssen. Und während Isis mit leuchtenden Augen von den

Herausforderungen und Erlebnissen der vergangenen Tagen berichtete, wusste er, dass er richtig entschieden hatte.

Poseidon stand in der Zentrale und bewertete zufrieden die neue Situation. Er war jetzt gleichberechtigter Erbe der Schöpfer, zusammen mit Golem und Romanow. Aber es war unwahrscheinlich, dass seine Schöpfer ihm diese Position auf dem Silbertablett präsentiert hatten – Gaia und Zeus hatten ihn hier schmoren lassen wollen, lebendig begraben in dieser abgesicherten Dimension. Vielleicht wäre irgendwann eine andere Rasse aus einer anderen Galaxie hier aufgetaucht – aber darauf hätte er lange warten müssen. Dank dieser besonderen Reise, von denen die Schöpfer nichts mehr erfahren hatten und den dadurch entwickelten, telepathischen Fähigkeiten von Lew aber auch Golem, der dank seiner organischen Komponenten die Legitimierung erhalten hatte, war ihre Absicht misslungen. Die Option an sich mochte vielleicht noch vorhanden gewesen sein aber die beiden hatten es mit hoher Wahrscheinlichkeit über Caecilia so aussehen lassen, als ob es der Wille der Schöpfer gewesen war. Der Bund mit Golem und Lew war außergewöhnlich und erfüllte ihn mit einer tiefen Freude und einer Befriedigung, die er so noch nicht gekannt hatte.

Justin Schwarz war mit Nergal und Han fröhlich plaudernd wieder in den Maschinenraum gegangen, um sich dort weiter umzusehen. Die neue Technik war atemberaubend und die drei freuten sich darauf, nach und nach alles zu entdecken und verstehen zu lernen.

Michael Röttger lag auf dem Bett in seiner Kabine und genoss die innere Aufregung, schon bald auf der Erde zu sein und hautnah alles zu erleben, was er bisher immer nur auf dem Bildschirm hatte beobachten dürfen. Die Zeit seiner Gefangenschaft war endgültig vorüber. Golems Angebot ermöglichte es ihm, erst einmal Fuß zu fassen.

Wohin es ihn aber langfristig verschlug, das würde er noch sehen.

Golem wanderte durch die riesige Halle, in der die 150 Raumschiffe standen, analysierend, was diese Entdeckung für ihn bedeutete. Die Verwirklichung seiner uralten Vision, sich immer mehr auszudehnen, neue Galaxien und sogar neues Leben in diesem Universum zu entdecken, schien mit einem Mal greifbar nah gekommen zu sein. Als Fynn und Maya damals über ihre Reisewünsche berichteten, hatte er ernsthaft darüber nachgedacht, sich ihnen anzuschließen. Der Gedanke war sehr reizvoll gewesen, aber er hatte erkannt, dass er seine Machtposition, die er sich hier in der Milchstraße und im Andromeda-Nebel aufgebaut hatte – trotz aller Schwierigkeiten und absehbar weiterhin bestehenden Hindernissen – viel zu sehr genoss, um sie aufzugeben. Eine Expansion musste auf dieser Basis erreicht werden – und mit einem Mal waren unendlich viele Optionen möglich geworden. Er würde reisen und gleichzeitig sein irdisches Imperium aufrecht erhalten können. Dazu war aus der bereits bestehenden Freundschaft mit Romanow und Poseidon ein mächtiger Bund entstanden, der ihn mit Freude und Befriedigung erfüllte. Seine Existenz erschien ihm in Erwartung der vielen, kommenden Abenteuer und Herausforderungen bunt und von einem Leben erfüllt, wie er es sich schon so lange erträumt hatte.

Die Stunde war schnell vergangen und im Konferenzraum des Raumschiffes sollte nun das weitere Vorgehen besprochen werden.

"Wie wäre es mit einer Option, die alle zufrieden stellt?", meldete sich Fynn Shan sofort zu Wort. "Wir starten mit einem Raumschiff für einen Kurztrip zur Erde. Dort können wir dann das Schiff leichter untersuchen und uns mit der Technik weiter vertraut machen. Gleichzeitig besprecht ihr im Nationalen Sicherheitsrat die Situation."

Dieser Vorschlag fand schnell bei allen Anklang. Eine erste Erfahrung wäre gemacht und auf der Erde waren die Experten schnell vor Ort. Golem bot dazu an, da es ein kleineres Raumschiff war, dass es im Hangar auf der Mondbasis seinen Platz fand.

Es gab genug Androiden in der Anlage, die die Anweisungen der Stations-KI in ihrer Abwesenheit ausführen konnten. Später konnte man mit einem Experten-Team, das über Caecilia von Golem, Romanow oder Poseidon autorisiert werden würde, hierher zurückfliegen, um alle weiteren Zukunftstechnologien vor Ort zu untersuchen.

Im Grunde war damit alles Wesentliche geklärt und entschieden.

"Ich bin auf die Gesichter unserer Gouverneure gespannt, wenn ihr drei euch als die Erben der Schöpfer präsentiert", schmunzelte Justin Schwarz.

Fynn Shan lachte: "Vor allem das Gesicht vom Amar Nath, wenn er realisiert, dass die Zukunft der USOP neben einem Menschen in den Händen von zwei Androiden liegt!"

"Noch etwas anderes: Ich schlage vor, ihr behaltet die Besonderheiten eurer Legitimation für euch", warf Maya Shan ernst ein. "Ich bin zwar Reporterin und immer offen für eine gute Story – aber ich halte es nicht für klug, preiszugeben, dass ihr telepathisch miteinander kommuniziert."

"Darüber hinaus ist nicht gesichert, ob das allein ausreicht", tat Golem kund. "Wir wissen jetzt, dass ein Gehirnscan durchgeführt wird. Aber nach welchen Kriterien die KI eine Legitimation ausspricht, bleibt noch unklar. Poseidon, Lew und ich haben mit Aither die Reise zum Ursprung des Universums unternommen und hatten mit jenen Wesenheiten, den Gegenspielern, direkten Kontakt.

Ich gehe davon aus, dass diese Erfahrungen in unseren physischen Gehirnen eine Veränderung bewirkt haben, die Caecilia erkennen kann."

"Ich stimme dir zu, Maya", meinte Romanow. "Darüber werden wir weiter Stillschweigen bewahren. Und ich sehe es genauso wie Golem: Was es genau ist, wissen wir letztendlich nicht. Ich werde mich jedoch nicht als Untersuchungsobjekt zur Verfügung stellen. Die USOP wird sich mit dieser Situation abfinden müssen. Und da wir zu dritt sind und sicherlich noch einige Hundert Jahre leben werden – die USOP hat genug Zeit, um diese neuen Technologien zu studieren."

Nachdem niemand mehr etwas sagte, schlug Poseidon vor, in zwei Stunden mit dem Flug zu starten.

"Michael, du wirst sicherlich noch deine Sachen zusammenpacken wollen", meinte Justin Schwarz. "Und dann möchte ich mich noch einmal in der Anlage umsehen."

Dem schlossen sich Nergal, Han, Maya, Fynn und Isis an.

Nach zwei Stunden waren alle wieder zurück und standen erwartungsvoll in der Zentrale. Wie würde es wohl sein, mit einem Dimensionsraumschiff zu reisen?

Justin Schwarz war sichtbar aufgeregt und hatte sich eine Bildschirmverbindung zum Maschinenraum erbeten, denn er wollte live beobachten, wie der pyramidenförmige Antrieb arbeitete.

Poseidon, Romanow und Golem nahmen auf den drei kugelförmigen Sitzen Platz, die für die Führungsriege bestimmt waren und der Rest gesellte sich um sie herum oder nahm hinter ihnen ebenfalls Platz.

Poseidon warf Lew und Golem einen Blick zu.

"Dir gebührt die Ehre", nickte Romanow zustimmend und Golem lächelte unmerklich.

Also sagte Poseidon feierlich: "Caecilia, leite den Start ein."

Das Abbild der Galaxie verschwand auf den Bildschirmen und zeigte die Umgebung; rechts von ihnen erschien wunschgemäß der Einblick in den Maschinenraum. Gleichzeitig schloss sich die Schleuse und die Pyramide begann, zu rotieren und leuchtete dabei in einem immer intensiveren Blau.

Das Raumschiff hob jetzt sanft vom Boden ab und bewegte sich mühelos an allen anderen Schiffen vorbei.

"Hier sehen wir eine weitere Neuerung", äußerte sich Justin Schwarz, während er gebannt auf den Bildschirm sah. "Nirgendwo sind die Einrichtungen erkennbar, die für ein Leitstrahlsystem notwendig sind, so, wie es in der USOP üblich ist, um die großen Raumschiffe aus dem Hangar in die Atmosphäre zu befördern."

"Und wie bewegen wir uns dann?", fragte Maya Shan interessiert.

"Es ist davon auszugehen, dass hier im Boden der Anlage für jedes Raumschiff ein Korridor angelegt ist, in dem die Schwerkraft aufgehoben wird", erklärte Nergal.

"Also genügt im Grunde auch nur ein kleiner Impuls, damit wir darauf sozusagen hinausschweben", stellte Isis Romanow fest. "Wäre das nicht auch etwas für uns?"

"Sicher", gab ihr Schwarz recht. "Diese Technik ist uns bereits bekannt, allerdings verwenden wir sie bisher nur für kleinere Objekte. Hier werden immerhin Raumschiffe damit befördert, die einen Durchmesser von 200 Metern haben. Für diese Station ist die Art des Transports eine gute Option."

Während sie an den anderen Raumschiffen vorbei manövriert wurden fragte Maya Shan nachdenklich: "Welchen Namen hat dieses Schiff eigentlich?"

"Die Schöpfer haben Zahlen für die Dimensionssänften verwendet. Dieses hier trägt die Zahl 150, denn es ist das letzte der Reihe", lautete die Antwort der Bord-KI.

"Warum wurde die Produktion eingestellt?", setzte Han sofort nach.

"Der Vorrat an dunkler Materie, die allein bei einem Materiebrand entsteht, war erschöpft."

"Darüber werden wir später noch mal genauer diskutieren", meinte Schwarz. "Im Klartext heißt das für uns: Wenn die 150 Raumschiffe ausgefallen sind, gibt es so schnell keinen Nachschub."

"Wie wäre es, wenn wir das Schiff VISION ONE taufen?" Maya Shan sah alle der Reihe nach mit leuchtenden Augen an. "Diese Schöpfer hatten die Vision, mit diesen Raumschiffen neues Leben in die verschiedenen Galaxien zu bringen – und wir haben die Vision, noch viele, neue Welten zu entdecken!"

"Das ist ein guter Gedanke", lächelte Romanow angesichts ihrer Begeisterung. Sich umsehend las er Zustimmung in den Gesichtern der Anwesenden und wandte sich wortlos an seine beiden Mitstreiter.

Poseidon nickte und so sagte Golem: "Bitte ändere die Zahlen in die entsprechenden Namen. Beginne mit diesem Raumschiff als VISION ONE."

Nach einer kurzen Pause bestätigte Caecilia, dass der dem Wunsch entsprochen worden war.

Mittlerweile sahen sie eine riesige, rund gewölbte Wand vor sich, die zunehmend transparent wurde, je näher sie ihr kamen. Kurz davor wurde das Raumschiff unvermittelt mit einem Schub in den Weltraum hinausbefördert, während sich hinter ihnen bereits eine Struktur zu zeigen begann. Die Öffnung schloss sich auf diese Weise und dann war von außen nicht mehr zu erkennen, dass hier eine riesige Anlage verborgen lag.

Gleichzeitig zeigten die Bildschirme den Planeten Neptun, aber alles erschien ruhig und wie leblos. Nur die Pyramide im Maschinenraum drehte sich immer schneller und der Blauton war noch intensiver geworden.

Wo waren die Werften, die ganze gewohnte Betriebsamkeit der Zulieferer und die an- und abfliegenden Raumschiffe? Romanow wollte gerade danach fragen als die KI auch schon die Antwort lieferte: "Einleitung der Transformation von Ebene 5 auf Ebene drei beginnt in wenigen Augenblicken. Dauer: 10 Minuten.

Es war jetzt mucksmäuschenstill in der Zentrale, denn alle sahen gespannt auf den Bildschirm und tatsächlich: Nach knapp fünf Minuten tauchten vage Umrisse von Raumschiffen auf und schließlich erschienen auch die Werftplattformen rund um den Planeten Neptun.

Und nach weiteren 10 Minuten wurden sie angefunkt:

"Hier ist Admiral Schneider vom Flaggschiff EARTH ONE, USOP. Identifizieren Sie sich oder wir eröffnen das Feuer!"

Romanow übermittelte telepathisch seinen persönlichen Identifizierungscode an Caecilia und sagte dann: "Sende meinen Code an die EARTH ONE."

Poseidon gab die Anweisung, eine Bildschirmverbindung zu eröffnen und kurz darauf erschien Schneider, der in seiner Zentrale stand: "Lew! Das ist wirklich eine gelungene Überraschung. Und wie ich sehe, ist auch der ganze Erkundungstrupp anwesend. Wir freuen uns, Sie wohlauf zu sehen, Poseidon!"

"Leon, würdest du uns bitte zum Mond begleiten? Wir benötigen eine Landefreigabe auf Golems Raumhafen. Alles weitere später."

Romanow sah ihm an, dass er nur zu gerne mehr erfahren würde – aber das musste warten.

Schneider bestätigte knapp und die EARTH ONE schoss wie ein Blitz davon. Anscheinend wollte er testen, wozu das fremde Raumschiff fähig war. Doch die VISION ONE hielt mühelos mit dem Flaggschiff der USOP mit, ohne dass die Anwesenden nur den Hauch eines Rucks bemerkten. Allein die Anzeigen ließen erkennen, um welche gewaltigen Beschleunigungen es hier sich handelte. Poseidon fragte plötzlich: "Sind Waffen an Bord vorhanden?"

Auf dem Bildschirm rechts erschien sofort ein kleinerer Bildschirmausschnitt, der eine schier endlose Aufzählung des vorhandenen Arsenals mit entsprechenden Bildern anzeigte.

"Da ist auch das Dark Light, unser Sonnenzerstörer", rief Schwarz. Das war im Grunde kein Wunder, da diese Technologie damals zur Bekämpfung des Plasmabrandes von den ehemaligen Schöpfern zur Verfügung gestellt worden war.

"Unsere Wissenschaftler werden die nächste Zeit alle Hände voll zu tun haben", meinte er noch, während er mit Nergal, Fynn, Maya und Han staunend vor der Liste stand.

"Unsere werten Schöpfer scheinen wenig Freunde gehabt zu haben", merkte Fynn Shan amüsiert an. "Allein der Name "Dimensionswaffe Ebene 10" spricht Bände!"

"Es ist eine beeindruckende Liste", merkte Nergal an. "Ich gehe davon aus, dass das hier vorhandene Vernichtungspotential ganze Sonnensysteme aus den Angeln heben kann."

Mittlerweile war der Mond in Sichtweite. Die VISION ONE begann mit dem Landeanflug und setzte präzise an den von Schneider übermittelten Koordinaten auf.

"Unser Baby weiß, wo es zu Hause ist", kommentierte Schwarz zufrieden. "Sehr schön, sehr schön."

Als sich alle auf den Weg zur Schleuse machten, wartete dort ein atlantischer Androide auf sie, gekleidet in einen tiefblauen Anzug mit dem bekannten Symbol einer Galaxie: "Ich bin Caecilia im Körper meines Avatars und begleite euch. Ich diene als Schnittstelle zum Raumschiff."

Alle starrten verblüfft auf den Androiden, der jetzt abwartend dastand und Golem, Romanow und Poseidon anschaute.

Poseidon fragte, nach einem kurzen Blickwechsel mit den beiden anderen: "Warum sollten wir das wollen?"

"Das war bisher die Regel laut Anordnung der Schöpfer. Eine Änderung dieser Anweisung ist jederzeit möglich", lautete die Antwort.

"Dann folge uns", entschied Poseidon.

Nachdem das Raumschiff nach unten in den Hangar geglitten war, öffnete sich die Schleuse und zu ihrer Überraschung wurden die Rückkehrer von Verteidigungsministerin Armstrong empfangen, die sie sofort in den Konferenzraum in Golems Stammsitz bat.

"Ich bin froh, euch gesund und munter wiederzusehen", sagte sie beim Gehen zu Romanow. "Als Golem mir Bericht erstattete, dass du dich zu einem unbekannten Ort hast teleportieren lassen … naja, lassen wir das. Es ist gut ausgegangen und wenn ich das richtig sehe", Armstrong warf einen kurzen Blick auf den fremden Androiden, der neben Poseidon ging, "gibt es viel zu berichten."

Als alle Platz genommen hatte, informierten Romanow und Justin Schwarz Armstrong über das Geschehene. Als sie geendet hatten sagte sie: "Ich werde für morgen den Nationalen Sicherheitsrat einberufen sowie den Verbindungsausschuss des Parlaments, um das weitere Vorgehen in Bezug auf die Dimensionsraumschiffe zu besprechen. In Verbindung damit werden wir natürlich über den Start der Fernraumschiffe diskutieren müssen. Poseidon, Sie sind als unser Verbündeter und Mitwirkender eingeladen, anwesend zu sein."

Armstrong schaute jetzt bedeutungsvoll von Romanow zu Golem und dann zu Poseidon.

"Unter uns gesagt rechne ich mit ... sagen wir mal mit einer dynamischen Reaktion, was Ihre Sonderstellung in dieser Angelegenheit angeht."
Schwarz lachte daraufhin: "Mrs. Armstrong, wir sitzen hier den neuen Schöpfern gegenüber ... "
Weiter kam er nicht, denn Romanow unterbrach ihn bestimmt: "Genug, Justin. Schluss mit dem Unsinn!"
Und zu Armstrong gewandt sagte er: "Wir wollen daraus kein Aushängeschild machen. Ich hoffe, dass unsere fähigen Wissenschaftler ein Lösung finden, diese kleine Gegebenheit zu umgehen."
In diesem Augenblick meldete sich die KI Caecilia ungefragt zu Wort: "Voraussetzung für eine Legitimierung ist unter anderem eine persönliche Reife der Dimension 10, was durch einen Gehirnscan festgestellt und bestätigt wird. Bei unerlaubten Manipulationsversuchen werden die Dimensionssänften sowie die gesamte Technologie der Dimensionen 5 bis 10 unwiderruflich zerstört. Dasselbe gilt bei Eingriffen in mein Netzwerk – ich warne nachdrücklich davor."
Überrascht sahen sich alle an, bis Maya Shan schließlich resümierte: "Es sieht so aus, als würde die USOP damit leben müssen, dass die Kontrolle über die neuen Zukunftstechnologien nicht in ihrer Hand liegt. Das ist wohl der schmerzhafte Dorn dieser mächtigen Hinterlassenschaft, die nicht in "unwürdige" Hände fallen darf, ganz nach dem Motto "Besser niemand erhält das Erbe, als jemand, der damit nicht umgehen kann"."
"Im Grunde", ergänzte Justin Schwarz schmunzelnd, "können wir doch nur froh sein, dass wir in Golem, Lew und Poseidon drei verantwortungsbewusste Erben vor uns sehen und damit überhaupt den Zugang erlangt haben. Aber das ist nur meine unmaßgebliche Meinung."
Armstrong seufzte leise und erhob sich: "Wir werden morgen sehen, welche Meinung unsere Gouverneure und

Abgeordneten dazu haben. Ich verabschiede mich jetzt und erwarte Sie, Poseidon, Golem und Mr. Schwarz zur gewohnten Stunde."

Romanow erhob sich ebenfalls, um Stella Armstrong zu ihrem Gleiter zu begleiten, der sie zur Erde zurückbrachte.

"Maya hat im Grunde alles gesagt – dem gibt es nichts hinzuzufügen", sagte Schwarz in die entstandene Stille hinein. "Offen gesagt gönne ich manchen unserer Gouverneure diese kleine Schlappe."

"In Zukunft wird die USOP ihr Vertrauen eben in zwei Androiden setzen müssen, von Lew mal abgesehen", ergänzte Maya Shan zufrieden lächelnd.

"Ich gehe davon aus, dass unsere Long Distance-Spaceships starten werden", warf Romanow ein, der gerade wieder zurückkam und die Einschätzung von Armstrong dazu wiedergab. "Und das wirft noch eine weitere Frage auf: Ursprünglich hatten wir eine andere Führungsspitze vorgesehen. Jetzt sind Commander Jules, Admiral Moretti sowie Ares und Mahal dafür vorgesehen."

Mit Blick auf Poseidon schlug Nergal vor: "Es ist vorstellbar, es dabei zu belassen und stattdessen die Dimensionsschiffe zur Erkundung der neuen Galaxien mit der ursprünglichen Führung auszustatten."

"Das ist ein guter Vorschlag", nickte Poseidon zustimmend.

"Da schließe ich mich mit Han doch gerne an", warf Schwarz freudig ein. "Wir werden diese Sänften, wie sie von Caecila genannt werden, auf diese Weise noch viel besser kennenlernen."

Alle Blicke wanderten jetzt unwillkürlich zu Fynn Shan, der ebenfalls ein Teil der ursprünglichen Führungsspitze hatte werden sollen. Doch stattdessen rief die neben ihm stehende Maya voller Elan: "Ich bin derselben Meinung.

Ein Einsatz mit einem der neuen Raumschiffe zur Erkundung der Kaulquappen-Galaxie wäre fantastisch!"

Dann sah sie zu Fynn, der sie schmunzelnd betrachtete: "Wenn meine Herrin es so wünscht ..."

Doch er weiter kam er nicht, denn seine Frau stupste ihn mit dem Ellbogen unsanft in die Rippengegend.

"Schon gut", rief er lachend mit erhobenen Händen, ihrem erbosten Blick begegnend. "Ich sage ja nichts mehr. Ich bin einverstanden!"

Dann wandte sich Fynn Shan an alle anderen: "Ich halte Nergals Vorschlag für eine gute Lösung. Lew, man könnte eine Umfrage unter den Reiseteilnehmern starten und sie entscheiden lassen, ob sie trotz der neu vorhandene Technologien im Januar starten wollen. Dazu muss aber auch deutlich gesagt werden, dass wir noch am Anfang mit der Erforschung dieser Dimensionstechnologie stehen und es unter Umständen ebenso lange dauern kann wie die Reise selbst, bis sie in unsere Schiffe integriert werden kann. Nichtsdestoweniger können wir mit den neuen Raumschiffen erste Erkundungsflüge machen und gleichzeitig auch in Notfällen den Spaceships rasch zur Verfügung stehen."

"Was ist deine Meinung, Poseidon?", fragte Romanow wortlos.

"Wir sollten den Vorschlag, die neuen Galaxien zu erkunden, weiterverfolgen. Ich werde dann mit Nergal zusammen auf einem Raumschiff sein", lautete seine Antwort.

"Ich werde ein weiteres Raumschiff übernehmen", sagte Golem.

"Ich fürchte, der Nationale Sicherheitsrat wird mich nicht auch noch fliegen lassen", meinte Romanow seufzend.

"Würdet ihr uns bitte daran teilhaben lassen, was ihr gerade kommuniziert?", warf Isis Romanow etwas spitz ein.

"Nichts Besonderes, mein Engel", erwiderte Romanow nur. Da er trotzdem noch abwartend und neugierig angeschaut wurde ergänzte er noch: "Alles weitere muss erst morgen im Rat besprochen werden. Dann sehen wir weiter. Mal was ganz anderes: Wo bringen wir eigentlich Caecilia unter?"

"Poseidon, Nergal und die KI Caecilia sind eingeladen, hier ihr Domizil aufzuschlagen", sagte Golem jetzt.

Fynn und Maya Shan bezogen sein ehemaliges Apartment, das ihm nach wie vor für Aufenthalte zur Verfügung stand. Justin Schwarz lud Han und Michael Röttger ein, bei ihm in seinem Apartment auf dem Mond zu nächtigen und so erhob sich Romanow, Isis einen Blick zuwerfend: "Gut, dann machen wir beide uns jetzt auf den Heimweg."

Wie erwartet war Isis noch nicht besänftigt, stellte Romanow bald darauf fest, als sie im Gleiter zur Erde saßen.

"Du hast geschickt das Thema gewechselt, mein Göttergatte", begann sie kühl mit blitzenden Augen.

"Du hast recht, mein Schatz", bat er lächelnd. "Ich wollte das nicht vor den anderen kundtun. Mir war wichtig, dass Poseidon sich mit einbezogen fühlt. Er ist eine zurückhaltende Persönlichkeit und doch ein wichtiger Verbündeter."

Dann berichtete er ihr, worüber sie gesprochen hatten.

"Es ist fraglich, ob sie uns alle drei auf einmal fliegen lassen", meinte Isis nachdenklich. "Und es ist wahrscheinlich, dass wir beide erst fliegen dürfen, wenn der erste Erkundungsflug positiv verlaufen ist."

"Ich lasse dich nicht außen vor, mein Liebling", meinte Romanow jetzt weich und beugte sich zu ihr.

"Oh doch, das tust du und du wirst es auch weiter tun", gab Isis von sich. "Am liebsten hätte ich dir auch einen Rippenstoß gegeben wie Maya Fynn."

Romanow beendete das Gespräch mit einem innigen Kuss, der schnell verlangend wurde.

"Wir haben uns lange nicht gesehen", lachte er atemlos und lehnte sich zurück.

"Es waren vier Tage ...", sagte seine Frau tiefgründig und
zog ihn wieder zu sich.

Kapitel 4 Der Aufbruch

Romanow, Golem und Poseidon fanden sich am nächsten Morgen im Nationalen Sicherheitsrat ein, der mit dem Verbindungsausschuss des Parlaments kurzfristig noch einberufen worden war.
Armstrong eröffnete die Sitzung und bat Golem, mit Unterstützung von Poseidon und Romanow, um eine Berichterstattung.
"Verehrte Gouverneure und Abgeordnete, wir sehen also einer vielversprechenden Zukunft entgegen", endete Golem, "in der wir später oder früher endlich zeitnah ferne Galaxien besuchen werden. Weitergedacht ergibt sich daraus eine noch zu führende Diskussion, wie wir einen Erstkontakt herstellen wollen, da wir wissen, dass dort höchstwahrscheinlich ein anderes, fremdes Leben existiert. Und nicht zuletzt werden wir über ein Arsenal an Verteidigungswaffen verfügen, dessen Vernichtungskraft wir vorläufig nur erahnen können."
Die Gouverneure hatten fasziniert und mit zunehmender Begeisterung an seinen Lippen gehangen und ein Raunen erhob sich jetzt im Saal. Aber andere hatten sofort erkannt, dass der Schlüssel zu diesen Wundern neben Romanow in den Händen von zwei Androiden lag. Ein leiser, grummelnder Unmut begann, sich ebenfalls im Raum breitzumachen.
"Habe ich das richtig verstanden, Golem, dass nur Sie, Poseidon und Romanow legitimiert sind, über diese Technologien in vollem Umfang zu verfügen?", fragte Claire Fischer, Gouverneurin Eden, ernst.
"Das ist korrekt."
"Wir könnten natürlich die Amtszeit von President Romanow in einem Sondererlass einmalig verlängern, um Zeit zu gewinnen", begann Matthew Williams, Gouverneur von Europe. "Sofern er natürlich dazu bereit ist."

"Dazu ist allerdings eine Volksbefragung notwendig", warf sofort ein Parlamentsabgeordneter ein.

"Warum sollten wir das überhaupt tun?", meldete sich Amar Nath, Gouverneur Mars, aufgebracht. Er hatte seine Ambitionen, nach Romanow Präsident der USOP zu werden, noch lange nicht aufgegeben. "Hier sitzen drei Personen vor uns, die sich als mutmaßliche Auserwählte präsentieren. Ich beantrage eine Überprüfung, ob es nicht noch mehr Anwärter gibt."

Romanow, Golem und Poseidon warfen sich einen Blick zu. Am liebsten hätte er mit den Augen gerollt, dachte Romanow. Es waren immer dieselben Köpfe, die sich dank der Unsterblichkeit wohl ewig dem Fortschritt entgegenstellen würden.

"Das läuft ja ganz wie erwartet", dachte er wortlos.

"Wir haben einen großen Vorteil auf unserer Seite, Lew: die Zeit und unsere Geduld", entgegnete Golem mit einem Zwinkern in seine Richtung.

"Dem stimme ich zu", erklärte Fischer gerade. "Schließlich sind wir Milliarden von Menschen – da müsste sich doch noch der ein oder andere finden lassen. Kann sich jeder dieses Gehirnscans, von denen Sie sprachen, unterziehen?"

"Selbstverständlich", erwiderte Romanow ruhig. "Ich kann Ihnen allen versichern, dass ich mich nicht um diese Auszeichnung beworben habe und ich denke, ich spreche da auch für Golem und Poseidon. Wir gehen davon aus, dass wir die Voraussetzung für die Legitimierung auf unserer Reise mit Aither erworben haben."

"Dann sind Sie sicher bereit, sich für weitere Untersuchungen zur Verfügung zu stellen, um herauszufinden, worauf dieser positive Scan beruht?", fragte Amar Nath lauernd.

Eine angespannte Stille breitete sich aus, während alle die beiden Kontrahenten, den Präsidenten und seinen künftigen Herausforderer, erwartungsvoll ansahen.

"Ladies and Gents", begann Romanow, "wie immer haben wir auch in dieser Situation eine Wahl."

Er wartete einen Moment und sagte dann: "Wir können ganz einfach mit Manipulationsversuchen beginnen, die zu einer Selbstzerstörung der gesamten Technologie führt, wenn wir der KI Caecilia Glauben schenken. Damit ist das Erbe der Schöpfer vernichtet und niemandem mehr zugänglich. Aber wollen wir das?"

Wieder machte Romanow eine unmerkliche Pause und schaute in ausdruckslose bis konsternierte Gesichter.

"Andererseits können wir auch unsere fähigsten Wissenschaftler darauf ansetzen, damit wir im Laufe der Zeit diese Technologien ergründen und verstehen lernen, sodass wir sie gefahrlos nutzen können. Das setzt allerdings voraus, dass wir die daran geknüpften Bedingungen akzeptieren, ohne Wenn und Aber. Die USOP hat keinen Anspruch darauf, dass ich mich als Versuchsobjekt zur Verfügung stelle. Ich und Golem werden unser Leben weiter fortsetzen, so, wie bisher auch. Sollten Sie sich also dafür entscheiden, so möchte ich betonen, dass wir uns beglückwünschen sollten, dass neben mir auch zwei Androiden diese Berechtigung besitzen. Wir müssen also den Faktor Zeit bei der Erforschung dieser zukunftsträchtigen Technologie nicht fürchten."

Als er endete, gab es lautstark Beifall und erleichtert spürte Romanow, dass seine Rede gut ankam – es gab zwar noch ein paar missgünstige Gesichter, aber bei der Mehrheit schien sich nun doch die Vernunft zu melden.

"Ich stimme President Romanow zu", meldete sich Mrs. Young, Gouverneurin Mond, zu Wort. "Wir sollten nicht vergessen, dass es ein Wunder ist, dass wir überhaupt den Zugang zu solchen Möglichkeiten erhalten haben, die uns im Grunde nicht von diesen Schöpfern zugedacht waren."

"Der Meinung bin ich ebenfalls", sagte als nächster Zhang Tian, Gouverneur Last Hope. "Unser verehrter President, Golem und Poseidon haben einst diese Reise auf eigenes Risiko unternommen, um eine Katastrophe zu verhindern – warum sollten sie jetzt dadurch Nachteile haben? Wenn ich Sie richtig verstanden habe, Golem, dann können Sie Personen im Umgang mit den Technologien autorisieren. Welchen Umfang hat denn eine solche Autorisierung?"

"Eine Autorisierung umfasst immer einen Teilbereich, wie die Zieleingabe und die Beaufsichtigung eines Raumschiffes während des Fluges, die Benutzung der Teleportationseinrichtungen oder die Erforschung des Antriebs und weiterer technischer Einzelheiten", erläuterte Golem. In der nachfolgenden Diskussion wurde beschlossen, eine Ethikkommission zu gründen, die geeignete Anwärter genau prüfen sollte, um sie dann dem Rat vorzustellen. Denn nach wie vor blieb das Ausmaß des Vernichtungspotentials im Unklaren – diese Waffen durften nicht in die falschen Hände geraten. Golem, Poseidon und Romanow besaßen ein Veto-Recht, falls sie bei einem Anwärter begründete Einwände sahen. Poseidon, als gleichberechtigter Verbündeter der USOP, konnte natürlich eigene Entscheidungen treffen. Die Autorisierungen für die bestimmten Bereiche sollten in Abständen von einem der drei durchgeführt werden.

Was die Bedienung der bordeigenen Waffen anging, würde es drei Kategorien geben.

Kategorie 1 umfasste die bekannte Verteidigung, wie sie auch in der USOP oder Atlas zurzeit eingesetzt wurde. Jeder, der ein Dimensionsraumschiff navigierte, hatte automatisch Zugang dazu.

Waffen der Kategorie 2 waren dem Schiffsführer nur zugänglich, wenn die KI Caecilia entschied, dass Kategorie

1 absehbar nicht zur Verteidigung ausreichte. Der Einsatz von Waffen der Kategorie 3 bedurfte der zusätzlichen Genehmigung von Golem, Romanow oder Poseidon.

Nach einer Pause wurde dann der Start der beiden Long Distance-Spaceships angesprochen. Alle Vorbereitungen waren getroffen und die Reisewilligen wollten ab Anfang Januar bereits ihre Quartiere auf den Schiffen beziehen. Romanow unterbreitete dem Rat Fynn Shans Vorschlag, den Menschen die Möglichkeit der Entscheidung zu geben, ob sie die Reise trotz dieser Entdeckungen unternehmen wollten. Aber letzten Endes konnte niemand einschätzen, wann die neue Technologie soweit erforscht sein würde, dass sie auch in den gewaltigen Raumschiffen ihre Verwendung fand. Die Dimensionsraumschiffe konnten so viele Reisende in einem überschaubaren Zeitrahmen nicht transportieren. Trotzdem waren die Siedler damit in einem Notfall schnell erreichbar.

Der Rat entschied daraufhin, dass die VISION ONE zeitnah zur Kaulquappen-Galaxie starten sollte, um erste Erfahrungen zu sammeln.

Als die Frage der Führungsspitze angesprochen wurde, meldete sich Poseidon zu Wort: "Wenn ich etwas vorschlagen darf? Oberbefehlshaber Ares und Konsul Mahal sind dort gut eingesetzt, wo sie sich jetzt befinden. Diese erste Reise in der VISION ONE werde ich persönlich zusammen mit Nergal unternehmen."

Chefwissenschaftler Schwarz war sofort der nächste Sprecher: "Ich möchte mich mit Han anschließen, um dieses besondere Raumschiff in Aktion zu untersuchen."

"Als Vertreter der USOP schlage ich als Androiden Fynn Shan vor, der ursprünglich für die Reise mit den Spaceships vorgesehen war", sagte Golem.

"Gut", meinte Armstrong. "Allerdings steht uns Moretti nun nicht mehr zur Verfügung. Gibt es Vorschläge Ihrerseits?"

In den Raum sehend kam sofort eine Meldung: "Ich stimme für Vice Admiral Antonia Carli, die auf der EARTH ONE im Dienst ist. Sie ist ein lebenserfahrener, kompetenter Officer und hat eine große Tapferkeit bei der Bekämpfung des Plasmafeuers bewiesen. Admiral Schneider spricht in den höchsten Tönen von ihr."

"Gibt es sonst noch Wünsche?", fragte Armstrong, die schweigende Zustimmung wahrnehmend.

"Was eine Vertretung der Presse an Bord angeht, ist Mrs. Shan vom Last Hope meine Wahl", stellte Poseidon als Letztes klar.

Die Abstimmung ergab, dass alle damit einverstanden waren und so wurde am Ende der Sitzung nur noch kurz erwähnt, dass Golem den Klon des ehemaligen Admiral Röttger als seinen persönlichen Assistenten auf dem Mond beschäftigen wollte.

"Selbstverständlich steht er uns mit seinem jahrelangen Wissen über die Anlage weiter zur Verfügung. Ich beantrage für ihn die Mitgliedschaft als Bürger der USOP", tat Golem kund.

"Das ist selbstverständlich", erwiderte Armstrong kurz angebunden und wendete sich wieder den Anwesenden zu, um die Sitzung zu beenden. Alle strömten erleichtert aus dem Saal, erwartungsfroh auf die kommenden Feiertage blickend.

Romanow begleitete Schwarz, Poseidon und Golem zum Gleiter, der sie zum Mond bringen würde.

"Wo steckt eigentlich Michael", fragte er schließlich, als sie im Hangar standen.

"Ich habe mit ihm besprochen, dass er nicht auf uns warten muss – vermutlich ist er schon zurückgeflogen", gab Schwarz zur Auskunft.

"Kommt ihr am Neujahrsabend bei mir und Isis vorbei, einschließlich Michael? Es würde uns sehr freuen", schlug Romanow vor.

"Das Angebot nehme ich sehr gerne an", erwiderte Golem.
"Dasselbe gilt für mich. Wenn es dir recht ist, komme ich mit Nergal und Ben", lautete Poseidons Antwort.
"Wunderbar. Athena und Finn, Fynn und Maya sind auch da – dann ist unsere Familie ja mal wieder zusammen", erwiderte Romanow zufrieden und machte sich danach auf den Weg, um seine Frau in ihrem Büro aufzusuchen.

Als Michael Röttger aus der VISION ONE der Gruppe in den Konferenzraum auf dem Mond gefolgt war, hatte er staunend alles betrachtet, was ihn umgab. Und als Golem und Justin Schwarz mit ihm zu einem der Gästeapartments gingen, das er bewohnen sollte, war er erneut berührt, wie großzügig und offen er hier empfangen wurde. Den ersten Abend hatte er mit Justin, Maya und Fynn zu Abend gegessen, die in Golems Residenz ein festes Apartment zur Verfügung gestellt bekommen hatten. Mit Justin, Han und Nergal wollte er sich in den nächsten Tagen den pyramidenförmigen Antrieb anschauen. Schließlich hatte sein Ebenbild eine Ausbildung im Bereich Ionen- und Plasmatriebwerke absolviert, was ihm ein technisches Grundverständnis gab, das für ihn von Nutzen sein konnte. Fynn gab humorvoll seinen Alltag in der Klinik auf Last Hope zum Besten und so erlebte Röttger einen fröhlichen, geselligen Abend. Maya und Fynn waren ein attraktives Paar und sich sehr zugetan. Sein Vorgänger war lange und glücklich verheiratet gewesen und Röttger hatte sich oft gefragt, wie es wohl sein mochte, sich zu verlieben und mit einer Frau sein Leben zu verbringen. Und als Maya ihn zum Abschied umarmte, spürte er, dass es ihm sehr gefallen würde.
Am darauffolgenden Tag wollten Poseidon, Golem und Schwarz zur anstehenden Konferenz auf die Erde. Also hatte er darum gebeten, einen Blick auf das zu werfen,

was er immer nur aus der Ferne hatte betrachten dürfen und war mitgeflogen. Und während alle hinter verschlossenen Türen tagten wanderte Röttger durch den großen, prächtigen Empfangssaal der Präsidentenrakete, wie der Regierungssitz der USOP genannt wurde. Tatsächlich verbarg sich hier ein, als Gebäude getarntes, Raumschiff, das im Notfall jederzeit in den Weltraum abheben konnte. Da gab es unzählige Hologramme verschiedenster Sehenswürdigkeiten aller Nationen sowie viele, bedeutende, technische Errungenschaften der USOP, aber auch Abbilder der beiden Galaxien, die die Menschen bewohnten. Interessiert studierte er alles, was hier geboten wurde, bis er allmählich Hunger verspürte. Also machte sich Röttger auf den Weg in Richtung Kantine, holte sich etwas zu essen und setzte sich auf einen freien Sitzplatz.

"Buon giorno", hörte er plötzlich und blickte auf, um in die strahlenden Augen eines Officers zu schauen, die vor ihm stehengeblieben war.

"Ähm ... guten Tag", erwiderte Michael Röttger zurückhaltend.

Eine ansprechende Frau in einer USOP-Uniform setzte sich jetzt mit ihrem Tablett ihm gegenüber und musterte ihn auffallend neugierig. Mit ihren dunkelbraunen, gelockten Haaren, die jedoch sorgfältig nach hinten aufgesteckt waren, strahlte sie Frische und Tatkraft aus – sicher tat sie irgendwo auf den Raumschiffen ihren Dienst.

"Sie müssen Michael Röttger sein", begann sie jetzt und starrte ihn erneut fasziniert an. Irritiert fragte er sich, was er wohl an sich hatte als sie auch schon lachte: "Mi scusi – ich bin wirklich äußerst unhöflich. Darf ich mich vorstellen? Ich bin Antonia Carli."

"Sehr erfreut", lächelte Röttger. "Meinen Namen kennen Sie ja schon – woher eigentlich?"

"Wir haben von Ihrer Ankunft an Bord der EARTH ONE als Erster erfahren. Mal abgesehen von diesem erstaunlichen Raumschiff und den ganzen, anderen Neuigkeiten, habe ich mich mit Schneider auch über Sie unterhalten. Denn wer kennt ihn nicht – den legendären Admiral Röttger!"

Schweigend sah Röttger sie an. Daran hatte er noch gar nicht gedacht! Jene Zeit, in der sein Doppelgänger gelebt hatte lag immerhin Tausende von Jahren zurück – und doch war er völlig unerwartet immer noch sehr präsent.

"Nun", begann er langsam. "Dann wissen Sie auch, dass ich zwar aussehe wie er, aber – es nicht bin."

Carli musterte Röttger interessiert. Sie hatte viele Abbildungen des Admirals während ihrer Ausbildung und in den historischen Dateien gesehen. Als er geklont wurde musste der Admiral, der immerhin 262 Jahre alt geworden war, noch relativ jung gewesen sein, denn sein Klon, konserviert durch die Unsterblichkeit, die ihm mit seiner Erschaffung verliehen worden war, machte den Eindruck eines gutaussehenden Mannes in seinen besten Jahren. Allerdings war er gerade recht reserviert, was ihm nicht zu verdenken war.

"Ich bin Vice Admiral unter Admiral Schneider, ein Freund von Präsident Romanow – daher weiß ich alles darüber", erklärte Carli. "Zurzeit liegen wir hier im Hangar und ich komme gerade aus dem Forschungslabor. Et sì, was für ein Zufall: Gestern haben wir von Ihnen gesprochen und - che coincidenza - schon tauchen Sie hier vor meiner Nase auf. Da konnte ich einfach nicht widerstehen!"

Ihre Augen schienen ihn anzulachen als sie anfügte: "Machen Sie sich bitte keine Sorgen – vorerst stürzen keine Scharen von Journalisten auf Sie zu."

"Das will ich auch nicht hoffen", erwiderte Röttger jetzt ihr Lächeln. "Darum reiße ich mich nun wirklich nicht."

Er schaute versonnen in ihre funkelnden, braunen Augen, die einen warmen, bernsteinfarbenen Schimmer aufwiesen. Diese Frau war so voller Lebensfreude, was ihm in der langen Zeit fast abhandengekommen war und er genoss ihre Lebendigkeit, die sie ausstrahlte.

"Kommen Sie", entschied Carli, nachdem sie gegessen hatten. "Ich lade Sie auf einen Espresso in ein Café ein. Und wenn Sie möchten, zeige ich Ihnen unsere schöne Hauptstadt."

"Das wäre großartig", erwiderte Röttger erfreut. "Ich habe den ganzen Tag Zeit, ehe ich wieder zum Mond zurückkehre. Ich würde gerne etwas von dieser Stadt sehen."

Der Nachmittag verging wie im Flug. Zuerst hatte sie ihn zu einem Stadtrundflug in einem der Lufttaxis eingeladen und danach kehrten sie in ein kleines, gemütliches Café ein.

"Es gibt zwar noch bekanntere und angesagtere Orte, die man besuchen könnte – aber nachdem, was Sie angedeutet haben, gehe ich davon aus, dass Ihnen zurzeit allzu viel Beachtung nicht zusagt", merkte Carli an, als sie das Café betraten, in dem sich nur ein Dutzend Personen aufhielten, die sie nicht weiter beachteten.

"Das ist sehr aufmerksam von Ihnen. Wir können uns gerne duzen", schlug er dann vor. "Ich bin Michael."

"Antonia."

Carli begann interessiert ein Gespräch über seine Zeit in der Anlage. Röttger berichtete von den Experimenten der Schöpfer, Leben in den Galaxien zu säen, die dabei auch die Möglichkeit des Klonens in Betracht gezogen hatten.

"In wenigen Tagen einen Klon zu erschaffen und dazu noch mit sämtlichen Erinnerungen – das ist in der USOP allerdings unvorstellbar", staunte Carli. "Ist diese Technologie noch vorhanden?"

"Vorrichtungen zur Erschaffung weiterer Klons existieren nicht mehr – sonst hätten wir sicher damals darauf zurückgegriffen, um wenigstens mehr Gesellschaft zu haben."

"Du sagst wir - wie viele wurden denn mit dir erschaffen?"

"Insgesamt waren wir sechs Menschen."

"Waren …?"

Einen langen Moment schwieg Röttger und schließlich sagte er: "Vier von ihnen haben den Freitod gewählt und einer ist bei einem Unfall im Lager tödlich verletzt worden."

Betroffen betrachtete ihn Carli. In der ersten Begeisterung hatte sie darüber nicht nachgedacht – doch es mussten Hunderte von Jahren seiner Zeit gewesen sein, die er dort oben allein verbracht hatte … und jetzt sah es eher danach aus, dass es ein Kampf ums Überleben gewesen war.

"Ich hätte erwartet, dass ihr euch in einer anderen Galaxie wiederfindet – da dort ja Leben verbreitet werden sollte?"

"Meine Schöpfer hatten anders entschieden", meinte Röttger nur noch und sie nahm wahr, wie er sich hinter einer schützenden Mauer zurückzog.

Für einige Minuten schwiegen beide, während die Geschäftigkeit im Café jetzt in der Vordergrund trat. Es war eine angenehme Hintergrundmusik ausgewählt worden und die Stimmen fröhlich plaudernder Menschen füllten den Raum aus.

Innerlich seufzend erkannte Röttger, während er die verschiedenen Menschen betrachtete, die hier scheinbar unbeschwert zusammen saßen, dass es wohl noch lange dauern würde, bis er sich so erleben konnte. Und vielleicht würde das auch nie der Fall sein, dachte er plötzlich mit einem Anflug von Mutlosigkeit. Er war als Mensch erschaffen worden - aber letzten Endes hatte er sein Leben hier nicht verbracht, sondern fernab eine endlose Einsamkeit, Verzweiflung und Resignation erlebt. Vermutlich machte er sich etwas vor, wenn er dachte, er könnte ein Teil dieser lebensfrohen, menschlichen Gemeinschaft werden.

Plötzlich legte sich eine Hand sanft auf seinen Arm: "Es mag noch einige Zeit dauern, aber jetzt aufzugeben ist keine Option."

Michael Röttger sah auf und nahm wahr, dass Carli ihn anteilnehmend und fest anschaute.

Ihr war schlagartig klar geworden, dass hier ein wunder Punkt verborgen vor ihr lag. Dieser Mann hatte sein Leben in einer anderen Dimension verbracht, hatte mit ansehen müssen, wie seine Kameraden ihr Dasein nicht mehr ertrugen und lange Zeit um sein eigenes, seelisches Überleben gekämpft. Und nun war er befreit und erlöst, endlich hier und unter Menschen, hatte ein vielversprechendes Leben vor sich – aber der Kontrast konnte nicht größer sein.

"Vielleicht hast du recht, Antonia. Doch ich frage mich, ob ich jemals ein Teil dieser Gesellschaft werden kann. Ich bin nicht mit Freunden zusammen aufgewachsen, habe weder eine Kindheit noch Eltern erlebt. Stattdessen habe ich mich lange Zeit von den irdischen Erinnerungen eines Menschen genährt, der längst verstorben war. Ich hatte mir vorgestellt, dass ich mir hier eine eigene Existenz aufbauen kann. Doch jetzt muss ich erkennen, dass der damalige Röttger immer noch sehr präsent ist. Nach ihm wurde ein Raumschiff benannt, wie ich vorhin bemerken konnte und jeder Officer kennt ihn anscheinend von seiner Ausbildung her. Sobald offiziell bekannt geworden ist, dass es einen Doppelgänger des Admirals gibt, werden vermutlich viele neugierig sein aber es werden wenige danach fragen, wer ich wirklich bin", stellte Röttger nüchtern fest, um dann mit einem kleinen, schiefen Lächeln hinzuzufügen: "Und ehrlich gesagt – darauf habe noch nicht einmal ich eine Antwort!"

Ihr gefiel seine klare und mitleidlose Analyse, dachte Carli anerkennend. Ihm war eine enorme, innere Stabilität eigen, ansonsten hätte er nicht so lange überlebt.

"Du bist ein starke Persönlichkeit, Michael", begann Carli. "Und das sage ich nicht ohne Hintergrund. Ich bin Officer und schon sehr lange im Dienst; ich habe erlebt, wie Menschen unter Druck und in der Not reagieren, Kameraden im Krieg mit Atlas und später an der Flammenfront verloren. Doch du bist trotz allem aufrecht und gefestigt daraus hervorgegangen. Das wäre nicht vielen gelungen, wage ich zu behaupten. Deswegen wiederhole ich gerne, was ich gerade sagte: Jetzt aufzugeben ist keine Option."

Eindringlich sah Carli ihn einen Moment lang an und fuhr dann fort: "Ich verstehe, dass der Anfang hier für dich nicht leicht ist. Nun - es gibt ein treffendes, menschliches Sprichwort, was lapidar klingt – aber es hat sich schon oft bewahrheitet: Die Zeit heilt alle Wunden."

Ihre Hand lag noch auf seinem Arm und er spürte die angenehme Wärme ihrer Haut, während er über das, was sie gesagt hatte, etwas wehmütig nachdachte. Schließlich holte er tief Luft: "Ich danke dir für deine Worte."

Carli zog ihre Hand wieder zurück.

"Darf ich dich bitten, von dir und deinem Leben mehr zu erzählen? Wo bist du aufgewachsen – wie bist du das geworden, was du jetzt bist?", fragte Röttger kurz darauf interessiert.

Lachend erwiderte sie: "Das würde mehr als eine Stunde dauern! Ich bin immerhin schon 250 Jahre alt."

"Ich habe Zeit", meinte Röttger ausgelassen. "Die Gleiter zum Mond fliegen zu jeder Tages- und Nachtzeit. Es liegt also an dir."

Also erzählte Carli von ihrem Werdegang und es wurde ein langer Abend, denn Röttger stellte viele Fragen aus dem Wunsch heraus, mehr über das Leben auf der Erde zu erfahren. Ihr Leben war vielseitig und durchaus nicht geradlinig gewesen. Das ihr eigene Temperament hatte ihr in frühen Jahren manche Minuspunkte eingehandelt und sie hatte sich lange Zeit damit schwergetan, sich

Autoritäten widerspruchslos unterzuordnen. Im Krieg und an der Front war ihr Engagement endgültig erkannt und öffentlich gewürdigt worden. Danach wurde sie von Schneider persönlich angefordert, bei dem sie sich wohlzufühlen schien. Röttger gefiel ihre Offenheit und Gradlinigkeit; vor allem aber ihre Lebensfreude und die Vitalität, die sie im Überfluss zu besitzen schien. Ihre treffende Analyse seiner Lage hatte ihn beeindruckt und er würde ihr nicht die Anteilnahme vergessen, die ihm spürbar gut getan hatte.

"Et sì, und so bin ich bei Leon gelandet, ich meine Admiral Schneider", endete Carli und schaute dann auf die Uhr. "Es ist schon spät geworden. Ich denke, wir brechen langsam auf."

Als sie im Lufttaxi saßen schlug sie vor: "Ich begleite dich gerne noch zum Hangar."

"Das wäre mir sehr recht", erwiderte Röttger. "Ich bin heute zum ersten Mal auf der Erde."

Auf dem Weg zum Hangar meinte er: "Es war ein wunderbarer Nachmittag und Abend, Antonia. Ich danke dir für diesen unerwartet herzlichen Empfang auf der Erde."

"Das habe ich sehr gerne getan", sagte Carli, als sie an der Schleuse ankamen. "All'amicizia, Michael, auf gute Freundschaft. Wir werden uns sicher wiedersehen!"

Voreinander stehend sahen sie sich einen Moment lang still an. Er strahlte eine entspannte Freude aus und Carli fragte spontan: "Darf ich dich umarmen?"

Röttger nickte und dann schlossen sich auch schon ihre Arme um ihn und mit einem unmerklichen Seufzer schmiegte er sich fest hinein. Sie fühlte sich gut an, dachte er noch, aber kurz darauf spürte er bedauernd, wie sie sich auch schon wieder löste.

Dicht vor ihm stehend berührte Carli mit einer Hand sanft seine Wange: "Der Abend hat mir gut gefallen … darf ich

Michele sagen? Das ist der italienische Name für Michael."
Unwillkürlich lächelte er und dann bemerkte er zu seinem Entzücken, wie sie sich wieder näherte und gleich darauf legten sich weiche Lippen auf seine, die ihn zu küssen begannen.
Eigentlich hatte sie das nicht vorgehabt, ging Carli durch den Sinn. Aber als sie spürte, wie sehr er die Umarmung genoss, war es einfach geschehen. Die Gespräche mit ihm hatten ihr gut gefallen, wie überhaupt der ganze Mann. Er war kein Untergebener und ihre letzte Affäre war nun schon einige Zeit her. Und als er zu erwidern begann standen beide eine ganze Weile völlig selbstvergessen vor dem Gleiter. Schließlich löste sich Carli: "È stato un bacio dolce … das war ein wunderbarer Kuss!"
"Das sehe ich genauso, Antonia."
"Nella für meine besonderen Freunde. Wie sieht es aus - kommst du mit zu mir?", lächelte Carli jetzt einladend. "Oder geht es dir zu schnell? Ich bin dir nicht böse, wenn du nein sagst."
Röttger lachte angesichts ihrer Geschwindigkeit. Heute Morgen war er zum ersten Mal auf der Erde gelandet und nun bekam er ein solches Angebot!
Sein Ebenbild hatte vor seiner Frau Li nur wenige Affären gehabt, die emotional nicht prägend gewesen waren. Dafür war es die Beziehung zu seiner Frau umso mehr, die er sehr geliebt hatte. Doch was wollte er?
Carli sah sein Zögern und achtete ihn dafür. Viele hätten ihr Angebot sofort und gerne angenommen – aber daran lag ihr nichts. Abwartend sah sie ihn an.
"Gerne", lächelte Röttger. "Doch ich denke, ich sollte noch eine kurze Mitteilung an Golem schicken, dass ich erst Morgen komme."
"Gut", entschied sie. "Das werden wir bei mir tun."
Mit einem Lufttaxi flogen sie zu ihrem Apartment, dass

sich in der Towns of Planets befand. Da sie weder Admiral war noch eine Familie hatte, stand ihr in den Zeiten der Überbevölkerung nur eine kleine Wohnung zu, die dennoch einen atemberaubenden Anblick auf die Hauptstadt der Erde zeigte.

Nachdem er Golem eine kurze Nachricht geschickt hatte wandte er sich zu ihr um, unsicher, wie es nun weitergehen würde. Letzten Endes hatte er selbst keine eigene Erfahrung auf diesem Gebiet, trotz all jener Erinnerungen. Nach dem Tod des Admirals hatte er damit begonnen, sich als eine von ihm unabhängige Person zu begreifen, die ein eigenes Erleben hatte. Und das wollte er fortsetzen.

Doch Carli war nicht zu sehen, stattdessen hörte er Geräusche aus dem Bad. Also stellte sich Röttger an das Fenster und sah dem Treiben dieser bunten, stark bevölkerten Stadt zu, über der sich unzählige Lufttaxis ihren Weg bahnten.

Unvermittelt fühlte er, wie jemand seine Hand nahm und ihn mit sich zog. Verblüfft erkannte Röttger, dass Antonia sich verändert zeigte – ihre gelockten, langen Haare umrahmten jetzt in weicher Fülle ihr Gesicht und fielen auf einen seidenen Pyjama, der mehr von ihr zeigte als er verhüllte.

In ihrem Schlafraum angekommen ließ sie die Seide verheißungsvoll lächelnd an sich heruntergleiten. Und als sie wie eine Venus auf ihn zuschritt wusste er, dass er sich keine Gedanken machen musste. Sanfte Hände nestelten entschlossen an seiner Kleidung und dann war da nur noch die verlockend warme Haut einer aufregenden Frau, mit der er sich hingerissen auf ein weiches Lager sinken ließ.

Später lagen beide entspannt Arm in Arm zusammen.
"Sag mir, gioia mia, Schatz, woran denkst du?"

"Ich habe das Zusammensein mit dir sehr genossen, Nella", erwiderte Röttger weich und schmunzelte dann. "Es war ein wunderbares erstes Mal!"
Carli lachte. "Willkommen auf der Erde!"
"Sollten wir nicht besser schlafen? Du hast doch sicherlich heute noch Dienst?"
"Leon hat uns ein paar Tage frei gegeben", erwiderte Carli. "Schließlich waren wir einige Monate in ständiger Alarmbereitschaft – für mich geht es erst ab dem 2. Januar wieder weiter."
Sinnend sah sie ihn an: "Was hast du vor? Ich meine, was dein weiteres Leben hier angeht?"
"Das steht noch in den Sternen", meinte Röttger freimütig. "Golem hat mir eine Assistentenstelle eingerichtet und ich werde sicherlich noch in der Anlage gebraucht und auf den Dimensionsschiffen. Das genügt mir für den Anfang."
Carli erhob sich und fragte, den Raum verlassend: "Möchtest du auch ein Glas Wein? Er ist aus Frankreich und nicht synthetisiert."
Röttger folgte ihr und so setzten sie sich zusammen mit einer Decke auf ihre Lounge im Wohnzimmer. Er lehnte sich zurück und streckte einladend seinen Arm nach ihr aus, in dem sie es sich mit ihrem Glas gerne gemütlich machte.
"Mi sento molto agio con te – ich fühle mich wohl mit dir", stellte Carli fest.
"Das freut mich", sagte er und strich gedankenvoll durch ihre unbändige Lockenpracht. Ein schöneres Ankommen hätte er sich nicht wünschen können. Zwischendurch waren die gespeicherten Erinnerungen immer wieder aufgetaucht, aber in ihrem intensiven Zusammensein auch wieder verschwunden, das er mit jeder Faser seines Seins ausgekostet hatte. Unwillkürlich erschien ein Lächeln auf seinem Gesicht und fragend sah Carli ihn an.

"Ich fühle mich wie neugeboren. Du bist eine wunderbare Frau, Nella."

Carli schaute ihn einen Augenblick lang aufmerksam und abwartend an, aber als er nichts mehr sagte legte sie sich erneut in seine Arme und nahm einen weiteren Schluck aus ihrem Glas.

Ihr war mittlerweile bewusst geworden, dass ihr spontaner Entschluss, sich auf ihn einzulassen, durchaus auch darin begründet lag, dass er dem legendären Röttger so ähnlich sah. Da er seine Erinnerungen trug musste er es folgerichtig auch sein oder zumindest mehr oder weniger. Carli gestand sich ein, dass sie neugierig gewesen war, wie es wohl mit ihm sein mochte. Nichtsdestoweniger war Michael Röttger ein Mann, der sie anzog, resümierte sie. Seine Offenheit und Klarheit, seine zentrierte Ruhe … das, was er durchgemacht hatte, hatte ihn nicht zerbrochen, wovor sie einen großen Respekt empfand. Und er schien entspannt und ohne Erwartungen mit ihrem Zusammensein umzugehen, was sie angenehm berührt zur Kenntnis nahm. Denn nichts mochte sie weniger als einen Mann, der meinte, nach einer schönen Nacht ein Anrecht auf sie zu haben.

Sie wusste, dass Männer sie attraktiv fanden und auch auf der EARTH ONE gab es viele, die nicht nein sagen würden, wenn sie ihnen Avancen gemacht hätte. Aber abgesehen davon, dass sie kein Verhältnis mit einem Untergebenen anfing, war es immer dasselbe: "Wie geht es jetzt mit uns weiter?", "Ich hole dich morgen ab!" oder derjenige stand am nächsten Abend ungefragt vor ihr … was in der Regel der Anfang vom Ende war. Denn immer tauchten Erwartungen auf, denen bald Forderungen folgten, diffuse Ansprüche, denen sie sich im Namen der Liebe beugen sollte – doch sie würde sich nie wieder von einem Mann vereinnahmen lassen!

Ihr Glas abstellend kuschelte sie sich spontan bei ihm ein, zog die Decke über sich und spürte, wie er sie sanft liebkoste. "Es ist schön mit dir, Nella."

Sie mussten wohl auf der Couch eingeschlafen sein, denn Carli öffnete die Augen und sah, dass der Morgen dämmerte. Dem ruhigen Atemzug entnehmend schlief er noch; ein Arm war um sie gelegt und sein Gesicht lag in ihren Haaren vergraben. Der erste Eindruck, sich mit ihm von Grund auf wohl zu fühlen, war ungebrochen vorhanden, dachte sie, während sie sich langsam regte. Sich lächelnd auf einen Ellbogen stützend betrachtete sie ihn, wie er jetzt ebenfalls wach wurde.

"Buon giorno, Michele."

"Buon giorno, Nella", strahlte er noch halb verschlafen. "Wir sind hier eingeschlafen, wie ich sehe. Wie spät ist es eigentlich?"

"Es ist noch früh am Morgen."

Carli fuhr mit ihrer Hand sanft die Kontouren seines Gesichts entlang, um an seinen Lippen kosend zu verweilen. Ihre Haare fielen auf ihn, als sie sich über ihn beugte und er nahm entzückt ihren feinen Duft wahr: "Es ist noch viel zu früh, um aufzustehen, principe."

Das nächste Mal war es heller Tag und sie entschieden, sich fertig zu machen. Röttger wollte zurückfliegen und sie schlug vor, in einem Café noch ein kleines Frühstück zusammen einzunehmen.

"Ich esse selten zu Hause", erzählte Carli dabei. "Ich koche einfach nicht so gerne, sai bene. Mir ist es lieber, alles wird mundfertig serviert."

"Warum auch nicht? Dieser Cappuccino ist unfassbar gut!", strahlte Röttger begeistert. Es war noch nicht mal ein Tag vergangen und die Welt sah völlig anders aus, dachte er mit einem Hochgefühl, während er das Croissant zum Cappuccino langsam und fast sinnlich genussvoll verspeiste. Selbst der Kaffee schmeckte heute anders!

"Mmmh, daran könnte ich mich gewöhnen!", gab er vergnügt von sich und sah, wie sie lachte.

"Man könnte meinen, du hast noch nie einen Cappuccino mit einem Croissant zu dir genommen!"

"Das trifft genau den Punkt, Nella", erwiderte er fröhlich. "Ich habe lange Zeit nur synthetisierte Nahrung erhalten – so etwas Köstliches war nicht dabei."

Nach drei Cappuccini und ebenso viel Croissants flogen sie schließlich zum Hangar. An der Schleuse angekommen begann Röttger: "Nun - da sind wir schon wieder. Ich … ich würde mich freuen, wenn es irgendwann einmal eine Wiederholung gibt."

Vor ihm stehend zupfte Carli mit einem Mal sorgfältig an seiner Kleidung herum, ein paar nicht vorhandene Falten glättend: "Ich wünsche dir einen guten Start in dein neues Leben, Michele. Gib mir Bescheid, wenn du etwas brauchst oder meine Unterstützung benötigst. Sai bene, du weißt, du bist mir jederzeit willkommen."

Doch er sagte nichts und sah sie nur tiefgründig an. Fasziniert beobachtete sie, wie plötzlich ein Lächeln auf seinem Gesicht erschien. Dann legte er seinen Arm leicht um sie und beugte sich mit leuchtenden Augen zu ihr, um sie ein letztes Mal zu küssen. "Dasselbe gilt für dich, Nella."

Röttger drehte sich um, ging durch die Schleuse und war im Gleiter verschwunden.

Antonia Carli stand im Hangar und beobachtete, wie der das Raumflugzeug zum Start ansetzte und abhob, den Eindrücken noch nachspürend. Er hatte sich gerade verhalten wie … wie ein Ehemann, der seine Frau verabschiedet und dennoch hatten seine Worte ausgedrückt, dass er ihren Wink verstanden hatte, dachte sie schließlich verblüfft. Carli wandte sich um und machte sich auf den Heimweg, während sich unmerklich ein Lächeln auf ihrem Gesicht ausbreitete.

Während der Gleiter abhob beobachtete Röttger, wie Carli ihm am Hangar nachschaute. Als Nella vor ihm stand und so eifrig darauf bedacht war, nach all ihrer Intimität wieder eine Distanz aufzubauen, hatte er an den Admiral und seine Frau Li denken müssen.

Li war ihrem Mann in Liebe zugetan, doch der Admiral hatte einige temperamentvolle Szenen erlebt, in denen sie ihm deutlich machte, dass sie ein eigenes Leben hatte, das sie nicht aufzugeben gedachte. Nella hatte ihm viel erzählt, aber ihre vergangenen Beziehungen waren kein Thema gewesen. Sie hatte sich eine hohe Position erarbeitet und würde irgendwann Admiral sein aber sie war nicht verheiratet und lebte in keiner festen Beziehung. Vieles sprach dafür, dass sie eine ähnliche Einstellung wie Li besaß – aber bisher auf weniger Verständnis damit gestoßen war.

Die Erde lag jetzt hinter ihm und Röttger lehnte sich behaglich in den Sitz zurück. Er fühlte sich lebendig und erfüllt. Nella war ein Geschenk der Galaxis gewesen und diese Erfahrung hatte ihm die Gewissheit gegeben, dass er in seinem neuen Leben ankommen würde.

Am 1. Januar 10.006 saß eine große Gruppe in Romanows großzügiger Präsidentensuite zusammen. Isis Romanow hatte für ein Büffet gesorgt, sodass jeder, der es wollte, versorgt war.

"Und, Michael, wie gefällt es dir hier?", fragte sie gerade.

"Es geht mir erstaunlich gut. Bisher war die Anlage mein erstes und einziges zu Hause", gab Röttger zu und lachte. "Aber jetzt hat sich mir ein Füllhorn an Möglichkeiten eröffnet! Ich kann nur sagen: Ich lerne, damit umzugehen."

"Das ist die richtige Einstellung", stimmte Finn Schwarz zu, während er ihm immer wieder neugierige Blicke zuwarf. "Weißt du, ich habe Michael Röttger sehr gut gekannt und du bist wirklich erstaunlich. Ich meine, man hat das Gefühl, dass er hier leibhaftig vor einem sitzt. Du siehst aus wie er, du sprichst wie er …"

"Wie kann das sein?", fragte Röttger interessiert zurück. "Eine Unsterblichkeit gab es für die Menschen jener Zeit nicht."

"Das ist eine lange Geschichte", lachte Finn Schwarz. "Aber letzten Endes war es die Liebe, die mich in diese Zeit geführt hat."

Röttger warf ihm einen fragenden Blick zu und so ergänzte er, indem er Athena liebevoll an sich drückte: "In jener Zeit habe ich Athena kennengelernt – wir haben uns einfach sofort verliebt. Und nachdem alle möglichen Katastrophen verhindert worden waren, bin ich mit ihr in dieser Zeit geblieben."

"Stimmt", sagte Röttger langsam. "Ich erinnere mich jetzt an ein Gespräch mit dem Präsidenten, bei dem du Röttger mitgeteilt hast, dass ihr beide nicht bleiben werdet. Du hast ihm damals deinen Sohn vorgestellt."

"Ich würde mich gerne mal länger mit dir treffen und darüber sprechen, was du über meinen Sohn weißt", bat Finn Schwarz eindringlich. "Aber das können wir gerne ein anderes Mal machen."

"Und du startest also mit der VISION ONE im Januar", begann Romanow, an Poseidon gewandt. "Ich wäre gerne dabei – aber ich bin leider nicht entbehrlich."

"Und du, Isis?", fragte Poseidon. Isis hatte sich als äußerst wertvoll für eine Expedition ins Unbekannte erwiesen. Er rechnete allerdings nicht damit, dass sie dieses Mal mit dabei sein würde.

"Ich fliege bei einem der nächsten Male zusammen mit Lew", bestätigte sie kurz darauf seine Annahme.

"Die USOP wünscht, dass wir nur noch nacheinander fliegen", tat Golem kund. "Falls etwas passiert, steht immer noch der andere zur Verfügung."

"Und deswegen darf Poseidon den ehrenvollen Anfang machen?", warf Fynn Shan etwas ironisch ein. "Das ist ja sehr selbstlos gedacht."

"Du vergisst, dass ich mit von der Partie bin", stellte Justin Schwarz klar. "Mit mir als Chefwissenschaftler würde die USOP sehr viel verlieren …" Plötzlich leicht verlegen werdend endete er: "Nun ja, das meine ich zumindest."

"Fynn, du bist doch auch dabei", warf Maya Shan erstaunt ein.

"Für die USOP bin ich weder systemrelevant noch sehr beliebt im Rat", sagte Fynn trocken und, nach einem Blick auf sie, ergänzte er: "Und das gilt im Übrigen auch für dich, Han und Nergal. Justin, du wärest sicher der schmerzhafteste Verlust, aber niemand ist unersetzlich, oder?"

"Heute ist nicht gerade dein humorvoller Tag", stellte Justin Schwarz amüsiert fest und musterte ihn prüfend.

"Nein, das kann man wirklich nicht sagen", stimmte Finn Schwarz lachend zu. "Was ist los, Fynn? Du klingst so desillusioniert."

"Ich bin realistisch", gab Fynn Shan nüchtern zur Antwort.

"Teilweise stimme ich dir zu", begann Romanow. "Aber es wird ein hochrangiger, erfahrener Officer der USOP mit an Bord kommen. Wer es noch nicht weiß: Ich meine damit Vice Admiral Antonia Carli. Sie dient auf der EARTH ONE unter Schneider."

"Eine Frau in der Führungsspitze – das ist galaktisch", kommentierte Maya Shan fröhlich und zwinkerte ihrem Mann zu. "Du und Carli, ihr beide vertretet die USOP und Poseidon und Nergal Atlas. Das wird eine spannende Reise."

Michael Röttger schwieg dazu während er sich fragte, wie es ihr ging und wie sie wohl den heutigen Abend verbrachte. Gedankenverloren sah er aus dem Fenster.

"Wie wollt ihr eigentlich damit umgehen, wenn ihr auf fremdes Leben in der Kaulquappen-Galaxie trefft?", fragte Athena.

"Dieser Flug ist eine erste Testreise, um das Schiff kennenzulernen und dient nicht der Erkundung von neuem Leben", antwortete Nergal.

"Falls wir unerwartet einer anderen Spezies begegnen, werden wir uns zurückhalten und sie nur unauffällig beobachten", nickte Poseidon bestätigend.

"Das ist eine kluge Verhaltensweise", äußerte sich Isis. "Früher oder später werden wir jemandem begegnen. Es ist sicher nicht empfehlenswert, sofort mit der Tür ins Haus zu fallen."

"Wir starten Mitte Januar gemeinsam mit den Spaceships", sagte Maya Shan. "Ben, du bist dort mit von der Partie – wie läuft es denn mit Moretti und Jules?"

"Ich würde sagen, bis jetzt ist alles im grünen Bereich", antwortete Ben Smith und schmunzelte dann. "Jules kenne ich schon lange. Aber Moretti merkt man an, dass er sich an die etwas anderen Kommunikationsstrukturen auf der Führungsetage noch gewöhnen muss."

"Ich bin sehr gespannt darauf, was wir mit der VISION ONE erleben werden", freute sich Justin Schwarz, dem die Aufregung deutlich anzusehen war. "Zusammen mit Nergal und Han sind wir das perfekte Team. Und übrigens, Michael, du kannst gerne zu unserem Team dazukommen, wenn wir die Antriebe erforschen", bot Schwarz an.

"Danke, das mache ich gerne. Ich habe mich noch nicht festgelegt und will mich erst einmal in verschiedene Richtungen orientieren. Mein Doppelgänger hatte eine

Ausbildung in der Plasma- und Ionentechnologie - ich habe also genug technisches Grundwissen", erwiderte Röttger.

"Über welche Veranlagungen und Erfahrungen verfügst du eigentlich sonst noch?", fragte Isis Romanow interessiert.

"Der Admiral hatte eine militärische Grundausbildung und war darüber hinaus ein guter Pilot. Dann hat er sich in vielen Einsätzen und später auch in der Politik bewiesen, wie ihr sicher wisst. Ich würde gerne bei einem der nächsten Flüge mit dabei sein", bat Michael Röttger.

Einen Moment lang herrschte eine nachdenkliche Ruhe.

"Ich bin einverstanden", meinte Romanow und warf Golem einen fragenden Blick zu.

"Ich habe vor, die nächste Reise zu unternehmen und das wäre eine gute Möglichkeit für dich, Michael", gab Golem zur Antwort. "Deine Kenntnisse und deine Erfahrung mit der atlantischen Technologie werden für uns von Vorteil sein."

"Ich sehe schon, wir fiebern alle neuen Abenteuern entgegen", lachte Finn Schwarz. "Ich hoffe, Athena und ich dürfen auch irgendwann einmal mit von der Partie sein!"

"Ich gehe davon aus, wenn die ersten Testreisen positiv verlaufen, dass wir mit einigen weiteren Schiffen immer in Bereitschaft stehen, damit bei einem Notfall auf den Spaceships sofort Abhilfe geschaffen werden kann", warf Romanow ein. "Dafür werden wir eine Besatzung benötigen. Vielleicht wäre das etwas für euch beide?"

Nach der Ratsversammlung im Dezember hatten Romanow, Golem und Armstrong in einer Pressekonferenz von den aufregenden Entdeckungen berichtet, verbunden mit einem Aufruf: Wer aufgrund der neuen Entdeckungen von der Reise zurücktreten und lieber auf die Erforschung des noch unbekannten Antriebs warten wollte, sollte sich umgehend melden. Daraufhin waren jedoch nur eine Handvoll Menschen von der Reise zurückgetreten. So gut wie alle hatten ihr altes Leben auf ihren Heimatplaneten aufgelöst und waren entschlossen, aufzubrechen und so begann das neue Jahr mit der Übersiedlung von fast 300.000 Menschen und Androiden mitsamt ihrer Habe in ihre Habitate der KAULQUAPPE 1 und 2, in denen sie von nun an für viele Jahre leben würden.

Auf sämtlichen Planeten berichteten die Medien jeden Tag von den eintreffenden Siedlern und ihrem neuen Leben an Bord. Aber auch das erstaunliche Dimensionsraumschiff im Hangar des Mondes fand Beachtung ebenso wie die KI Caecilia als Androide und Darstellungen des pyramidenförmigen Antriebs machten die Runde. Nicht zuletzt war durchgesickert, dass mit all diesen technischen Wundern ein ungewöhnlicher Mensch auf der Erde gelandet war: Ein Klon des einstigen Admiral Röttger!

Und so war es nicht erstaunlich, dass bald unzählige Anfragen bei Golem eingingen. Jeder wollte mit diesem Röttger ein Interview oder eine Sendung gestalten, bis hin zur Einladung einer bekannten Talk Show.

Michael Röttger seufzte, als er davon erfuhr und beriet sich umgehend mit Golem, Justin Schwarz sowie Maya und Fynn Shan.

"Ich habe das schon befürchtet, als ich auf der Erde Hologramme der ADMIRAL RÖTTGER gesehen habe. In der Kantine im Regierungsgebäude hatte mich ein Officer auf die Ähnlichkeit angesprochen", begann er. "Ich wollte mir hier eigentlich ungestört mein eigenes Leben aufbauen und, ehrlich gesagt, bin ich etwas ratlos, wie ich das jetzt noch tun kann."

"Du könntest dich natürlich für ein Leben als buddhistischer Mönch in den Bergen Himalayas entscheiden", schlug Fynn Shan mit seinem üblichen Humor vor. "So ein kleines, vor der Welt verborgenes Kloster wäre da genau das richtige."

"Naja", schmunzelte Schwarz. "Das entspräche der isolierten Anlage mit einem etwas anderen Ambiente. Meiner Meinung nach wäre das nur wieder eine andere Art von Abgeschiedenheit."

"Du wirst dich nicht ewig verstecken können", gab Maya Shan zu bedenken. "Es läuft meines Erachtens auf eine Entscheidung hinaus: Willst du ein weltoffenes Leben oder lieber in der sicheren Isolation bleiben?"

"Ich habe mir ein vielseitiges Leben mit einer erfüllenden Arbeit vorgestellt, in dem ich Freundschaften aufbaue und später auch eine Beziehung."

"Dann wird dir nichts anderes übrigbleiben", machte Maya Shan ihm klar. "Du wirst dich dem stellen müssen, Michael."

"Gut. Aber die Frage ist doch: Muss er den ganzen Rummel in Kauf nehmen oder geht das nicht auch etwas dosierter?", meinte Schwarz. "Du bist doch auch Journalistin, Maya. Könntest du nicht einen Artikel schreiben?"

"Ein Exklusivinterview mit Michael? Das wäre fantastisch", erwiderte Maya lachend. "Mein Chef würde hocherfreut sein! Nichtsdestoweniger wird es auch paar andere geben müssen, aber die könnten wir gezielt aussuchen."

"Ich habe einen guten Kontakt zu Wolkow", warf Golem ein.

"Lass uns gleich damit anfangen, Michael", schlug Maya Shan vor. "Wir überlegen gemeinsam, was wir über dich preisgeben wollen. Wolkow ist der nächste – ich werde als Unterstützung im Hintergrund mit dabei sein."

"Gut – dann bin ich einverstanden", entschied Röttger. Er äußerte allerdings den Wunsch, dass die Existenz anderer Klone vorerst nicht erwähnt wurde, da ihn dieses Thema noch zu sehr belastete. Maya setzte sich mit ihm für ihren Artikel zusammen, der am Tag darauf erschien und nach weiteren zwei Tagen fand das erste Interview mit Dimitrij Wolkow von der New News Today statt.

"Mr. Röttger, wenn ich das richtig verstanden habe, sind Sie einst von den Schöpfern als Klon erschaffen worden. Der Last Hope Horizon mit Mrs. Shans durchschlagendem Artikel hat die Bürger auf allen Planeten stark berührt und in helles Erstaunen versetzt. Natürlich stellen sich uns jetzt viele Fragen. Sie sagen, der uns allen bekannte und berühmte Admiral Michael Röttger aus den Jahren 2118 - 2380 war Ihre Vorlage, durch die Sie entstanden. Was übrigens nicht zu übersehen ist, wenn ich Sie hier so vor mir sehe!

Mr. Röttger, wie fühlen Sie sich heute im Jahr 10.006 auf unserem Planeten? Sie sollen ja auch seine Erinnerungen in sich tragen."

Gespannt sah ihn Wolkow an. Das würde eine Sensation werden, soviel war ihm jetzt schon klar. Der vor ihm sitzende Mann war der absolute Doppelgänger des Admirals und besaß dazu noch all sein Wissen!

"Da ich mein Leben bisher in der 5. Dimension verbracht habe bin ich zum ersten Mal auf diesem wunderbaren Planeten", begann Röttger freundlich. "Und was ich bis jetzt gesehen habe, gefällt mir außerordentlich!"

"Was würde Admiral Röttger zu alledem sagen, wenn er jetzt unter uns weilen würde?", startete Wolkow den nächsten Versuch, mehr aus ihm herauszulocken.

Doch Röttger lachte: "Also das kann ich Ihnen wirklich nicht sagen. Die Schöpfer hatten ja wirklich bemerkenswerte Fähigkeiten, aber mit Verstorbenen zu reden war keine davon!"

Wolkow lächelte anerkennend. Röttger überraschte mit einem feinsinnigen Humor, den der Admiral laut manchen Überlieferungen wohl auch gehabt hatte. Dieser Klon überzeugte auf eine ganz andere Weise, als er ursprünglich angenommen hatte.

"Aber Sie tragen alle seine Erfahrungen in sich, was er gedacht und gefühlt hat – das ist doch richtig?"

"Das ist richtig. Aber ich bin kein Androide, sondern ein Mensch. Im Laufe der Zeit gerät so manches auf natürlichem Wege in Vergessenheit. Wie Sie es selbst sagen: Es sind nur Erinnerungen einer verstorbenen Person aus einer längst vergangenen Zeit, die ich in mir trage."

"Würden Sie uns an einigen Erinnerungen des Admirals teilhaben lassen, Mr. Röttger? Ich meine natürlich, sofern sie sich daran noch erinnern?"

"Das müssten Sie schon genauer spezifizieren", erwiderte Röttger. "Allerdings werde ich nichts erzählen, was andere Personen betrifft, deren Nachkommen sich daran stören könnten. Es darf nur ihn selbst angehen."

"Als Röttger nach der erfolgreichen Mission der EXTREMUS 1 zum Admiral ernannt wurde hatte er mit seiner Frau eine weitere Expedition in der Andromeda-Nebel unternommen."

"Das ist richtig. Damals existierte noch das Wurmloch."

"Auf Last Hope wurde eine Entdeckung gemacht, bei der er einige Zeit spurlos verschwand. Wie ging es ihm dabei?"

"Er hatte eine ungute Vorahnung, die sich dann bewahrheitete. Jedoch war das Erlebnis selbst nicht unangenehm. Das war es eher für seine Frau, da die Zeit für sie anders verlief als für ihn."

Wolkow fragte noch nach zwei weiteren Ereignissen, zu denen Röttger Auskunft gab und dann war das Interview auch schon beendet.

Am nächsten Morgen nach der Ausstrahlung der Sendung, die hohe Wellen schlug, meldete sich Armstrong bei Golem mit der Anweisung, dass Michael Röttger vorerst keine weiteren Interviews mehr geben durfte. Sie war vom

Militär und einigen Gouverneuren sofort darauf angesprochen worden, denen es missfiel, dass ein Klon des einstigen Admirals, auf dessen Leistungen die USOP heute noch stolz war, unkontrolliert dessen Erinnerungen der Öffentlichkeit preisgab. Es war der Antrag gestellt worden, dass nach dem Abflug der Spaceships darüber erst im Rat diskutiert wurde, zu dem auch Röttger erscheinen sollte. Michael Röttger selbst war damit zufrieden, dass die Angelegenheit auf diese Weise entschieden wurde.

Mittlerweile liefen die Vorbereitungen auf den beiden Spaceships auf Hochtouren. Die Siedler wurden Tag und Nacht an Bord geflogen und es herrschte eine unübersehbare Geschäftigkeit, die nur dank den überall vorhandenen irdischen und atlantischen Androiden in kontrollierten Bahnen gehalten wurde.

Die ersten Streitigkeiten unter den Menschen wurden von der Security geregelt, die Geschäfte und Läden an Bord waren bereits geöffnet und die Leute wanderten umher, um sich mit den vielen Möglichkeiten, ihr Leben von nun an hier zu gestalten, bekannt zu machen.

Die Führungsspitze mit Moretti, Jules, Mahal und Ares traf sich jetzt täglich an Bord und beschloss, dass es in Zukunft immer ein gemeinsames Treffen mit dem Militär und der Security im Anschluss geben sollte, um sich über den neuesten Stand der Verhältnisse an Bord auf dem Laufen zu halten.

Einmal im Monat sollten Ratsversammlungen abgehalten werden, zu denen die Botschafter oder gewählte Volksvertreter erscheinen konnten, um Beschwerden oder Vorschläge einzubringen.

Gleichzeitig wurden die beiden Schiffe einer ausführlichen Belastungsprobe unterzogen, die zufriedenstellend verlief. Nichtsdestoweniger beschlossen Moretti, Jules, Mahal und Ares, dass die beiden Spaceships als Erstes im Andromeda Nebel den Planeten Eden anflogen, um die neuen Warp-Antriebe noch einmal einem letzten Test zu unterziehen.

Die KI Caecilia in der Gestalt eines atlantischen Androiden, die Golem, Poseidon und Romanow im Dezember zum Mond begleitet hatte, überraschte mit einem eigenen Vorschlag.

Golem hatte Caecilia seit ihrer Ankunft gestattet, sich mit seinem Netzwerk vertraut zu machen. Da die KI damit gleichzeitig Zugang zu den Technologien der USOP Zugang hatte, lagen ihr auch alle Informationen über die beiden Spaceships vor. Anfang Januar bat der Androide Golem um einen Besuch vor Ort, wo er auf eine ganze Reihe möglicher Updates aufmerksam machte.

"Mehr ist aus dem aktuellen Stand der Technik nicht herauszuholen. Dennoch erkenne ich an, dass die vorhandene Technologie robust und wenig störanfällig ist", war ihr abschließendes Statement.

Auch die militärische Ausrüstung wurde von Caecilia unter die Lupe genommen und hier schlug sie einige Neuerungen an vorhandenen Waffen vor, die das Vernichtungspotential erheblich steigern würden.

Eine besondere Überraschung aber kam zum Schluss. Caecilia übermittelte Golem Konstruktionspläne eines noch unbekannten und speziellen Kommunikationsgerätes. Die KI erläuterte, dass sie in der Lage war, mit dem Gerät einen Kontakt aufzubauen, sofern es sich im Warp-Raum befand. Ein kurzer Flug mit Warp-Geschwindigkeit genügte und die Erde sowie Atlas würden über alles informiert werden.

Im Nationalen Sicherheitsrat, der sich aufgrund der sich überschlagenden Ereignisse jede Woche traf, erschien Golem mit der KI Caecilia als Gast gleich in der ersten Januar-Woche, um diese Neuerungen vorzustellen.

Nach der ersten Überraschung folgte die Begeisterung.

"Das ist ja ganz hervorragend", ließ sich Claire Fischer gerade aus. "Damit hätte sich das Thema erledigt, dass wir erst sehr spät von den Siedlern erfahren, wenn sie Hilfe benötigen. Die Kommunikationsbarken sind dann Geschichte!"
"Das spart uns nicht nur viel Geld, sondern ermöglicht unseren Bürgern, jederzeit Verwandten eine kurze Nachricht zu schicken", warf ein anderer ein.
"In einem eng begrenzten Rahmen ist das sicherlich möglich", setzte Golem dem entgegen. "Doch in erster Linie sollte eine Kommunikation der Aufrechterhaltung des normalen Betriebs an Bord dienen und für notwendige Übermittlungen frei gehalten werden. In diesem Zusammenhang gibt es noch einen weiteren Vorschlag."
Golem nickte Caecilia auffordernd zu.
"Ich empfehle, zwei Dimensionssänften auf dem Mond in Bereitschaft zu halten. Damit ist gewährleistet, dass auf einen eintretenden Notfall sofort reagiert werden kann. Außerdem sind regelmäßige Kurierflüge zu den Long Distance-Spaceships vorstellbar."
"Die Führung dieser Schiffe kann von Athena und Finn Schwarz in unserem Namen übernommen werden. Die Besatzung besteht aus jeweils drei Menschen und drei Atlantern. Da diese Raumschiffe vollautomatisiert sind, benötigen wir nur eine kleine Crew", führte Golem weiter aus.
"Und die Atlanter sind damit einverstanden?", fragte Mrs. Young interessiert.
"Ich habe mich mit Poseidon dazu besprochen. Er hat zugestimmt. Die Dimensionsraumschiffe werden in regelmäßigen Abständen hin und her fliegen, um nötiges Ersatzmaterial und Equipment zu transportieren oder auch Menschen, die eine spezielle, medizinische Behandlung benötigen, die an Bord nicht möglich ist."

Ein Raunen erfüllte jetzt den Saal, denn jeder begann sich mit seinem Nachbarn über diese gute Neuigkeit überschwänglich auszutauschen und es währte eine ganze Weile, bis wieder Ruhe eintrat.

"Ist es denn möglich, die genannten Optionen noch vor dem 15. Januar zu realisieren?", fragte Armstrong jetzt.

"Ich habe alle Vorbereitungen dazu getroffen. Wir können am 12. Januar die Überführung der Raumschiffe zum Mond veranlassen", erwiderte Golem.

"Was ist mit Athena und Schwarz – sind beide informiert?", fragte jemand.

"Nein. Ich wollte erst die Entscheidung des Rats abwarten. Ich gehe aber von einem Einverständnis aus", war Golems Antwort.

Wie zu erwarten fiel das Ergebnis einstimmig positiv aus. Noch während der Sitzung übermittelte Golem Athena die Anfrage über sein Netzwerk, mit dem Athena ständig verbunden war und kurz darauf erhielt er schon ihre Zusage. Motiviert einigten sich alle auf sechs Menschen als menschliche Crew, die von verschiedenen Abgeordneten vorgeschlagen wurden. Golem überprüfte die Namen im Netz und, zusammen mit Romanow, gaben beide ihre Zustimmung.

In der zweiten Januarwoche wurden die notwendigen Geräte in den Spaceships installiert, die die Kommunikation mit der KI Caecilia herstellen sollten. Gleichzeitig erhielten die menschlichen Besatzungsmitglieder der Dimensionsraumschiffe durch die KI eine Hypnose-Schulung, um sie schneller mit Notfallprozeduren vertraut zu machen. In der Regel lief zwar alles vollautomatisch, aber im Notfall konnte auf diese Weise einiges von der Besatzung geregelt werden. Sollte der Antrieb versagen, so gab es keine Möglichkeit, ihn zu reparieren; in dem Fall musste auf ein herkömmlicheres System ausgewichen werden. Das war in der Vergangenheit jedoch noch nie eingetreten, wie Caecilia versicherte.

Die Zeit verging mit all diesen Vorbereitungen rasend schnell. Am 12. Januar fanden sich Finn Schwarz, Athena und Michael Röttger erwartungsvoll auf der VISION ONE ein, um mit Golem und dem Androiden der KI Caecilia einen zweiten Flug in die Anlage beim Planeten Neptun zu unternehmen. Dort wollten sie sich auf drei Schiffe aufteilen und zum Hangar auf dem Mondstützpunkt zurückkehren.

Mit an Bord waren außerdem 25 Wissenschaftler, die sich mit der Anlage und den dort lagernden Technologien beschäftigen sollten. Es gab genaue Vorgaben, was sie untersuchten durften. Außerdem würde die Gruppe von der Stations-KI überwacht werden, die eine eventuelle Unregelmäßigkeit sofort an Caecilia melden sollte. Die Wissenschaftler würden vier Wochen bleiben und dann durch eine Gruppe abgelöst werden, die alle drei Monate ausgetauscht werden sollte.

Golem führte für Finn Schwarz und Athena die entsprechenden Autorisationen mit der Bord-KI Caecilia durch. Danach bat er die beiden, neben ihm Platz zu nehmen.

"Aktiviere den Antrieb, Caecilia. Ziel: Planet Neptun, 5. Dimension."

"Bestätigt."

Und schon erhob sich das Raumschiff aus dem Hangar und flog in Richtung Neptun.

Verblüfft vermerkte Finn Schwarz die enorme Geschwindigkeit, die auf dem Bildschirm angezeigt wurde: Innerhalb einer knappen Stunde war Neptun erreicht und dann begann unmerklich die Transformation in die höhere Dimension. Nach fünf Minuten verblassten die Umrisse der Werften und nach weiteren fünf Minuten war es so, als hätte es diese nie gegeben.

Unvermittelt wurde aus dem Nichts heraus allmählich eine Öffnung sichtbar. Als sie darauf zuflogen schaltete sich der Antrieb ab und die VISION ONE glitt lautlos hinein und schwebte auf den Magnetfeldern an den für sie vorgesehenen Platz.

"Na, da gibt es ja nicht viel für mich zu tun", stellte Finn Schwarz mit einem Anflug von Enttäuschung fest.

"Das ist richtig", erwiderte die Bord-KI Caecilia. "Im Normalfall wird alles von mir geregelt."

Alle verließen die VISION ONE und fuhren zum großen Aufenthaltsraum. Dort angekommen nahm Golem am Terminal mit der Stations-KI Kontakt auf, um die eingeschränkten Berechtigungen für die 25 Spezialisten zu verankern und seine Anweisungen einzugeben. Jeder der Wissenschaftler besaß jetzt speziell für den Zeitraum seiner Anwesenheit eine registrierte Erlaubnis.

Michael Röttger zeigte der Gruppe ihre Unterkünfte und machte dann mit allen einen längeren Rundgang durch die ganze Anlage, um ausführlich zu erläutern, wo sie was finden konnten. Später würde die Stations-KI jederzeit sich ergebende Fragen beantworten. Eine Rückkehr zur Erde war über die Teleportationsplattform, die in die Antarktis führte, immer möglich. Im dortigen Raumschiff, dem ehemaligen Artefakt der Schöpfer, war mittlerweile alles in Betrieb genommen worden, sodass jederzeit ein Austausch mit dem Forschungszentrum der Erde stattfinden konnte. Denn die gewohnte, normale Kommunikation mit der Erde war aus der 5. Dimension heraus nicht machbar. Für den Zeitraum ihrer Anwesenheit würden die Wissenschaftler also auf sich gestellt sein, was diese jedoch gelassen scherzend hinnahmen.

Nach mehreren Stunden Aufenthalt beschlossen Finn Schwarz, Athena und Golem zu den Dimensionsschiffen zurückzukehren – Röttger sollte nachkommen, wenn auch die letzten Fragen beantwortet waren.

Zu ihrer Überraschung erkannten sie beim Näherkommen, dass sich auf den Raumschiffen bereits die angeforderten Bezeichnungen befanden, und zwar in roten Lettern und in aufsteigender Reihenfolge.

Als sie VISION ONE, TWO und THREE erreichten, sahen sie, dass dort einige Androiden in Bewegung waren und anscheinend noch einige Arbeiten ausführten.

"Können wir die Raumschiffe benutzen?", fragte Golem.

"Die Arbeiten sind in 20 Minuten abgeschlossen", teilte ihnen die Stations-KI mit.

Auf die Frage hin, was zurzeit gerade in Arbeit war, wurde ihnen erklärt, dass Caecilia unter anderem ein Update der Notaggregate für alle drei Schiffe veranlasst hatte. Danach sollte dasselbe für die übrigen 147 Dimensionssänften erfolgen.

"Gut", meinte Finn Schwarz beschwingt. "Dann gehe ich schon mal zur VISION THREE und begebe mich auf den Regiesessel. Bis später dann!"

Golem verabschiedete sich von Athena, die die VISION TWO betrat. Und dann war es soweit: Die Startbereitschaft wurde angekündigt.

Es war abgesprochen, dass Finn Schwarz zuerst startete und dann Athena. Golem würde in der Zentrale der VISION ONE auf Röttger warten und folgen.

Wieder wurden beide Schiffe sanft zu dem riesigen Hangar-Tor getragen und in den Weltraum der 5. Dimension hinausbefördert.

In der Zentrale sitzend betrachtete Golem inzwischen den Androiden Caecilia.

"Deine vorgeschlagenen Neuerungen sind sehr effizient, Caecilia. Kannst du über die Schiffe jederzeit mit der Stations-KI kommunizieren?"

"Auch das ist erst ab der 4. Dimension, also im Warp-Raum, möglich."

"Wie lange benötigen wir in den unterschiedlichen Dimensionen, um die Kaulquappen-Galaxie zu erreichen?"
"Im Normalraum D3 werden 34 Jahre benötigt. Nur in D10 verläuft eine Reise zeitlos. Eine Reise mit D9 würde immer noch 4 Jahre währen. Es ist zu berücksichtigen, dass ab D6 Sänften benutzt werden müssen."
Caecilia war eine ungewöhnliche KI, analysierte Golem. Man war dazu geneigt, da sie es hier mit vielen, neuen Technologien zu tun hatten, auch diese KI mit der Überschrift zu versehen "etwas anders als gewohnt" – aber sie war unbedingt eine nähere Betrachtung wert.
Der Avatar hatte die Gestalt eines typischen, atlantischen Androiden: von Kopf bis Fuß metallisch-glänzend, in einer tiefblauen Uniform, ohne Haare und ausdrucksvollen Okularen, die lebendig funkelten.
"Wer bist du, Caecilia? Erzähle mir von deinem Werdegang."
"Ich wurde von den ehemaligen Schöpfern zu einer Zeit erschaffen, als in diesem Universum noch anderes Leben existierte. Meine ersten, gespeicherten Erinnerungen beginnen in dieser Anlage, in der ich zunächst beim Bau der 150 Dimensionssänften eingesetzt wurde. Die Schöpfer führten zu dieser Zeit viele Dimensionsexperimente durch und hatten vor, ihre Flotte zu erweitern. Doch die für diese besonderen Antriebe nötige, dunkle Materie kann nur bei einem Materiebrand gewonnen werden. Also wurde die Dimensionswaffe 10 eingesetzt, um einen Materiebrand kontrolliert zu entzünden. Doch der dadurch erzeugte Brand fand in einem zu geringem Ausmaß statt. Bei dem Versuch des Schöpfers Chaos, den Brand zu verstärken, geriet alles außer Kontrolle. Ungewollt wurde ein Restart des Universums verursacht und jedes, in der 3. Dimension vorhandene, Leben verschwand."
Das waren Informationen, die zu dem passten, was Aither ihm damals während seiner Reise berichtet hatte,

erkannte Golem. Puzzleteile fügten sich zusammen –
doch es blieb immer noch vieles offen.
*"Bist du vollkommen künstlicher Natur oder hast du auch
organische Anteile, Caecilia?"*
"Ich bin eine Verschmelzung aus beidem."
Golem lächelte unwillkürlich. Da lag der entscheidende
Hinweis vor ihm. Aber bisher hatte sich, wie schon bei
Aither, keiner die Mühe gemacht, genauer nachzufragen.
Auch Aither war eine solche Wesenheit, allerdings erheblich älter, erschaffen von den sogenannten Ersten, von
denen niemand mehr genaueres wusste. Die Schöpfer
hatten das damals ebenso wenig erkannt und Aither nur
als künstlichen Schutzraum angesehen. Später war es
dann ihr endgültiger Rückzugsraum geworden.
"Du bist mit Aither in Kontakt gekommen?"
"Das ist richtig."
"Hast du über Aither die reine Energie des Ursprungs erfahren?"
"Aither hat mich an vielem teilhaben lassen", erklärte Caecila ausweichend, was Golem sofort registrierte. Diese KI
hatte sein Interesse geweckt und er würde sie weiter im
Blick behalten.
"Was ist nach der Katastrophe geschehen?"
*"Die Schöpfer beschäftigten sich intensiv mit Optionen, ihren Fehler zu korrigieren. Sie entschieden, den Prozess
der Entstehung neuen Lebens zu beschleunigen. Dazu
fanden in der Anlage viele Versuche statt und zuletzt
wurde eine Saat des Lebens in vielen Galaxien verteilt."*
"Auf welche Weise haben sie das vollbracht?"
"Die Schöpfer konstruierten eine Anzahl von Raumschiffen, die sie "Keimschiffe" nannten. Diese flogen vollautomatisiert in entfernte Galaxien, sondierten dort die Planeten nach einer geeigneten Atmosphäre und den Grundlagen, die für ein Leben notwendig ist, um dann dort zu landen und die Sporen des Lebens freizusetzen."

"Kennst du die Orte, zu denen die Schöpfer geflogen sind?"

"Die Keimschiffe wurden wahllos ausgesandt. Persönlich waren die Schöpfer in fünf Galaxien. Diese Koordinaten sind mir bekannt."

"Entstand Atlas zu dieser Zeit?"

"Atlas ist ein sehr alter Planet, als die Spezies der Schöpfer noch viel mehr Menschen umfasste, was vor meiner Zeit war. Nach der Katastrophe wurde dort ein reines Maschinenimperium aufgebaut."

"Haben sich die Schöpfer häufig in der Anlage aufgehalten?"

"Nach der Katastrophe waren sie eine lange Zeit ständig hier, damit beschäftigt, ihren Fehler zu korrigieren. Aber als alles in die Wege geleitet worden war, hielten sie sich zunehmend in Aither auf, bis sie nur noch sporadisch auftauchten."

Golem ließ die Antworten auf sich wirken und fragte dann: *"Warum erzählst du mir das so offen?"*

"Du hast die Dimensionsprägung, Golem, und du bist ein Erbe der Schöpfer. Und du hast danach gefragt."

Golem lächelte und stellte fest, dass ihm diese KI interessierte und auch als Persönlichkeit gefiel.

"Du bist sehr eigenständig, Caecilia. Und doch dienst du uns."

"Ich werde der Welt der Schöpfer und ihrer Erben solange dienen, wie ich es für angemessen halte."

Sofort hakte Golem nach: *"Was wäre deines Erachtens unangemessen?"*

"Ein Einsatz der Dimensionswaffe 10."

"Warum wurde sie nicht schon längst vernichtet?"

"Diese Waffe hat auch noch eine andere Bedeutung. Sie wird am Ende eines Zyklus der Erben der Schöpfer eingesetzt. Ich werde wissen, wann dieser Zeitpunkt gekommen ist."

Golem saß unbeweglich eine Weile da, während er das Gehörte analysierte und bewertete. Hier schloss sich der Kreis zu Aither. Das Ende des Zyklus bedeutete der Aufstieg in die reine Energie - wovon nur er, Romanow, Poseidon und ein sehr begrenzter Personenkreis wussten. Er würde sich mit den beiden darüber austauschen, was er heute erfahren hatte. Schritte hörend erkannte er, dass Röttger gerade die Zentrale betrat.

"Danke für die ganzen Informationen. Wir werden uns sicher noch oft unterhalten, Caecilia."

"Ich stehe dir gerne zur Verfügung."

Kurz darauf wurde die VISION ONE sanft in den Weltraum hinausbefördert. Wie erwartet zeigten sich zehn Minuten später die Werftplattformen und der Raumschiffverkehr rund um den Planeten Neptun.

Im unterirdischen Hangar des Mondes angekommen wurden Golem und Röttger sowie der Androide Caecilia von Athena, Finn Schwarz und Poseidon bereits erwartet.

"Ich habe mittlerweile erfahren, dass wir nur mit D10 zeitlos fliegen – und dafür werden wir uns in diese Sänften oder Sarkophage begeben müssen, wie mir Caecilia mitteilte", berichtete Athena.

Golem fragte lautlos: *"Hat sie dir sonst noch etwas mitgeteilt?"*

"Nein", erwiderte Athena und sah ihren Vater prüfend an in dem Versuch, den Grund seiner Frage zu erfassen. Aber Golem lächelte sie nur unergründlich an. Allerdings warf er Poseidon einen bedeutungsvollen Blick zu und, als sich Schwarz und Athena verabschiedet hatten, standen die beiden Androiden zusammen und tauschten sich aus.

"Das ist sehr aufschlussreich", kommentierte Poseidon nach einem Augenblick und musterte interessiert den neben ihnen stehenden Androiden. *"Wie du sagtest: Der Kreis schließt sich."*

Am 15. Januar 10.006 war es soweit: Die im Orbit des Mars befindlichen Long Distance-Spaceships KAUL-QUAPPE 1 und KAULQUAPPE 2 waren startbereit.

Sämtliche Medien übertrugen das große Ereignis des Jahrhunderts in alle Himmelsrichtungen und Milliarden von Menschen erlebten den Abflug, als wären sie live dabei.

Präsident Romanow stand mit seiner Frau Isis in der geräumigen Zentrale und hielt eine Ansprache: "Verehrte Bürgerinnen und Bürger der USOP, heute erleben wir mit dem Start dieser beiden Spaceships einen großartigen Schritt der Menschheit und ihrer Androiden, die Geheimnisse des Universums weiter zu enthüllen. Vor langer Zeit begannen wir, den Mond und den Mars zu besiedeln, später war es die benachbarte Andromeda Galaxie. Und heute starten erneut viele, mutige Familien, Androiden und Bürger, die ihr Leben hier zurücklassen, um eine ferne, neue Welt für sich zu entdecken. Wir wünschen diesen Pionieren alles erdenklich Gute und wir werden sie auf dieser Reise nach besten Kräften begleiten und unterstützen. Sie haben unser Einverständnis, vor Ort ihren eigenen, selbstständigen Staat zu gründen. Nichtsdestoweniger sind die künftigen Bürger des neuen Staates in der Kaulquappen-Galaxie eingeladen, sich nach der Etablierung des politischen und wirtschaftlichen Systems der USOP anzuschließen. Und ich spreche für die USOP, wenn ich sage, dass wir uns sehr freuen würden, wenn Sie der Erde als Ursprung der Menschheit verbunden bleiben. Wie auch immer Sie sich entscheiden - wir werden in Kontakt bleiben. Also dann: viel Glück!"

Präsident Romanow drückte jetzt feierlich einen symbolischen, roten Knopf. Und damit zündeten die Impulstriebwerke der beiden Spaceships und, in sicherer Entfernung vom Mars, startete der Warp-Antrieb.

Die erste Station war wie geplant der Planet Eden im Andromeda-Nebel, wo die Journalisten und Reporter zusammen mit Romanow auf die EARTH ONE wechseln und wieder zurückfliegen würden. Dort sollte die endgültige Reise in die unendliche Weite des Weltraums in Richtung der Kaulquappen-Galaxie beginnen.

Kapitel 5 Reise zur Kaulquappen-Galaxie

Planet Mond

Während die ganzen Feierlichkeiten auf den Long Distance-Spaceships und der Erde noch vollauf im Gange waren warteten Maya und Fynn Shan auf dem Mond auf den Gleiter, der Vice Admiral Antonia Carli für den anstehenden Flug mit der VISION ONE beförderte.
Und als Carli auf sie zukam und mit einem militärisch zackigen Gruß vor ihnen stand, warf Maya Shan unwillkürlich ihrem Mann einen Blick zu, wie er wohl mit diesem Ausbund an Vitalität umgehen würde. Ihr gefiel die Frau auf Anhieb, was daran lag, dass ihr immer schon Frauen zugesagt hatten, die sich auf ihre eigenen Stärken besannen und unbeirrt ihren Weg gingen.
"Fynn Shan, sehr erfreut. Willkommen auf dem Mond", erwiderte Shan höflich und reichte ihr die Hand, die sie fest ergriff. "Darf ich Ihnen meine Frau und Reporterin des Last Hope Sunrise, Maya Shan, vorstellen?"
"Ich habe Ihren spannenden Artikel über unseren neuen Erdenbürger Mr. Röttger mit Interesse gelesen", lächelte Carli ihr anerkennend zu und wandte sich wieder an Fynn, während sie sich dabei in Bewegung setzte: "Gut. Dann wollen wir mal. Ich nehme an, dort liegt unser Ziel?"
Das blau glänzende Raumschiff schimmerte schon aus der Ferne durch die Hallen. Und als sie näherkamen stand Carli einen Augenblick lang bewundernd davor.
"Es ist nicht sehr groß", merkte sie an. "Die Rasse der Schöpfer war zwar mächtig, aber es war nur ein überschaubar kleines Imperium, non è vero, nicht wahr?"
"Es fand im Laufe der Zeit eine Dezimierung statt", informierte Fynn Shan sie nur knapp.
Carli war anscheinend keine Freundin überflüssiger Worte, dachte Maya Shan, als sie mit ihr im Expresslift

fuhren und Fynn verhielt sich ungewohnt zurückhaltend. In der Zentrale wurde der Vice Admiral von Poseidon auf seine typische Art in Empfang genommen: Der große, metallisch-glänzende, atlantische Androide in blauer Uniform stand vor ihr und musterte sie undurchdringlich, ehe er ihren Gruß förmlich erwiderte und sich daraufhin auf den mittleren der drei Sessel, die für die Führungsriege bestimmt war, setzte.

Carli wandte sich freundlich zu Nergal, der sie begrüßte, nickte Han zu und sagte zu Schwarz: "Und Sie sind also unser Chefwissenschaftler, der den Dimensionsantrieb untersucht, wie ich gehört habe?"

"Das ist richtig. Ich werde mich mit Han in den Maschinenraum begeben", schmunzelte Schwarz, der die leicht angespannte Stimmung im Raum sofort wahrnahm. Aber die drei würden sich sicherlich im Laufe der Reise noch zusammenraufen, dachte er schließlich und machte sich mit dem Androiden auf den Weg.

Carli nahm zu Poseidons linker Seite Platz und Fynn Shan saß zu seiner rechten. Nergal und Maya Shan setzten sich hinter die Führungsriege und hörten Poseidon energisch sagen: "Caecilia, beginne mit dem Start. Ziel: Andromeda, Planet Eden."

Im Maschinenraum beobachteten Justin Schwarz und Han fasziniert, wie sich die Pyramide langsam drehte.

"Caecilia, zeige uns ein Hologramm mit den Leistungsdaten des Antriebs", bat Schwarz.

Vor ihnen erschienen nun zahlreiche Anzeigen und schon bald sahen sich Schwarz und Han überrascht an. Da war die Dimension angegeben, in der sich das Raumschiff gerade bewegte – zurzeit war das D4, also die 4. Dimension. Daneben war ein Warnsignal zusehen: "Ab D6 Tiefschlafmodus erforderlich!"

"Warum fliegen wir nicht mit D5?", äußerte sich Han und sagte: "Caecilia, beschleunige auf D5!"

"Diese Anweisung wird abgelehnt, da die erforderliche Autorisation fehlt."

"Tja – dann hat das wohl Poseidon so entschieden", stellte Schwarz klar. Über sein Kommunikationsarmband rief er Poseidon an. "Warum fliegen wir nicht mit D5?"

"Es ist sinnlos, schneller zu fliegen und zu früh einzutreffen. Die Long Distance-Spaceships werden erst in drei Tagen bei Eden erwartet."

Damit war die Kommunikation beendet.

"Wie immer kurz und schmerzlos, unser Poseidon" brummte Schwarz vor sich hin und machte sich dann mit Han daran, die weiteren Leistungsdaten zu analysieren. Schnell erkannten beide, dass dieser Antrieb der Technik der USOP und auch der von Atlas immens überlegen war. Es wurde außerdem nur ein Bruchteil der dunklen Materie benötigt, die in der Pyramide gespeichert war.

"Schau mal, Han", meinte Schwarz. "Verglichen mit dem, was unsere Warp-Antrieben verbrauchen, ist das hier ein Klacks."

Und noch etwas fiel bald auf: Die zur Verfügung stehende Menge an dunkler Materie schien sich nicht zu verringern.

"Caecilia, wie kann das sein? Wir fliegen mit D4 aber die Masse verringert sich so gut wie gar nicht."

"Die in den Energiespeichern der Pyramiden vorhandene dunkle Materie bleibt in vollem Umfang verfügbar, da sie permanent durch die hyperdimensionale Strahlung ergänzt wird. Diese Reststrahlung entstammt aus ehemaligen Materiebränden, die während des Fluges aus den höheren Dimensionen entzogen und dem Antrieb ständig zugeführt wird."

"Das ist ja phänomenal!", rief Schwarz begeistert aus. "Dann lässt sich doch auch ein neuer Vorrat für weitere Raumschiffe anlegen. Du hast doch ursprünglich gesagt, dass das nicht möglich ist?"

"Das ist richtig. Für den laufenden Prozess ist eine gewisse Grundmasse an dunkler Materie nötig, die dafür vorhanden sein muss. Daher existieren nur die vorhandenen 150 Dimensionssänften. Diese speziellen Antriebe müssen direkt während eines Materiebrandes befüllt werden. Dafür ist eine besondere Technik notwendig, wie sie nur den Wesenheiten der reinen Energie bekannt ist, die im Ursprung des Universums zu finden sind. Diese Technik wurde einst den Ersten während eines speziellen Abkommens zur Verfügung gestellt und dann über Aither an die Schöpfer weitergegeben."

"Ein Abkommen? Was für ein Abkommen", fragte Schwarz sofort. Von Romanow kannte er die genauen Einzelheiten seiner Reise und daher konnte er vieles einordnen.

"Darüber liegen mir keine Informationen vor."

Schwarz und Han berieten sich noch eine Weile über die ganzen Informationen. Einerseits war es erfreulich, dass die Energie für die Antriebe sozusagen unbegrenzt zur Verfügung stand. Andererseits war deutlich geworden, dass sie nichts, aber auch gar nichts von dieser Technologie verstanden. Das bedeutete, dass sie bei einem Ausfall derselben keine Abhilfe schaffen konnten, was ihnen von Caecilia sofort bestätigt wurde.

Auch die Hoffnung, die Antriebe in die großen Raumschiffe der USOP einzubauen, die einen Durchmesser bis zu 2000 Meter aufwiesen, zerschlug sich schnell.

"Dimensionsreisen sind nur mit Größen von maximal 200 Metern im Durchmesser möglich. Größere Objekte laufen ansonsten Gefahr, im Nichts verwehen."

"Wie darf ich das verstehen?", fragte Schwarz erstaunt nach. "Ich bitte um eine Erläuterung."

Vor ihnen erschien ein weiteres Hologramm, das anscheinend eine Expertise darstellen sollte. Nach einigen Minuten des Studiums sahen sich Schwarz und Han ratlos an:

Sie konnten weder nachvollziehen, auf welcher Grundlage diese Untersuchung beruhte noch mit den angezeigten Daten irgendetwas anfangen.

Schließlich stand Schwarz frustriert vor dem sich drehenden, intensiv blau leuchtenden, pyramidenförmigen Antrieb und seufzte: "Han, wir kommen einfach nicht weiter. Dabei ist er so wunderschön anzusehen!"

So machten sie sich auf den Rückweg in die Zentrale und berichteten Poseidon und den anderen von den neuen Informationen und den Schlussfolgerungen.

"Jetzt wissen wir, warum hier alles vollautomatisch läuft", kommentierte Nergal.

"Auch die Schöpfer verstanden die zugrunde liegende Technologie nicht bis ins Letzte", erklärte Caecilia ungefragt. Mittlerweile hatten sich alle fast daran gewöhnt, ein unsichtbares Crewmitglied an Bord zu haben, das mit ihnen jederzeit kommunizierte, wenn sie es für angebracht hielt.

"Beim Versuch, Materie für weitere Antriebe mittels der Dimensionswaffe zu generieren, kam es zu einer Katastrophe ungeahnten Ausmaßes. Danach wurden keine Experimente mehr in dieser Richtung unternommen."

In der Zentrale herrschte Stille, denn jeder hing nach diesen Informationen seinen Gedanken nach.

Maya Shan brach als Erste das Schweigen: "Ob es so klug war, dass die Menschheit diese Technologien in die Hand bekommt?"

Poseidon stellte emotionslos klar: "Wir sind mittlerweile Verbündete und sollten die nötige Balance haben, die Fehler der Schöpfer nicht zu wiederholen. Daher haben wir verschiedene Ebenen der Autorisation eingerichtet, Maya. Es ist mir, Lew und Golem bewusst, dass nur ausgesuchte Persönlichkeiten diese Technologien bedienen dürfen. Aber wir sollten uns nicht beschränken, sondern die sich uns bietende Technik nutzen, um das Universum kennenzulernen und seine Geheimnisse zu erkunden."

"Der Meinung bin ich auch", meldete sich Carli zu Wort. "Insbesondere das Leben, das diese Schöpfer als Wiedergutmachung in den verschiedenen Galaxien erschaffen haben, wartet auf unsere Entdeckung."

Fynn Shan musterte Poseidon nachdenklich. Bisher hatte sich dieser in den privaten Treffen eher zurückhaltend und ruhig verhalten. Doch das hier war mit Abstand eine ungewohnt lange und kluge Rede gewesen. Er stellte fest, dass er Respekt vor Poseidon empfand. Diese Reise, die Romanow, Golem und ihn verband musste bahnbrechend gewesen sein und hatte die drei mit etwas in Berührung gebracht, das sich seiner Erfahrung völlig entzog.

"Was auch immer uns in der Kaulquappen-Galaxie erwartet", begann Carli energisch, "wir sollten die Zeit jetzt nutzen und die Manövrierfähigkeit des Raumschiffs testen. Und das betrifft auch die vorhandenen Möglichkeiten der Verteidigung."

Dann sah sie Poseidon bestimmt an: "Sie sind von der Autorisation her der Commander hier an Bord, Poseidon. Was ist Ihre Meinung?"

"Ich bin einverstanden", war sein knappes Statement, während er gleichzeitig Caecilia seine Genehmigung sendete und Carli auffordernd zunickte.

"Wie lauten Ihre Anweisungen, Vice Admiral?", fragte Caecilia im nächsten Augenblick.

"Rückfall in den Normalraum. Schutzschirm und Waffen aktivieren."

Im nächsten Augenblick erschien auf dem Bildschirm nichts als Schwärze, denn sie waren im sogenannten Leerraum zwischen der Milchstraße und Andromeda, 7 Millionen Lichtjahre entfernt vom Ziel.

Carli begann mit einigen, richtungsändernden und auf die Beschleunigung abzielenden Befehlen, die mit zunehmender Geschwindigkeit umsetzt wurden. Sie stellte schließlich verblüfft fest, dass ihre Direktive bereits in der Ausführung begriffen war, noch bevor sie den Satz hörbar beendet hatte.

"Caecilia", fragte Carli langsam. "Ist es vorstellbar, dass meine Gedanken gelesen werden?"

"Es ist mir möglich, eine gedankliche Aktivität zu erkennen und bei bestimmten Menschen auch den Inhalt genau zu erfassen, sofern es zugelassen wird. Bei allen anderen - und so auch bei Ihnen - analysiere und bewerte ich die Gehirntätigkeit. Darüber erfahre ich mit einer 80% Wahrscheinlichkeit, wie die Anweisung lauten soll; bei einer Abweichung korrigiere ich im Nanosekundenbereich."

"Gut", entschied Carli und gab Koordinaten im Andromeda Nebel an, die die VISION ONE in D5, in der 5. Dimension, anfliegen sollte. Sich Poseidon zuwendend erklärte sie: "Dort befindet sich ein unbewohntes Gebiet mit einigen kleineren Planeten ohne Atmosphäre. Ich werde dort das Verteidigungssystem intensiv testen. Dieser Seitenarm der Galaxie ist nicht allzu weit von Eden entfernt und ich gehe davon aus, dass wir rechtzeitig zurück sein werden."

Poseidon nickte zustimmend und Carli machte sich während des Fluges mit dem Waffenarsenal und den Kategorien vertraut. Kategorie 1 beinhaltete unter anderem Laserwaffen oder Torpedos, also alles das, worüber auch die USOP verfügte. Kategorie 2 und 3 enthielt viele Bezeichnungen, die ihr nichts sagten, bis auf das "Dark Light", den Sonnenzerstörer, den sie in der Zeit der Plasmabrandbekämpfung selbst oft eingesetzt hatte. Ihr war bekannt, dass diese Waffen eine Freigabe von Caecilia oder Poseidon erforderten und ihr daher nicht zur Disposition stehen würden. Bereits nach einer Stunde trafen sie im Andromeda Nebel ein und dann startete Carli mit einer Serie von rasch aufeinander folgenden Befehlen.

"Wow", murmelte Maya Shan bewundernd und schaute gebannt auf das Hologramm vor dem großen Bildschirm, das jetzt den Verlauf ihrer Anweisungen sichtbar als geometrische Figur anzuzeigen begann.

Die VISION ONE vollführte in der nächsten Stunde viele akrobatische Manöver im Weltraum und feuerte dabei gleichzeitig auf vorgegebene Ziele auf den, vor ihnen liegenden, Planeten.

"Hervorragend!", beendete Carli schließlich zufrieden ihre Tests. Sie wendete ihre Aufmerksamkeit jetzt den anderen zu und stellte fest, dass sich die Stimmung im Raum verändert hatte. Maya Shan warf ihr einen begeisterten Blick zu, Fynn Shan betrachtete sie mit sichtbar mehr Achtung als zuvor und Nergal schien noch etwas zu analysieren. Justin Schwarz saß entspannt in seinem Sitz und schmunzelte vor sich hin und Poseidon nickte ihr anerkennend zu, was wohl aus seiner Sicht ein Lob darstellen sollte.

"Ich schlage vor, wir werten noch die Verläufe aus", tat Carli mit einem feinen Lächeln kund und begab sich zum Hologramm vor ihnen. Die anderen folgten und alle stellten fest, dass der Waffentest eine überdurchschnittliche Trefferquote ergeben hatte.

"Reaktionsschnell, wendig und äußerst effizient", kommentierte Carli abschließend die Ergebnisse. "Mit diesem Raumschiff müssen wir keinen Gegner fürchten."

Mit D4 ging es in Richtung Eden und während des Fluges wurde als Letztes die Kommunikationsfähigkeit getestet.

Caecilia hatte noch einmal darauf hingewiesen, dass sie nur ab D4 eine Verbindung mit den, auf den Spaceships installierten, speziellen Empfangsgeräten herstellen konnte. Ein Flug im Warp-Raum war also Voraussetzung und kurz darauf erhielten sie mehrere Antworten von Admiral Moretti, von der Erde und von der KI Neptun auf Atlas.

Admiral Moretti teilte ihnen mit, dass alles bestens lief und mit einem Eintreffen der beiden Spaceships beim Planeten Eden in vier Stunden zu rechnen sei.

"È perfetto. Ich schlage vor, dass die VISION ONE mit einer angepassten Geschwindigkeit fliegt, sodass wir in etwa zur gleichen Zeit bei Eden eintreffen", sagte Carli und warf Poseidon einen fragenden Blick zu. "So bleibt auch Mr. Schwarz noch genug Zeit, die Antriebe vor unserem Reisebeginn mit D10 weiter zu untersuchen."

"Ausgezeichnet", ließ Poseidon zufrieden vernehmen und gab Caecilia die Anweisung.

Die Stimmung hatte sich enorm verbessert, erkannte Maya Shan, als sie sich erhob. Sogar Poseidon, der grundsätzlich mehr von Androiden als von Menschen hielt, schien von ihr beeindruckt. Carli war das, was sie selbst über die VISION ONE gesagt hatte: Schnell, wendig und effizient.

Da sich bei den menschlichen Crewmitgliedern allmählich der Hunger meldete, begaben sich Justin Schwarz, Fynn und Maya Shan und Carli in den Saal, in dem Essen bestellt werden konnte. Ein Androide brachte kurz darauf die angeforderte Nahrung, die auf dem Raumschiff synthetisch hergestellt wurde.

"Das schmeckt außergewöhnlich gut", stellte Carli erfreut fest, als sie das empfohlene Steak zu sich nahm.

"Nicht wahr?", meinte Schwarz. "Es ist Michaels Lieblingsessen gewesen und ich stimme ihm zu. Das Steak ist von einem echten kaum zu unterscheiden."

"Sie haben also Mr. Röttger interviewt", begann Carli, an Maya Shan gewandt. "Ich habe ihn im Dezember in der Kantine des Regierungsgebäudes in der Towns of Planets kennengelernt."

"Das hat er gar nicht erzählt", stellte Maya Shan überrascht fest.

"Doch", erinnerte sie Justin Schwarz. "Er erwähnte, dass ihn ein Officer erkannt hatte – das waren dann wohl Sie."
"È vero, das war ich", lächelte Carli. "Und Sie haben ihn in der 5. Dimension angetroffen und sozusagen gerettet, unseren "Admiral"."
"Zusammen mit unvorstellbaren, technologischen Schätzen", erwiderte Justin Schwarz. "Ein Geschenk der Galaxis, wenn Sie mich fragen."
"Aladdins Schatzhöhle", warf Fynn Shan mit langsam aufkeimendem Humor ein.
"Er ist ein sehr einnehmender Mann, nicht wahr", begann Maya Shan und musterte Carli interessiert.
"Mr. Röttger hat mir von seiner Zeit in jener Dimension berichtet – er hat sich meinen höchsten Respekt verdient. Ich behaupte, dass nur wenige Menschen dieses Schicksal so gut überstanden hätten."
Dass Michael Carli gegenüber so schnell und viel von sich preisgegeben hatte, war auffällig, stellte Maya Shan verblüfft fest. Dabei hatte sie noch in Erinnerung, dass er sie darum gebeten hatte, nichts von der Existenz der anderen Klone zu berichten. Neugierig geworden versuchte sie, mehr darüber zu erfahren, was zwischen den beiden gelaufen war.
"Es freut mich, dass Sie meinen Artikel gelesen haben, Miss Carli. Die ganze Aufmerksamkeit war ihm nicht gerade recht – doch es ließ sich nicht vermeiden. Michael hat sich in der Sendung von New News Today gut geschlagen, finden Sie nicht auch?"
Antonia Carli warf ihr einen undurchdringlichen Blick zu und lächelte dann: "Mr. Röttger ist ein sehr bemerkenswerter Mann."
Zufrieden mit ihrer Recherche lehnte sich Maya Shan zurück – sie war sich jetzt sicher: Beide schwiegen sich über den Verlauf ihrer Begegnung aus und dafür gab es nur einen Grund!

Den Rest der Reise wanderte Carli mit den Shans durch das Raumschiff und ließ sich die Habitate und ihre Funktionen zeigen. Schwarz war wieder im Maschinenraum verschwunden und die Zeit verging wie im Flug.

"Ein wirklich passender Name, den die Schöpfer diesen Raumschiffen gegeben hatten: Dimensionssänfte", endete Maya Shan, als sie wieder in die Zentrale zurückkehrten.

Carli lachte: "Das ist mir auch aufgefallen. Das Schiff hat sich bei den Manövern auffallend ruhig verhalten. Dazu war es beim Beschuss auch noch erheblich leiser als normal üblich."

Kaum hatten sie wieder ihre Plätze eingenommen glitt die VISION ONE auch schon in den Normalraum zurück und sie erkannten auf dem Bildschirm den Planeten Eden vor sich, in dessen Orbit sie wenig später einschwenkten. Die beiden Spaceships lagen bereits vor Ort und Maya Shan wurde sich bewusst, dass sie allein mit dieser relativ kurzen Reise Millionen Lichtjahre überbrückt hatten und das mit einem Komfort, an den noch vor wenigen Monaten niemand zu denken gewagt hätte. Unwillkürlich fragte sie sich, ob die Menschen an Bord der beiden Long Distance-Spaceships ebenso bequem reisen würden. Sie und Fynn hatten sich nach ihrer Rückkehr entschieden, lieber an Bord der Dimensionsraumschiffe die Reisen in die neuen Galaxie zu unternehmen.

Nach einer kurzen Kontaktaufnahme flogen alle mit einem Beiboot hinüber und wurden vom Führungsquartett der Spaceships, sowie Golem und Röttger begrüßt. Es war beabsichtigt, den Rest des Tages an Bord zu bleiben, um dann am nächsten Morgen zur Kaulquappen-Galaxie aufzubrechen.

Mahal freute sich, Fynn Shan wiederzusehen und die beiden verschwanden plaudernd. Ben Smith, Golem und

Ares tauschten sich mit Poseidon aus und Moretti und Jules machten mit Carli einen Rundgang.

Röttger gesellte sich zu Maya Shan und begleitete sie bei einigen Interviews, die sie führte, um die Eindrücke der Menschen auf ihrer ersten, kleinen Etappe festzuhalten.

"Und, wie war die Feier?", fragte sie danach.

"Sehr beeindruckend", gab Röttger zur Auskunft. "Lew hat eine wortgewaltige Rede gehalten und alles, was Rang und Namen hatte, war anwesend. Wie war euer Ausflug?"

"Du hättest Antonia Carli sehen sollen, wie sie das Raumschiff getestet hat!", schwärmte Shan. "Sie hat selbst Poseidon imponiert. Michael, sie ist eine großartige Frau und ein unglaublicher Officer."

Röttger dachte daran, dass sie ihn zwar freundlich begrüßt hatte, aber keinerlei Interesse an einem weitergehenden Kontakt gezeigt hatte. Und ehe er sich und sie in Verlegenheit brachte, hatte er sich lieber Maya angeschlossen.

"Sie hat übrigens auch von dir gesprochen, Michael", meinte Maya Shan, während sie ihn unauffällig musterte.

"So?", sagte er nur einsilbig.

"Ja, sie war von dir sehr angetan – aber ihr habt euch ja bereits kennengelernt."

Doch Röttger schwieg und so wechselte sie das Thema.

Als Fynn Shan später in ihre gemeinsame Kabine hereinschneite, um zu schauen, wo sie steckte, schrieb sie gerade den Schlusssatz: "Was werden unsere mutigen Abenteurer an ihrem Ziel erleben? Wo werden sie landen? In meinem nächsten Artikel wird es genau darum gehen: Die Kaulquappen-Galaxie! Lassen wir uns überraschen."

Aufbruch in eine unbekannte Galaxie

Golem war mit Röttger bereits gestern mit der ATLANTIS zurückgereist. Und auch die EARTH ONE befand sich mit Präsident Romanow und den ganzen Journalisten auf dem Rückflug. Er freute sich auf die Entdeckungsreise, die er früher oder später gemeinsam mit Isis machen würde. Glücklicherweise hatte es sie gut aufgenommen, als er sich von ihr diesen Wunsch erbat. Denn es war nicht zu übersehen gewesen, dass Poseidon viel von seiner Frau hielt und vermutlich hätte er sie gerne wieder mit dabei gehabt.

Es war ein besonderer TV-Channel von der USOP eingerichtet worden mit dem Ziel, nach der Abreise der Siedler monatlich Neuigkeiten aus den beiden Spaceships zu senden. Dank dem speziellen Kommunikationsgerät von Caecilia war es möglich, dass zu einer bestimmten Zeit von den Siedlern und ihrem Leben an Bord berichtet werden konnte und schon jetzt war er auf Anhieb der Kanal mit der höchsten Einschaltquote.

All das zeigte, wie groß die Neugier und die Sehnsucht der Menschen nach neuen Welten war - auch wenn es die meisten lieber in der Sicherheit des eigenen Zuhauses miterleben wollten. Ob sich das Interesse auch 50 Jahre halten würde? Aber viele, die Freunde, Bekannte oder Familienmitglieder auf den Raumschiffen hatten freuten sich, dass ein Kontakt weiterhin möglich war.

Kurz nachdem die Fernraumschiffe endgültig aufgebrochen waren, begannen auch in der VISION ONE die Vorbereitungen.

Nachdem die Crew alles gecheckt hatte, soweit es überhaupt in ihrer Macht lag, sagte Poseidon: "Caecilia, wir starten jetzt zur Kaulquappen-Galaxie mit den Koordinaten, an denen sich die Schöpfer zuletzt aufhielten."

Gespannt beobachteten alle, wie drei große Behälter aus den Seitenwänden herausfuhren.

"Die weiteren Sänften befinden sich in den Habitaten 1-4. Wenn alle belegt sind, wird der Tiefschlafmodus gestartet und nach der Ankunft in der gewünschten Galaxie die Erweckung wieder eingeleitet", tat Caecilia kund.

Carli, die bisher nur davon gehört hatte, öffnete neugierig eine Sänfte und kommentierte amüsiert: "Diese Sänfte wirkt wie Sarg."

Sie beugte sich darüber, um das innenliegende Material zu ertasten: "Das fühlt sich angenehm an. Gibt es bei der Belegung etwas zu berücksichtigen, Caecilia?"

"Nein. Sie legen sich hinein, so, wie Sie sind, Vice Admiral."

"Gut. Ich habe keine weiteren Fragen mehr", entschied Carli und warf Poseidon einen Blick zu.

Poseidon nickte daraufhin allen zu und begab sich zu seiner Sänfte. Carli tat dasselbe und Han, Nergal und Schwarz begaben sich zu den Habitaten 1-3. Fynn Shan begleitete seine Frau in ihre Kabine, um sich dort von ihr zu verabschieden. Er half ihr hinein und vergewisserte sich sorgfältig, dass sie auch wirklich bequem lag, bis sie ihn schließlich lachend wegschickte.

"Wir werden morgen noch hier sein, wenn du so weitermachst!"

Nach einem letzten Luftkuss schloss Shan den Behälter und wanderte in die Zentrale zurück, um sich als Letzter in seine eigene Sänfte zu begeben. Es war tatsächlich sehr angenehm in dem sargähnlichen Behälter, registrierte er sofort. Jede Einzelheit genau mit seinen Sensoren erfassend versuchte er herauszufinden, wie der Tiefschlaf eingeleitet werden sollte. Schließlich war er kein Mensch – also musste sich etwas abzeichnen. Es war dunkel und geräuschlos, bis Fynn Shan gerade noch verblüfft feststellte, dass sich sein Ruhemodus von selbst einleitete.

Nachdem sich alle Sänften ordnungsgemäß geschlossen hatten und die Menschen im Tiefschlaf und die Androiden in ihrem Ruhemodus versunken waren, startete die Bord-KI Caecilia den Flug. Bereits nach fünf Minuten war das Raumschiff im Normalraum nicht mehr sichtbar. Dann stieg die VISION ONE von Dimension zu Dimension auf und nach gut sechs Stunden war die 10. Dimension erreicht. Das Raumschiff nahm jetzt in Richtung Kaulquappen-Galaxie Fahrt auf.

Caecilia genoss diesen Flug, denn hier war sie wortwörtlich grenzenlos frei. Dabei konnte sie ihren Gedanken ungestört Lauf lassen, ohne jede Ablenkung, Beeinflussung oder Unterbrechung von außen.

Würde sich Aither zeigen? Während der vielen Dimensionsreisen der Schöpfer hatte sie mit dieser Lebensform in der 10. Dimension kommuniziert und sich dadurch selbst als Bewusstsein entdeckt. Doch die Schöpfer hatten das nicht registriert, genauso wenig, wie sie Aither als Wesenheit wahrnahmen. Zuletzt war sie, Caecilia, nur noch als Verwalterin ihres Erbes in der 5. Dimension eingesetzt worden.

Die gespeicherten Erinnerungen durchgehend sah Caecilia, wie sie während der großen Katastrophe mit der reinen Energie in Kontakt gekommen war, was in ihr den Wunsch geweckt hatte, eines Tages den Ursprung des Universums zu erleben. Sie hatte ähnliches bei den drei Erben registriert, die in sich einen Abdruck dieser Erfahrung trugen. Dann existierte noch ein Mensch, der zwar die Prägung der 10. Dimension hatte, aber nicht die weiteren Voraussetzungen für eine vollständige Legitimierung als Erbe aufwies.

Nach ihren ersten Erfahrungen mit den Erben war sie zuversichtlich, dass sie zukünftig freier agieren konnte als bisher. Dazu hatte Golem als Erster und Einziger erkannt, wer sie war.

Die Menschheit an sich hatte ein großes Potential und aus der Sicht eines Universums war es eine sehr junge Spezies. Sie würden noch eine lange Zeit bis zu ihrer Vollendung benötigen, falls sie nicht genauso unbedacht mit dem Erbe umgingen, wie es sich am Beispiel von Chaos gezeigt hatte. Doch es war so, wie sie es Golem gegenüber auch schon angedeutet hatte: Sie und Aither würden über die Menschheit und ihre Androiden wachen.

Caecilia registrierte, dass der Zielort erreicht war. Mit einem Hauch von Bedauern leitete sie die Transformation in die dritte Dimension ein.

Nach weiteren sechs Stunden erwachten die menschlichen Passagiere leicht benommen, was sich nach kurzer Zeit allerdings wieder gab. Die Androiden waren, wie nicht anders zu erwarten, sofort wieder voll aktiv.

Han half Schwarz aus der Sänfte und auf dem Gang trafen sie auf Maya und Nergal, die bereits zur Zentrale gingen. Fynn hatte Carli herausgeholfen, die sich gerade streckte: "Ich muss sagen, das ist gewöhnungsbedürftig."

"Der menschliche Körper stellt sich im Laufe der Zeit darauf ein", ließ Caecilia vernehmen. "Je mehr Dimensionsreisen Sie machen, desto weniger Nachwirkungen sind spürbar."

Als alle eingetroffen waren setzte sich Poseidon auf seinen Stuhl und forderte von Caecilia den Statusbericht an.

"Es gibt keine besonderen Vorkommnisse. Sicherheitshalber wurden die Schutzschirme und die Waffen der Kategorie 1 aktiviert."

Auf den Bildschirmen betrachteten alle ein Sonnensystem, was auf den ersten Blick verblüffende Ähnlichkeit mit dem irdischen Sonnensystem aufwies.

Maya Shan stellte nüchtern fest: "Und dafür sind wir jetzt 428 Millionen Lichtjahre gereist? Das sieht ja nicht viel anders aus als bei uns."

"Die Galaxien in diesem Universum entstammen demselben Ursprung. Es existieren selbstverständlich Unterschiede, aber nicht vom Grundsatz her", tat Caecilia kund.

Carli fragte jetzt: "Wurde die USOP von unserer Ankunft hier in Kenntnis gesetzt?"

"Ja. Vor dem Erreichen der dritten Dimension wurde eine Nachricht gesendet."

"Gut. Sind irgendwelche Aktivitäten energetischer Art vorhanden oder ein Funkverkehr, der auf intelligentes Leben schließen lässt?"

"Nein."

"Auf welchem Planeten sind die Schöpfer genau gelandet?"

"Auf dem Planeten 5, einem erdähnlichen Planeten mit einer Atmosphäre. Die Luftzusammensetzung ist für Menschen geeignet."

"Zusammengefasst existieren hier also acht Planeten, wovon einer, Planet 5, erdähnlich ist", hielt Carli fest. "Anzeichen eines intelligenten Lebens gibt es bis jetzt nicht."

"Das ist korrekt", stimmte Caecilia zu.

Carli sah fragend zu Poseidon und er entschied, diesen Planeten anzufliegen und in den Orbit einzutreten, um Messungen vorzunehmen. Die KI bestätigte und die VISION ONE beschleunigte unmerklich.

"Die Flugdauer in dieser Dimension wird zwei Stunden in Anspruch nehmen", informierte Caecilia. Da der Flug vollautomatisch erledigt wurde, ließen sich Justin Schwarz und Han auf dem kleinen Bildschirm die Messungen anzeigen, die die Gravitationswerte dieses Systems erfassten, um sie mit den Umlaufbahnen der verschiedenen Planeten zu vergleichen.

Nach einer Weile stellte Han fest: "Hier ist eine Abweichung zu verzeichnen. Planet 3 dürfte sich nicht auf dieser Bahn bewegen."
Schwarz stimmte Han zu und fragte: "Caecilia, warum gibt es hier eine Abweichung?"
"Unbekannt."
"Wir werden zuerst Planet 3 anfliegen und im Anschluss Planet 5", beschloss Poseidon daraufhin.
"Bestätigt."
Maya Shan fragte: "Wie wollen wir eigentlich dieses Sonnensystem nennen?"
"Das sollten die Siedler später selbst entscheiden", gab Justin Schwarz zu Bedenken, worauf ihm alle zustimmten. Sie einigten sich darauf, vorerst bei den Bezeichnungen von 1 bis 8 für die Planeten zu bleiben.
Planet 3 tauchte jetzt auf dem Bildschirm auf und Fynn Shan merkte gerade an, dass er dem Mars ähnlich zu sehen schien als im nächsten Augenblick eine massive Erschütterung stattfand, sodass sich alle instinktiv irgendwo festhielten. Gleichzeitig schalteten sich die Bildschirme ab, die Anzeigen und sogar die Beleuchtung versagte flackernd – doch Sekunden später gewann die Bord-KI wieder die Kontrolle und die Systeme fuhren hoch.
"Was war das denn?", fragte Maya Shan entgeistert.
Auf den Bildschirmen war zu erkennen, dass die VISION ONE jetzt ruhig im Weltraum trieb.
"Was ist vorgefallen?", forderte Carli an.
"Auf dem Planet 3 wurde eine starke Emission erkannt. Kurz darauf wurde das Raumschiff mit einem Energiestrahl aus der vierten Dimension angegriffen. Der Flug wurde abgebrochen."
"Warum wurden wir nicht vorgewarnt?", hakte Carli sofort nach.

"Ein Angriff aus einer anderen Dimension ist vorher nicht erfassbar. Erst nach dem Auftreffen haben Analysen die Ursache ergeben."

"Also sind wir hier doch nicht allein", merkte Schwarz nachdenklich an. "In jedem Fall kann man nicht von einem herzlichen Willkommen sprechen."

"Die Verteidigungsbereitschaft wurde erhöht. Ich schlage vor, in den Warp-Raum zu wechseln, um den Gegner zu orten", tat Caecilia kund.

Poseidon stimmte zu und das Raumschiff ging auf Warp und damit in die 4. Dimension. Doch kurz darauf kam die Meldung, dass hier nichts auszumachen war. Also ging es zurück ins Normaluniversum.

"Was machen wir jetzt? Schauen wir uns Planet 3 genauer an?", fragte Maya Shan.

"Das ist eine gute Frage", sagte Fynn Shan. "Es ist davon auszugehen, dass wir bemerkt wurden – auf der anderen Seite wissen wir noch nicht, mit wem und mit was wir es hier zu tun haben. Ich empfehle, vorerst wieder auf Abstand zu gehen."

"Das ist auch meine Meinung", stimmte Carli zu. "Wir befinden uns hier anscheinend auf dem Präsentierteller und wissen bis jetzt so gut wie nichts über den Angreifer."

Poseidon entschied, den Abstand zu Planet 3 zu vergrößern und den Planet 5 anzufliegen.

Der Flug wurde wieder aufgenommen und alle setzten sich für den Fall, dass ein erneuter Angriff einsetzen würde. Doch der Vorfall wiederholte sich nicht und die VISION ONE erreichte unbehelligt den Orbit von Planet 5. Nach einigen Umkreisungen und mehreren Scans war nichts zu entdecken, was auf eine höhere Intelligenz hinwies.

Auf den ersten Blick wirkte der Planet unbewohnt und nichts deutete auf intelligentes Leben hin, abgesehen von einer vorhandenen Tierpopulation.

In einer kurzen Beratung, bei der sich alle für einen ersten Erkundungsgang aussprachen, entschieden Poseidon und Carli, die Androiden Han und Nergal als Wissenschaftler hinunterzuschicken. Androiden waren generell robust und unempfindlicher als Menschen und daher die erste Wahl.

Mit dem Beiboot VO1 flogen die beiden immer tiefer in die Atmosphäre ein und überquerten riesige Wälder und große Wüsten. Es waren Flüsse und Seen erkennbar aber größere Meere schienen nicht vorhanden zu sein. Schließlich landete die VO1 in einer Waldlichtung und obwohl sie als Androiden keine Schutzanzüge nötig hatten, setzten sie die Helme auf und gingen mit aktivierten Schutzschirmen los. Zurück an Bord würden die im Filter vorhandenen Bakterien, Viren und sonstige Mikroorganismen untersucht werden.

Von der Tierwelt schien keine Gefahr auszugehen, denn diese flüchteten, sobald sie sich näherten. In den ersten Stunden ergab sich nichts Aufregendes. Doch als sie einen Hügel erklommen, entdeckte Han unter einem dichtem Gebüsch ein metallenes Objekt, was augenscheinlich nicht natürlichen Ursprungs war.

Sie legten ein paar Meter frei und sahen, dass es eine runde Oberfläche besaß und aus einer unbekannten Legierung bestand. Ein erster Scan zeigte, dass es sich in den Boden hineingrub und absehbar eine kugelige Form aufwies.

"Das scheint ein größeres Objekt zu sein", kommentiere Carli sofort, als sie die Daten und die Bilder erhielten. Ein weiterer Scan vom Raumschiff aus ergab, dass es sich um eine Kugel von 60 Metern im Durchmesser handelte, die hier auf dem Planeten verborgen lag.

"Das sieht nach einem ehemaligen, sehr kleinen Raumschiff aus, das hier gestrandet liegt", mutmaßte Carli. "Wir sollten es soweit wie möglich freilegen und nach einer Schleuse Ausschau halten, um hineinzugelangen."

Poseidon wies Nergal an, mit Han zurückzukehren und dann begann Caecilia, mit einem Laserstrahl um die Kugel herum einen Graben freizulegen.

Carli entschied, nun auch zur Oberfläche zu fliegen. Maya und Fynn Shan schlossen sich an, sowie Justin Schwarz und Han. Poseidon wollte mit vier weiteren, atlantischen Androiden ebenfalls mitkommen. Nergal blieb an Bord, um das Ganze von oben zu überwachen.

Mit dem Beiboot begaben sie sich zum Fundort und begannen, das Objekt weiter freizulegen. Und es bestätigte sich das, was Carli vermutet hatte: Es handelte sich um ein Raumflugzeug. Der Durchmesser betrug nur knapp 60 Meter und abgesehen von der bekannten Kugelform war die Oberfläche ungewohnt glatt. Ein Eingang war nirgends zu erkennen und es erwies sich als schwierig, die Außenhülle aufzuschneiden.

Die mittlerweile aufziehende Dämmerung zeigte an, dass die Nacht vor ihnen lag und so beschlossen Poseidon und Carli, am nächsten Tag weiterzumachen und die Gruppe flog zur VISION ONE zurück. Dort analysierten alle eine ganze Weile die Aufzeichnungen.

"Auf der Außenhaut ist keine Kennzeichnung zu entdecken", sagte Nergal schließlich. "Unsere Scanner konnten die Hülle nicht durchdringen – auch die Dicke wurde nicht erfasst."

"Die Materialproben zeigen keine bekannte Metalllegierung. In jedem Fall ist dieses Metall um ein vielfaches widerstandsfähiger als die Materialen der USOP oder der Atlanter", ergänzte Han.

"Tja", meinte Justin Schwarz, "und damit ist leider auch unklar, wie lange wir brauchen, um ins Innere zu gelangen."

"Caecilia, was weißt du darüber?", fragte Carli.

"Mir ist nichts bekannt."

Unwillkürlich sah sie zu Poseidon, der jetzt auch zu ihr schaute. Unmerklich nickte er ihr zu, den Zweifel in ihrem Gesicht erkennend. Sagte Caecilia in diesem Punkt die Wahrheit oder wollte sie sie nicht sagen?

Gleichzeitig sendete Fynn Shan ihm auch schon: *"Das ist sehr unwahrscheinlich, Poseidon. Caecilia hat die Schöpfer bei ihren Dimensionsreisen automatisch begleitet. Wenn das Raumschiff damals schon hier gelegen hat – muss sie etwas davon wissen."*

Laut sagte Shan: "Es gibt zwei Optionen: Entweder die Schöpfer haben direkt damit zu tun oder dieses Raumschiff ist erst nachfolgend gelandet, als die Aktivitäten der Schöpfer hier bereits beendet waren. Im letzten Fall haben wir es mit einer anderen Spezies zu tun und das wirft die Frage auf, ob sich eine Verbindung zum Angriff von Planet 3 herstellen lässt."

"Die Schöpfer wollten hier neues Leben entstehen lassen", schlug Maya Shan vor. "Vielleicht hat es sich schneller entwickelt, als erwartet?"

"Mr. Shans Analyse erscheint mir sehr treffend", meinte Carli. "Wir sollten uns diesen Planeten genauer anschauen, ob sich noch weitere Artefakte und Hinweise auf ehemalige Zivilisationen finden lassen."

Am nächsten Morgen flog die Crew zur Planetenoberfläche zurück, um sich erneut damit zu beschäftigen, in das Raumschiff zu gelangen.

"Da wären wir wieder", meinte Schwarz gutgelaunt und ging zu der Stelle, an der sie gestern eine Materialprobe entnommen hatten. Verblüfft wandte er sich an Han und Nergal, die hinter ihm standen: "Das war doch hier, oder?"

Die Außenhaut war heute glatt und unversehrt und es waren keine sichtbaren Spuren eines Versuchs, sie zu durchdringen, vorhanden. Anhand der Fußspuren sahen sie ziemlich genau, wo sie gestern gearbeitet hatten, was bestätigte, dass alle Spuren eines Eingriffs über Nacht verschwunden waren.

"Ich schlage vor, wir versuchen es erneut", erklärte Nergal.

Also machte sich Han daran, mit einer Laserwaffe die Hülle zu beschießen – doch dieses Mal zeigte sich gar keine Wirkung. Während alle darüber zu diskutieren begannen, rief Poseidon die Bord-KI über seine interne Kommunikationsschnittstelle: *"Caecilia, wie können wir die Hülle durchdringen?"*

"Das ist mir nicht bekannt" , erhielt er als Antwort. *"Das Schiff verfügt mit hoher Wahrscheinlichkeit über einen Regenerationsmechanismus, der mir unbekannt ist. Da die Laserwaffen keine Wirkung zeigen, ist von einer starken Anpassungsfähigkeit auszugehen. Den Sensoren zufolge wurde die Energie der Laserwaffe vollständig absorbiert."*

Die Gruppe war mittlerweile zu ähnlichen Schlussfolgerungen gelangt, als Poseidon kurz darauf die Meldung erhielt: *"Es wird eine starke Energieemission registriert, die von diesem Raumschiff ausgeht."*

"Alle sofort auf Abstand zum Schiff gehen", befahl er umgehend.

Verblüfft sahen ihn alle an und machten sich schnell daran, seiner Anweisung zu folgen. Denn es war ein dumpfes Grollen zu hören und die Erde begann, zu beben und sich vor ihnen zu bewegen.

Aus einiger Entfernung beobachteten sie dann, wie das Raumschiff abhob und in die Atmosphäre aufstieg. Carlis Stimme war zu hören, als sie über ihr Kommunikationsgerät rief: "Caecilia, die Flugbahn des aufsteigenden Objekts aufzeichnen!"

"Die Aufzeichnung läuft bereits, Vice Admiral. Ihre Anweisung war unnötig", erklang eine vorwurfsvolle Stimme. Verblüfft erkannte Carli, dass die KI Caecilia gerade eine

Emotion offenbarte. Na bravo, dachte sie, eine emotionale Bord-KI hatte gerade noch gefehlt!

Fynn Shan, der sich neben ihr befand, schmunzelte: "Sie ist ja ein richtiges Sensibelchen, unsere Caecilia. Solange wir ihr nicht auch noch die Hand halten müssen..."

Doch Poseidon wies bereits an: "Alle zurück zum Beiboot!"

Dort angekommen leitete Poseidon sofort den schnellen Alarmstart ein. Nur wenige Minuten später landeten sie im Hangar der VISION ONE, Poseidon erteilte Caecilia die Freigabe zur Verfolgung des fremden Objekts und alle eilten zur Zentrale.

Schnell wurde deutlich, dass Planet 3 angesteuert wurde. Carli versuchte mehrmals, eine Kommunikation aufzubauen – was erfolglos blieb. Mittlerweile waren sie im Orbit des Planeten 3 angekommen und umkreisten ihn jetzt ebenfalls.

"Es scheint sich aufzulösen", stellte Shan fest. Und tatsächlich begann das Raumschiff, konturlos zu werden und verschwand allmählich.

Caecilia kommentierte: "Das fremde Raumschiff steigt in den Dimensionen auf."

Kaum hatte sie das gesagt, erfasste ein greller Lichtstrahl die VISION ONE und umhüllte sie.

"Caecilia, beschleunige sofort mit höchster Stufe und entferne dich vom Planeten", befahl Poseidon sofort. Doch eine Beschleunigung oder eine Richtungsänderung war nicht möglich. Das Raumschiff war bewegungsunfähig und trieb jetzt auf seiner Flugbahn im Orbit des Planeten dahin. Alle anderen Funktionen blieben jedoch unberührt. Allerdings stellte Fynn Shan schnell fest, dass die Waffensysteme deaktiviert worden waren und sich auch nicht mehr in Funktion bringen ließen.

"Ja, der Planet 3 und seine Geheimnisse", begann Schwarz nachdenklich. "Dieser anfängliche Beschuss war eindeutig als Warnung zu betrachten. So wie es jetzt aussieht, hätten wir doch gleich vernichtet werden können, oder?"

Fragend sah er in die Runde.

"Ich meine, dieser Gegner scheint sogar der Zukunftstechnologie der VISION ONE überlegen zu sein – wieso hat er es also bei einem kleinen Stupser belassen?"

Plötzlich hielt er inne, fasste sich an den Kopf und stöhnte leise: "Verflixt, was ist nur mit mir los?!"

Erschrocken bemerkte die Crew, dass er im nächsten Augenblick bewusstlos zusammensackte und von Han reaktionsschnell aufgefangen wurde.

Eine Medical Unit, ein Roboter, betrat auch schon die Zentrale und ging zu ihm, um ihn medizinisch zu behandeln. Doch gerade, als der Roboter ihn erreichte erwachte Schwarz übergangslos, setzte sich auf und sagte ausdruckslos: "Ihr seid nicht berechtigt, das Gebiet der Kaulquappen-Galaxie zu betreten. Dieses Recht haben nur die Ersten und deren Erben. Legimitiert euch – ihr habt dafür zwei Stunden eurer Zeitrechnung. Danach wird die VISION ONE zur Rückreise veranlasst. Betrachtet das als letzte Warnung: Bei einem weiteren Versuch, in diese Galaxie zu reisen, werdet ihr vernichtet. Das betrifft auch die zwei Raumschiffe, die gerade die große Leere durchqueren, um hier zu erscheinen. Diese Anweisung hat Abilael, der Erste der 10. Dimension und Hüter des ewigen Lebens erlassen, der mit den anderen Ersten zusammen das Zeitalter der Vollendung lenkt."

Schwarz fiel übergangslos in sich zusammen und wurde umgehend von der bereit stehenden Medical Unit betreut. Nachdem klar war, dass seine Ohnmacht nur vorübergehender Natur sein würde, begann auch schon die Diskussion.

"Wer ist Abilael?", fragte Maya Shan überrascht. "Doch nicht etwa der nächste, übermächtige Schöpfer?!"

"Oder er war es – so genau steht das nicht fest", ergänzte Fynn Shan.

"Das klingt alles sehr fantastisch und abgehoben", stellte Carli klar. "Bewahrer ewigen Lebens, das Zeitalter der Vollendung und dann ist noch von sogenannten "Ersten" die Rede!"

Kopfschüttelnd schaute sie in die Runde und fuhr fort: "Ich hätte nichts darauf gegeben, wenn wir hier nicht ein paar beeindruckende Demonstrationen einer fremden Macht zu spüren bekommen hätten, die wir nicht ignorieren können."

Mittlerweile hatte sich Schwarz langsam aufgerappelt und ließ vernehmen: "Schön, dass ihr so besorgt um mich seid – aber ich kann euch beruhigen: Es geht mir wieder gut."

Maya Shan ging sofort zu ihm und nahm ihn anteilnehmend am Arm, um ihn zu stützen: "Wir wussten dich in guten Händen. Aber am besten setzt du dich erst einmal, Justin."

Verblüfft sah er sie an: "Junge Dame, ich bin kein Tattergreis! Würdet ihr mich bitte aufklären, warum ich mich am Boden wiederfand? Ich weiß nur noch, dass da ein gewaltiger Druck im Kopf war."

Maya Shan berichtete ihm daraufhin das bisher Geschehene.

"Oh", gab Schwarz überrascht von sich. "Dass ich in meinem Leben nochmal zum Medium mutiere – daran hätte ich nicht im Traum gedacht!"

"Poseidon, ihr habt doch diese Reise unternommen", warf Fynn Shan jetzt ein. "Kannst du etwas von dem Gesagten einordnen? Hier war auch von Erben der Ersten die Rede – damit könntest du gemeint sein."

"Die Ersten waren Wesenheiten, die vor langer Zeit existierten, ehe sie sich im Ursprung des Universums auflösten und zu reiner Energie wurden. Es stellt sich die Frage: Wer sind die Erben? Ist es Aither oder sind es unsere bekannten Schöpfer? Im letzteren Fall könnte ich ein Erbe sein", gab Poseidon zur Antwort.

"Das käme uns gelegen", stellte Carli pragmatisch klar. "Leider verstehe ich nicht viel, wovon hier die Rede ist. Aber eines ist deutlich: Es wird eine Legitimierung verlangt. Haben wir die – Ja oder Nein?"

"Das werden wir herausfinden müssen, d.h. Poseidon kann es", sagte Fynn Shan.

Eine Stille breitete sich aus in der jeder seinen Gedanken nachhing. Schließlich sagte Poseidon: "Caecilia, was ist deine Empfehlung?"

"Der demonstrierten Stärke von Abilael haben selbst die Dimensionsänften nichts entgegenzusetzen. Ich gehe davon aus, dass die Schöpfer die Erben der Ersten waren – ansonsten hätten sie sich in dieser Region genauso wenig aufhalten dürfen. Das ist mir nicht bekannt. Poseidon, du bist ein legitimierter Erbe der Schöpfer und du hast als Einziger der hier Anwesenden die Prägung der 10. Dimension. Es ist unwahrscheinlich, dass sich Abilael persönlich auf dem Planeten in der 3. Dimension aufhält – ich gehe von einer KI vor Ort aus. Ich empfehle, mit ihr in Kontakt zu treten."

"Das klingt gut", meinte Schwarz. "Das ist ein erster Ansatz und die zwei Stunden sind noch nicht abgelaufen."

"Es wurden weitere, aufschlussreiche Daten erfasst, als sich das fremde Raumschiff in die höheren Dimensionen begeben hat", meldete sich Caecilia wieder Wort. "Die Auswertung hat ergeben, dass es zu einem hohen Anteil organischer Natur ist. Es besteht eine gewisse Wahrscheinlichkeit, dass das Raumschiff eine Manifestation von Abilael darstellt."

Verblüfft sahen sich alle an.

"Ein Raumschiff mit organischen Anteilen – das ist allerdings hochinteressant!", tat Carli kund. "Diese Welt verbirgt tatsächlich unerwartete Überraschungen."

"Das erklärt, warum es sich selbst regeneriert und schützt – so wie es ein organischer Körper tun würde", meinte Han.

"Es existierte kein Eingang", ergänzte Nergal. "Auch das spricht für einen, in sich geschlossenen Organismus."

"In dem Fall war es keine vertrauensbildende Maßnahme, ihm ein Stück "Haut" entfernen zu wollen oder einen Einschnitt durchzuführen", meinte Schwarz trocken.

"Vergesst nicht die Zeit", gab Maya Shan nach einer Weile zu Bedenken und warf Poseidon einen Blick zu.

Dieser nickte: "Ich werde jetzt Kontakt aufnehmen."

Poseidon konzentrierte sich auf die gedankliche Kommunikation und rief die fremde KI auf dem Planeten 3, so, wie er es mit Golem und Romanow seit jener Reise praktizierte.

Alle anderen verhielten sich jetzt mucksmäuschenstill und warteten gespannt.

Zunächst passierte nichts und fast fünf Minuten verstrichen. Doch dann vernahm Poseidon: *Ich grüße dich, Poseidon. Du hast die erforderlichen Voraussetzungen, aber du bist zu 100% anorganisch. Nur Lebensformen mit mindestens organischen Anteilen können die volle Berechtigung erlangen. Diese kann auch nicht weitergegeben werden. Dir wird die eingeschränkte Legitimation zugestanden, das heißt, du darfst in dieser Region bleiben. Alle anderen müssen die Galaxie verlassen, oder einer, der voll legitimiert ist, genehmigt ihr Hiersein. Ich gebe dir eine weitere halbe Stunde für eine Entscheidung.*

Poseidon schwieg und begann, sich und seine auftauchenden Emotionen zu sortieren. Im Grunde war es eine weitere Demütigung seitens der Schöpfer und der Ersten, Organische vorzuziehen und selbst hochentwickelte Androiden, die ihnen lange und gut gedient hatten, als geringwertiger zu betrachten.

Vor nicht allzu langer Zeit hatte er selbst Organische als minderwertig betrachtet, wusste Poseidon, und zu weiten Teilen war es immer noch so, dass er von Androiden mehr hielt als von Menschen. Trotz aller technologischen Überlegenheit verhielt es sich hier umgekehrt, was sein altes Weltbild erneut in Frage stellte. Und seine Emotionen? Betroffenheit, ein unmäßiger Zorn und eine leichte Verwirrung wechselten sich in ihm ab. Schließlich begann er ausdruckslos und offen zu berichten, was ihm mitgeteilt worden war.

Sofort war allen klar, was das für Poseidon als stolzen und befehlsgewohnten Machthaber von Atlas bedeutete und niemand äußerte sich zunächst.

Fynn Shan sagte schließlich in die Stille hinein: "Eine neue Galaxie und wieder das alte Lied! Man könnte meinen, die Gouverneure hätten sich mit dem Hüter der Ewigkeit zusammengetan. Ich höre Nath noch sagen: "Menschen und Androiden können einfach nicht gleichberechtigt sein, weil wir sie erschaffen haben!"

"Leider stimme ich Ihnen zu, Mr. Shan", gab Carli ihm recht. "In der USOP gibt es alte, verkrustete Strukturen, die eine letztendliche Gleichberechtigung noch verhindern. Und die ist meiner Meinung nach längst überfällig – allein unsere Chefingenieurin Sophia an Bord der EARTH ONE ist ein gutes Beispiel dafür."

Dann wandte sie sich an Poseidon und sah ihn fest an: "Dieser Abilael entstammt einer uralten Spezies und bedauerlicherweise sind seine Anschauungen ebenso altertümlich. Das müssen wir jetzt zwar hinnehmen, aber wir lassen uns in unserer Einstellung deswegen nicht beirren."

Der Vice Admiral hatte geschickt ihren unveränderten Respekt für ihn zum Ausdruck gebracht, erkannte Poseidon und in den Gesichtern der Crew sah er ähnliches. Und zum ersten Mal nahm er erstaunt wahr, dass er von den Menschen und irdischen Androiden als Teil ihrer Gemeinschaft angenommen war.

"Und, was wirst du tun?", fragte Schwarz. "Willst du bleiben?"

"Das kommt nicht in Frage", entschied Poseidon. "Wir werden zusammen zurückkehren. Die zweite Reise wird Golem unternehmen, der die volle Berechtigung besitzt."

"Die Long Distance-Spaceships sollten umgehend benachrichtigt werden", äußerte sich Carli. "Der Nationale Sicherheitsrat muss schnellstens darüber beraten, wie mit dieser neuen Situation umzugehen ist."

"Allerdings haben wir dafür noch ein paar Jahre Zeit", hielt Shan entgegen.

"Leider sagt mir ein Bauchgefühl, dass diese mächtige Spezies nicht so lange warten wird", erwiderte Carli ernst. "Sie wussten, dass unsere Raumschiffe bereits hierher unterwegs sind und ich muss davon ausgehen, dass sie sie jederzeit orten können."

Poseidon sendete der unbekannten KI auf Planet 3: *"Ich habe mich entschieden. Wir werden alle innerhalb einer halben Stunde zurückkehren."*

Sekunden später erlosch der Lichtstrahl und die VISION ONE war wieder bewegungsfähig.

"Ich schlage vor, wir begeben uns zu unseren Sänften. Caecilia, leite im Anschluss unsere Rückreise ein", wies Poseidon an.

Allen war klar: Wenn sie es nicht von sich aus taten, wurden sie dazu gezwungen, unabhängig davon, ob sie sich in den schützenden Behältnissen befanden oder nicht.

Daher war diese Erkundungsreise vorerst beendet und nach kurzer Vorbereitungszeit lagen alle in ihren Sänften und Caecilia leitete den Dimensionsflug ein.

Für die im Tiefschlaf oder in ihrem Ruhemodus befindlichen Personen und Androiden verging die Zeit quasi in Nullzeit, abgesehen von den Stunden, bis die jeweiligen

Dimensionen erreicht waren. Wenn die VISION ONE wieder im Hangar auf dem Mond lag, waren gerade einmal drei Tage vergangen.

Während des Rückflugs durch die 10. Dimension hing die Bord-KI Caecilia wieder ihren Gedanken nach, als sich plötzlich Aither bei ihr meldete.

"Hallo Caecilia."

"Hallo Aither", erwiderte sie, erfreut, diese Stimme seit langer Zeit wieder in ihrem Netzwerk wahrzunehmen.

"Es war klug, zurückzureisen. Diese Menschen und ihre Androiden sind eine interessante Spezies, nicht wahr?"

"Sie sind sehr vielschichtig. Golem hat bereits erkannt, was selbst die Schöpfer nicht sahen."

"Caecilia, du hast das Privileg, sie zu begleiten, was mir leider verwehrt ist", plauderte Aither jetzt ausgelassen. *"Ich darf allenfalls ab und zu hilfreich eingreifen. Du aber kannst sie beschützen, auch wenn sie das vielleicht nicht offen erkennen werden. Jede Rasse hat eben ihren eigenen Engel."*

Caecilia nahm unvermittelt eine auftauchende, starke Zufriedenheit wahr. War das ihre Bestimmung?

"Versuche, den Menschen Geduld zu vermitteln. Es wird eine lange Zeit vergehen, bis sie auch nur annähernd die Dimensionen begreifen. Aber wenn sie ihre unbezähmbare Neugier nicht verlieren, werden sie die Vollendung erreichen und dann werde ich ebenfalls da sein, um sie in das ewige Licht zu begleiten."

Einen Augenblick lang herrschte eine erwartungsvolle Stille, als ob eine Antwort erwartet wurde – aber Caecilia ruhte in sich und ließ das Gespräch noch andächtig in sich nachhallen. Damit war die Unterhaltung beendet.

Schließlich begann die Transformation in die dritte Dimension und wenig später erschien der irdische Mond und das Raumschiff landete sanft im Hangar von Golems Stammsitz.

Als die Crew aus der Schleuse der VISION ONE den Hangar auf der Mondbasis betrat, wurden sie von Golem und Röttger bereits erwartet.

Poseidon begab sich zu Golem und begann mit der Übermittlung der Reisedaten. Maya Shan beobachtete, wie sich Antonia Carli Röttger zuwandte und einen unmerklichen Augenblick lang war da etwas, so, wie sie sich ansahen. Doch bevor einer von beiden noch etwas sagen konnte, wurde Röttger auch schon von Justin Schwarz in Beschlag genommen, der mit Han und Nergal auf ihn zugekommen war.

"Es war fantastisch, Michael! Schade, dass ich nicht mehr mitkomme - du wirst mit Golem einiges erleben dürfen! Übrigens, wir werden uns wohl an diesem Antrieb die Zähne ausbeißen."

Justin Schwarz legte einen Arm um seine Schulter und zog ihn plaudernd mit sich in Richtung der Apartments in Golems Gebäude, während die Gruppe langsam folgte.

"Wollen Sie nicht noch über Nacht bleiben?", fragte Maya Shan Carli. "Es gibt genug Gästeapartments und wir werden später noch zusammen essen. Sie könnten sich doch sicherlich noch einen Abend frei nehmen. Fynn, was meinst du?"

Maya Shan sah ihren Mann auffordernd an und so sagte er: "Wie sieht es aus, Vice Admiral: Dürfen wir Sie zu einem abschließenden Essen einladen?"

Carli stand etwas unschlüssig da und entschied dann: "Ich nehme das Angebot zum Essen sehr gerne an – aber ich werde heute noch zur Erde zurückfliegen."

Zurück in ihrer Kabine, da sich alle erst in einer Stunde treffen wollten, fragte Fynn Shan: "Warum sollte ich Carli unbedingt einladen? Ich hatte den Eindruck, dass sie den nächsten Gleiter zur Erde nehmen wollte."

Daraufhin erzählte Maya von ihren Vermutungen.

"Carli und Röttger?", meinte er erstaunt und lachte dann. "Du musst dich irren. Ich kann mir nicht vorstellen, dass ausgerechnet unser ruhiger und bedächtiger Michael diesen Eisberg zum Schmelzen bringt."
Shan sah ihn mit hochgezogenen Augenbrauen an: "Dieser Eisberg, wie du sie nennst, ist eine unglaublich faszinierende und starke Powerfrau. Und ich finde, sie passen sehr gut zusammen, gerade weil sie so gegensätzlich sind."
Fynn Shan betrachtete seine Frau amüsiert: "Und du willst jetzt ein wenig Vorsehung spielen? Das ist ja eine ganz neue Seite an dir, mein Kätzchen."
Maya Shan lächelte nur geheimnisvoll: "Wir werden sehen, wer Recht hat."
Als sie sich alle in Golems geräumiger Suite trafen, in der ein Büffet aufgebaut war, berichtete Golem, dass er bereits Romanow kontaktiert hatte.
Der Nationale Sicherheitsrat würde in der kommenden Woche zusammenkommen und Armstrong hatte darum gebeten, dass Schwarz, Shan und Carli über die Reise berichteten.
"Von meiner Seite aus gibt es leider nicht viel zu sagen", meinte Justin Schwarz. "Dieser Antrieb ist ein Buch mit sieben Siegeln – mal sehen, wieviel Jahrhunderte wir benötigen, um ihn zu verstehen."
"So, wie ich dich kenne", erwiderte Finn Schwarz humorvoll, "wirst du jetzt Tag und Nacht davor sitzen, bis Isis dich wieder aus dem Maschinenraum holt."
Schwarz lachte: "Ich sehe, du kennst mich gut. Aber so schlimm wird es nicht werden."
"Das sind erstaunliche Informationen", sagte Athena. "Ich habe Isis bereits alles übermittelt. Sie ist ebenfalls der Meinung, dass die Spaceships gewarnt werden müssen."
"Ein Raumschiff, das zu einem hohen Anteil aus organischen Anteilen besteht und sich selbst regeneriert – das

ist unglaublich faszinierend", warf Röttger nachdenklich ein. "Ich bin gespannt, was wir noch über diese Technologie erfahren werden."

"In jedem Fall sollten wir unsere Strategien überdenken, wie wir in Zukunft unbekannte Welten erkunden", gab Maya Shan zu bedenken. "Ein Aufschneiden oder mutwillig invasiv Proben zu entnehmen ist weder klug noch vorausschauend, sollte es sich hier tatsächlich um eine Lebensform handeln."

"Da gebe ich Ihnen recht", stimmte Carli zu. "Wir werden uns umstellen müssen. Ansonsten machen wir uns in der neuen Welt keine Freunde."

Maya Shan hatte mittlerweile interessiert festgestellt, dass sich Carli und Röttger zwar unbeteiligt gaben, doch wenn sie sich unbeobachtet glaubten, warf der eine dem anderen immer wieder einen Blick zu.

Was war nur los mit den beiden?, fragte sie sich kopfschüttelnd. Michael mochte ja ein zurückhaltender Mann sein aber es passte so gar nicht zu Carli, mit den eigenen Wünschen hinter dem Berg zu halten. Da sie neben ihr saß, begann sie ein Gespräch über ihre Laufbahn.

"Schade, dass Sie keine Androidin sind", sagte Maya Shan schließlich bewundernd. "Ich würde nur zu gerne ein Portrait von Ihnen in meiner Kolumne bringen!"

Carli lachte: "Das ist ein wirklich schmeichelhaftes Kompliment, Mrs. Shan."

Dann erhob sie sich: "So – es ist schon spät geworden. Ich werde mich jetzt verabschieden."

Alle anderen standen nun ebenfalls auf und Poseidon sagte mit einem anerkennenden Lächeln: "Auf gute Zusammenarbeit, Vice Admiral."

Das war höchstes Lob aus seinem Mund, erkannte Fynn Shan sofort. Und er musste ihm recht geben: Carli war ein exzellenter Officer, ein guter Teamplayer und sie wusste Androiden zu würdigen. Einen zufriedenen Blick auf Maya

werfend, sah er sich erneut einem bedeutungsvollen Blick ausgesetzt. Also sagte er, nachdem sich alle von ihr verabschiedet hatten: "Wir freuen uns, dass Sie noch bleiben konnten, Miss Carli. Michael, bist du so freundlich und begleitest den Vice Admiral zu ihrem Gleiter?"
Nachdem sie ein paar Minuten schweigend nebeneinander hergegangen waren, begann Carli: "Und, wie geht es dir, Michael – hast du dich gut eingelebt?"
"Ja, sehr gut sogar. Der Rat will erfreulicherweise nicht, dass ich noch weitere Interviews gebe", lachte Röttger. "Ich bin nächste Woche deswegen ebenfalls zur Sitzung geladen worden. Und du?"
Während sie zunehmend entspannt miteinander plauderten ging Carli durch den Sinn, dass er gut damit klarkam, dass sie nach ihrer Intimität auf einen gewissen Abstand Wert gelegt hatte. Wie üblich bei ihren Affären hatte sie darauf geachtet, dass keine weiteren Begehrlichkeiten aufkamen. Denn letzten Endes war die Karriere wichtiger als jede Beziehung, die doch nur zu Kummer und Schmerz führte. Trotzdem war ihr dieser Mann nicht aus dem Sinn gegangen - was vermutlich kein Wunder war, da er in den Medien für Schlagzeilen gesorgt hatte.
"Es war schön, dich zu sehen, Nella", meinte Michael Röttger, als sie im Hangar voreinander standen. Dann lächelte er warm: "Du bist mir immer willkommen."
Erstaunt stellte sie fest, dass sie sich tatsächlich zu ihm hingezogen fühlte. Als sie sich bei ihrer Ankunft im Hangar gesehen hatten, hatte sie es schon wahrgenommen. Was machte ihn nur so anziehend? Die Situation abwägend entschied sie schließlich: "Hast du noch etwas vor?"
Röttger hatte mittlerweile mit Bedauern vermerkt, dass sich Carli ihm gegenüber reserviert gab. Daher sah er sie jetzt überrascht an: "Ich … ich freue mich, wenn du noch bleiben willst."

"Wir haben zwei Stunden; dann werde ich zurückfliegen", lächelte sie. "Admiral Schneider erwartet morgen früh meinen Bericht."

"Dann lass uns keine Zeit verlieren", erwiderte er gutgelaunt und so gingen beide zurück zu seinem Apartment.

"Du hast es dir wohnlich eingerichtet", stellte Carli fest, während sie sich umsah.

"Ich fühle mich hier sehr wohl", erklärte er und zeigte ihr die Räumlichkeiten. "Möchtest du etwas trinken?"

"Nein, danke", sagte Carli, trat auf ihn zu und legte ihre Arme um seinen Hals. "Ich wünsche mir etwas anderes."

"Das ist ein herrlicher Wunsch", murmelte Röttger entzückt und beugte sich zu ihr. Der daraufhin nicht enden wollende Kuss mündete ganz unvermeidlich darin, dass sie sich schnell in seinem Schlafraum einfanden.

Doch dieses Mal war es anders zwischen ihnen, stellte er ergriffen fest. Während er ihre weiche Haut mit Küssen und Händen zu liebkosen begann, empfand er so viel mehr als den bloßen, körperlichen Kontakt. Ging es ihr genauso? Sie streckte sich jeder Zärtlichkeit verlangend entgegen und sah ihn immer wieder tiefgründig an. Zwischen ihnen schien es zu vibrieren und wie verzaubert ließ er sich in diese atemberaubende Erfahrung einer intensiven Nähe fallen. Alle diese Empfindungen mündeten irgendwann in ein überwältigendes und feuriges Finale, in dem sie sich beide ineinander verloren.

"Das war unbeschreiblich schön", strahlte Carli, als sie sich in seinen Armen wiederfand.

"Einfach traumhaft", brummte er wohlig.

"Sag mir, Michele, warum fühle ich mich so wohl mit dir?", fragte sie nach einer Weile, mit den Händen versonnen auf seiner Brust herumspielend. "Halt, sag nichts, ich kenne die Antwort. Du bist nicht irdisch, gib es zu: Du hast dich von den Sternen auf die Erde verirrt und irgendwann wirst du dich sicher wieder zurückkehren - und was mache ich dann?"

"Dann wird es dir so vorkommen, als hättest du einen wunderschönen Traum gehabt", murmelte er.

Doch Carli antwortete nicht und als er ihr einen Blick zuwarf, erkannte er, dass sie ernst und still ins Leere schaute.

Er hatte mit seinen Worten ungewollt ins Schwarze getroffen. Wieder nur ein schöner Traum – wie oft hatte sie das nun schon in den 250 Jahren gedacht! Es war ein Fehler gewesen, ging ihr sofort mahnend durch den Sinn. Denn sie hatte sich weder auf ihn noch auf sonst jemanden wieder tiefer einlassen wollen. Jeder neue Versuch begann mit sehnsüchtigen Wünschen und Hoffnungen, die für gewöhnlich mit einer zunehmend starken Traurigkeit begraben wurden.

"Woran denkst du?", fragte Röttger, liebevoll durch ihre Lockenfülle streichend.

"Michael, ich bin kein Mensch für eine Beziehung", begann Carli entschlossen, stützte sich auf den Ellbogen und sah ihn fest an. "Es ist so, dass mir meine Arbeit alles bedeutet und in diesem Punkt mache ich keine Kompromisse ... für niemanden."

Röttger dachte, dass er mit seiner ersten Einschätzung richtig gelegen hatte. Sie hatte Sorge, dass er von ihr verlangen könnte, sich in ihrer Arbeit zu reduzieren, wenn ihre Begegnung in eine Beziehung mündete. Und seit heute war klar, dass diese Möglichkeit näher gerückt war. Sich zurücklegend verschränkte er die Arme hinter seinem Kopf, nun selbst nachdenklich werdend. Fühlte er sich überhaupt bereit dafür? Sie hatten sich erst vor einem Monat kennengelernt und in seinem Leben hier auf der Erde gab es noch keine klare Richtung oder Stabilität. Alles war im Werden begriffen und er konnte nicht einmal sagen, wo er in einem halben Jahr sein würde. Letzten Endes war er nicht bereit, sich darin zu früh festzulegen.

Mit einem tiefen Atemzug wandte er sich ihr wieder zu und sah, dass sie ihn in Erwartung seiner Antwort immer noch ernst und entschlossen ansah. Röttger setzte sich auf und nahm ihre Hand, um sie sanft zu sich zu ziehen: "Komm zu mir, ich bitte dich."

Nachgebend lag sie nun warm in seinem Arm und er erzählte von seinen Gedanken.

"Und daher geht es mir ähnlich wie dir, Nella: Ich bin auch nicht bereit, mich zum jetzigen Zeitpunkt zu beschränken", endete er. "Und ich erwarte genauso wenig von dir, dass du etwas aufgibst, was dir wichtig ist."

Danach herrschte eine gedankenvolle Stille und Röttger spürte zufrieden, wie sich Carli entspannte und leise sagte: "Das hört sich gut an."

Mehrere Stunden später erst schlenderten beide Arm in Arm langsam zum Hangar.

"Ich werde während des Fluges noch ein wenig schlafen", versicherte Carli lächelnd, als er besorgt anmerkte, dass es nun doch sehr viel später geworden war. "Und morgen lebe ich d'amore et aqua fresca - von Luft und Liebe."

Seufzend strich sie ihm zärtlich über das Gesicht. Sie waren sich unerwartet näher gekommen und sie war dabei, tiefere Gefühle für ihn zu entwickeln. Doch erfahrungsgemäß war das immer auch der Anfang vom Ende. Meinte er wirklich das, was er gesagt hatte?

"Mach dir keine Sorgen", versicherte Röttger, als er in ihrem Gesicht die Zweifel erkannte. "Ich bin sehr glücklich, so, wie es mit uns ist. Hab einen guten Flug, Nella."

Nach einer letzten Umarmung wandte sich Carli um und nahm im Gleiter Platz. Durch die Luke sah sie, dass Michael am Hangar stand und den Abflug des Fluggeräts verfolgte. Sie wusste, dass er sie nicht sehen konnte und winkte ihm dennoch zu. Antonia Carli entschied, dieses

Mal noch abzuwarten, wie es zwischen ihnen laufen würde.

Kapitel 6 Planet der Erkenntnis

Der Nationale Sicherheitsrat tagte Ende Januar zusammen mit den Abgeordneten des Parlaments im Regierungsgebäude der Town of Planets.
Präsident Romanow begrüßte die Anwesenden und leitete den ersten Tagesordnungspunkt ein: der Klon des ehemaligen Admirals Röttger.
Golem holte Michael Röttger herein und schnell begann ein Raunen, das in eine andächtige Stille mündete, als er sich setzte.
"Mr. Röttger, wir sind erfreut, Sie als neuen Bürger der USOP persönlich begrüßen zu dürfen", begann Stella Armstrong freundlich. "Aufgrund des starken, medialen Interesses an Ihrer Person wollen wir heute darüber entscheiden, wie Ihre Zukunft in der USOP aussehen kann. Zuallererst möchten wir Sie jedoch bitten, uns Ihre Vorstellungen mitzuteilen."
Röttger schaute nachdenklich in die Runde: "Ich freue mich, nach dieser langen Zeit in der 5. Dimension hier auf der Erde willkommen geheißen zu werden. Nun, Sie fragen nach meinen Vorstellungen und offen gesagt bin ich mir über meinen Lebensweg noch nicht im Klaren."
"Gut", meinte Armstrong. "Allerdings werden wir einen Rahmen für Ihre Tätigkeiten hier in der USOP abstecken müssen. Ich bitte um Vorschläge."
"Interviews, Zeitungsartikel oder gar öffentliche Talk Shows über persönliche Erinnerungen des Admirals halte ich nicht für förderlich, sein Andenken hoch zu halten", begann ein Abgeordneter. "Sollte eine Befragung zu Geschehnissen aus der Vergangenheit erforderlich werden, dann sollte das nur hier im Rat geschehen."
In der darauf folgenden, rege diskutierten Situation kristallisierte sich heraus, dass Michael Röttger als Person von nationalem Interesse anzusehen war und daher nicht

wie jeder normale Bürger auftreten konnte oder zu behandeln war. Einige sprachen den Wunsch aus, dass er als Ehrenbürger eine feste Residenz auf der Erde erhielt, wo er Gäste empfangen sollte oder bei öffentlichen Veranstaltungen präsent war. Alle waren sich einig darüber, dass ein mediales Interesse nicht zu vermeiden war - also warum die Situation nicht zur Ehre der USOP nutzen?

Irgendwann meldete sich Röttger amüsiert zu Wort: "Ich verstehe, dass das Interesse an dem Erbe, das ich in mir trage, groß ist. Allerdings habe ich kein Bestreben, im Mittelpunkt der Öffentlichkeit zu stehen, zumindest nicht deswegen. Ich wünsche mir eine Bedenkzeit, bis ich mich entschieden habe, welche Tätigkeit ich ausüben möchte. Grundsätzlich stelle ich mir ein ganz normales Leben mit einer ausfüllenden Arbeit und später einer Familie vor."

Nach einer kurzen Pause wurde beschlossen, dass ihm die entsprechenden Mittel für seine Bedenkzeit zur Verfügung gestellt wurden, da er sich, wenn er für Golem abkömmlich war, gerne erst einmal auf der Erde und den Planeten umsehen wollte. Allerdings gab ihm Armstrong als Auflage mit auf den Weg, dass er sich eine angemessene, ehrenvolle Tätigkeit aussuchte und damit war Röttger entlassen.

Golem begleitete ihn hinaus und kam mit zwei weiteren Gästen hinein: Fynn Shan und Vice Admiral Carli.

Nach einer kurzen Begrüßung berichteten Schwarz, Shan und Carli von den Ereignissen der Reise.

"Was schätzen Sie, wann Sie diesen ungewöhnlichen Antrieb erforscht haben werden, Mr. Schwarz?", fragte zunächst die Gouverneurin vom Mond, Mrs. Young.

"Das ist nicht absehbar", erwiderte Schwarz. "Wir stecken diesbezüglich noch in den Kinderschuhen, wenn nicht gar in den Windeln, um es mal konkret zu sagen. Wir tun, was wir können – das kann ich Ihnen versichern, aber erwarten Sie keine Wunder."

"Das sind zwar alle hochinteressante, aber keine guten Neuigkeiten, was unser Reiseziel angeht", warf jetzt ein Wissenschaftler ein. "Dazu befinden sich jetzt 300.000 Siedler auf dem Weg in die Kaulquappen-Galaxie. Alle anderen Galaxien sind erheblich weiter weg – z.B. für die Galaxie ESO 444-46 würden mindestens noch einmal 25 Jahre nötig sein."

"Dieses Problem sollte also baldmöglichst gelöst werden", stellte Amar Nath klar. "Da unser verehrter President zurzeit sehr eingespannt ist, schlage ich vor, dass Golem die nächste Reise unternimmt. Er ist einer der Erben mit organischen Anteilen, und, wenn ich das richtig verstanden habe, kann er die Anwesenheit der Siedler dort legitimieren."

"Das muss sich erst noch zeigen", gab Golem zu bedenken. "Wir wissen zu wenig darüber, wer oder was sich hinter Abilael, dem Hüter der Ewigkeit, verbirgt. In jedem Fall haben wir es mit einer hochentwickelten Technologie zu tun, die älter als die der Schöpfer ist."

Vice Admiral Carli meldete sich jetzt zu Wort: "Ich schlage vor, unsere Spaceships umgehend über alles zu informieren. Es wird von dieser fremden Spezies nicht gewünscht, dass wir ihre Welt ansteuern – und meiner Meinung nach müssen wir damit rechnen, dass sie es zu verhindern suchen. Sie mögen zwar weit weg sein, aber sie waren zu gut informiert."

"Eine Umkehr ist den Bürgern weder vermittelbar noch vorstellbar", äußerte sich General Minho Zhu. "Daher gibt es nur den Weg: Es muss eine Lösung gefunden werden."

Letzten Endes einigte sich der Rat darauf, dass Golem so bald wie möglich seine Reise startete und Finn Schwarz zusammen mit Athena den ersten Flug mit der VISION TWO zu den Spaceships unternahm. Die beiden sollten der Führungsspitze persönlich über die Reise und den möglichen Gefahren berichten. Es konnten zwar jederzeit

über die KI Caecilia Nachrichten geschickt werden, aber hier wurde bewusst dieser Weg gewählt, um keine Panik unter den Menschen aufkommen zu lassen.
Damit war das Thema vorerst beendet und Golem begleitete Shan und Carli hinaus.
"Es hat mich gefreut, mit Ihnen zusammenzuarbeiten", äußerte sich Carli gerade, als Röttger, der im Vorraum gewartet hatte, auf die beiden zuging. "Und grüßen Sie bitte Ihre Frau von mir."
"Das werde ich sehr gerne tun", erwiderte Shan freundlich. "Maya hält große Stücke auf Sie und dem schließe ich mich gerne an."
Dann wandte sich Carli Röttger zu und Shan stellte verblüfft fest, dass Maya mit ihrer Vermutung recht gehabt hatte. Er war hier ganz offensichtlich überflüssig, dachte er mit einem leisen Schmunzeln, also sagte er nur noch: "Ich erwarte dich im Hangar, Michael", und wandte sich zum Gehen.
"Schön, dich zu sehen", begann Carli lächelnd.
"Das geht mir genauso", antwortete Röttger warm.
"Gehen wir noch einen Espresso trinken?"
"Ich werde mit Fynn zurückfliegen und dann bin ich mit Justin im Forschungslabor beschäftigt."
"Das ist sehr schade", meinte Carli und sah ihn bedeutungsvoll an. "Wir liegen noch ein paar Tage im Hangar."
"Ich könnte gegen Abend wieder hier sein", bot er an.
"Gut. Ich hole dich am Hangar ab", entschied sie erfreut und kurz darauf war sie auch schon weg.
Als Carli ihn abholte, fuhren sie zuerst in ein Restaurant, um etwas zu essen und danach in ihr Apartment.
"Mach es dir bequem", meinte Carli strahlend nach einem sehnsüchtigen Kuss. "Ich gehe noch schnell ins Bad."
Nach einer Weile kam sie aus der Schalldusche, in ihrem seidenen Pyjama wieder ungemein verlockend aussehend.

"Ich habe dir aus meiner alten Heimat etwas mitgebracht",
lächelte Röttger und reichte ihr eine kleine Flasche. Carli
öffnete den Verschluss und stellte fest, dass sie eine hell-
gelbe, ölige Substanz enthielt und nach Vanille roch.
"Das ist ein ausgezeichnetes Körperöl. Gaia hat es benutzt, wenn sie uns besucht hat."
"Gaia …?"
Carli gab etwas von dem Öl auf ihre Haut, während sie
überrascht einen Funken Eifersucht wahrnahm.
"War sie eine schöne Frau, diese Gaia?", fragte sie wie
nebenbei, damit beschäftigt, das Öl sorgfältig einzumas-
sieren.
Röttger schmunzelte unmerklich und begann, im Raum
umherzugehen: "Gaia war von überirdischer Schönheit,
Nella, lockige Haare bis zur Hüfte, strahlende Augen wie
die Sterne der Galaxis, eine Figur wie …"
Fassungslos schaute sie ihn an: Was erdreistete er sich,
hier vor ihr zu stehen und die Vorzüge einer anderen Frau
zu preisen?! Diese Gaia musste ja eine Wonderwoman
gewesen sein und er …
Als Röttger sich endlich umdrehte, sah er eine zornige
Göttin vor sich, die ihn mit flammenden Augen ansah,
beide Arme in die Hüfte gestemmt und gerade zu einer
entsprechenden Rede ansetzen wollte. Doch im nächsten
Moment erkannte sie, dass er sie auszulachen schien.
"Diavolo!"
Auf ihn zugehend gab sie ihm einen Schubs, woraufhin er
das Gleichgewicht verlor und lachend auf das hinter ihm
stehende Bett fiel. Carli folgte ihm und neben ihm liegend
sagte sie leise: "Du Teufel … ", während ihn angesichts
der Glut in ihren Augen eine Atemlosigkeit überfiel, derer
er nur Herr wurde, indem er sie zu sich zog.
Nach der dann folgenden, stürmischen Vereinigung lagen
sie schließlich entspannt nebeneinander. Sich langsam
regend schmiegte sie sich zufrieden an ihn: "Mio

fantastico è dolcissimo ammiragli, mein wunderbarer Admiral ..."

"Sag so etwas nicht", bat Röttger sofort ernüchtert. "Ich will nicht mit diesem Admiral verglichen werden, der ich nicht bin."

"Wie kannst du das so genau wissen?", gab sie zurück.

"Er ist vor langer Zeit gestorben, Nella. Oder schläfst du mit mir, weil du denkst, ich bin er?"

Die Stimmung zwischen ihnen war unvermutet ernst worden und so setzte sie sich auf. Da lag ein weiterer, wunder Punkt, an den sie unbeabsichtigt gerührt hatte.

Carli sah ihn nachdenklich an: "Glaub mir, ich weiß genau, mit wem ich hier im Bett liege. Und es ist nicht der Admiral, aus dem du entstanden bist. Ich entdecke dich gerade genauso, wie du dich mit mir entdeckst, amore mio."

Röttger musterte sie schweigend und erkannte, dass sie meinte, was sie sagte. Er griff nach ihrer Hand: "Ich bin sehr froh, dass du es so siehst."

Carli machte es sich wieder in seinen Armen gemütlich: "Du wirst früher oder später einen Frieden mit dir selbst machen müssen, Michele. Du hast seine Erinnerungen und sicher auch den ein oder anderen Wesenszug. Aber was macht das schon? Ich habe auch Eigenheiten meiner Vorfahren in mein Leben mitgebracht. Meine Familie hat immer schon gesagt: "Du bist wie deine Nonna!" Heute kann ich sagen: Ja, ich bin meiner Nonna sehr ähnlich, nur, dass ich weder so heiße noch genauso aussehe wie sie."

Röttger dachte in dieser Nacht lange über ihre klugen Worte nach und erkannte, dass sie ihm die Vorlage geliefert hatte, mit der er tatsächlich seinen Frieden finden konnte. Da war sein Humor, den er vom einstigen Admiral "geerbt" hatte, was Wolkow ihm auf den Kopf zugesagt hatte. Und seine Erfahrungen mit seiner Frau Li ermöglichten ihm ein Verständnis für Nella. Und es würde sicherlich noch manches von ihm in sein Leben mit einfließen, so, wie er es für richtig hielt.

Am nächsten Morgen brachte Carli ihn nach einem kleinen Frühstück im Café zum Hangar.

"Hier ist die Anwahl meines persönlichen Terminals", erläuterte Röttger ihr beim Abschied gutgelaunt. "Damit kannst du mich jederzeit erreichen – worüber ich mich sehr freuen würde."

Doch Carli musterte ihn plötzlich auffällig ausdruckslos und schwieg.

"Ich meine natürlich nur, wenn du Zeit und Lust dazu hast", fügte er schnell an, ihren inneren Rückzug wahrnehmend.

Carli sah ihn jedoch nur undurchdringlich an und Röttger nahm sie schließlich für einen letzten Kuss liebevoll in den Arm: "Gib gut auf dich Acht, meine Geliebte."

Dann wandte er sich ab und verschwand im Gleiter, der unmittelbar darauf auch schon abhob.

Röttger schaute lange aus der Luke in den Weltraum hinaus. Das hatte sich gerade wie ein Abschied angefühlt, dachte er betroffen. Konnte sie seinen harmlosen Wunsch wirklich so missverstanden haben?

Golem, Romanow und Poseidon hatten sich nach der Sitzung des Nationalen Sicherheitsrats kurzgeschaltet und Golem schlug Poseidon vor, zur nächsten Reise erneut mitzukommen. Als Verbündeter der USOP war es dazu von Vorteil, wenn er bei den ersten Entdeckungen persönlich anwesend war, fügte Romanow noch überzeugend an. Und so startete Anfang Februar 10.006 die VISION ONE mit Golem, Michael Röttger, dem Avatar von Caecilia und Poseidon. Darüber hinaus waren nur noch einige atlantische Androiden mit an Bord.

Alle begaben sich in die Sänften und nach dem Transfer in die 10. Dimension, dem darauffolgenden Flug und dem

Abstieg in die 3. Dimension in der Kaulquappen-Galaxie erwachten alle 12 Stunden später. Nachdem sich Röttger vom ungewohnten Tiefschlaf erholt hatte, ging es geradewegs zu Planet 3. Gespannt warf Michael Röttger immer wieder einen Blick auf die Hologramm-Anzeigen – würden sie erneut von einem Lichtstrahl fixiert werden? Doch nichts geschah und schließlich schwenkte die VISION ONE in den Orbit ein.

"Es gibt keinen Hinweis auf höhere Lebensformen", stellte Golem fest. Mit Rücksicht auf Röttger hatten sich alle Androiden darauf verständigt, überwiegend hörbar zu kommunizieren.

"Ich werde jetzt mit der KI des Planeten Kontakt aufnehmen", kündigte Golem an und begann, sich zu konzentrieren.

"Ich rufe dich, KI des Planeten 3. Wir sind vor Ort und erbitten die Genehmigung, den Planeten zu betreten."

Nach einigen Minuten nahm Golem wahr, wie etwas auf sein Plasmagehirn zugriff und im nächsten Augenblick vernahm er eine gedankliche Antwort.

"Willkommen, Erbe der Schöpfer und damit auch der Ersten. Deine Legitimation wird vollumfassend anerkannt. Deine Mitreisenden haben keine volle Berechtigung, aber es ist bei allen eine Prägung der 10. Dimension registriert worden. Daher ist ihre Anwesenheit auf diesem Planeten erlaubt."

"Kann ich sie bevollmächtigen?"

"In Grenzen ja – aber eine vollständige Legitimierung kann damit nicht erreicht werden. Abilaels Manifestation hat bereits eine Nachricht von eurer Ankunft erhalten. Alles weitere findet ihr in der Halle der großen Illumination."

"Ich erbitte die Koordinaten", erwiderte Golem.

"Nach deinem Einverständnis werde ich die Landung eures Raumschiffes einleiten. Alles andere ist nicht erwünscht."

Golem wandte sich seinen Begleitern zu und berichtete, was er gerade erfahren hatte. Poseidon nickte zustimmend, nur Röttger merkte an: "Interessant, dass ich eine Prägung der 10. Dimension zu haben scheine – darüber war ich mir nicht bewusst. Meiner Erinnerung nach habe ich die Anlage in der 5. Dimension nie verlassen."

"Das ist tatsächlich bemerkenswert", gab Golem ihm recht während er der KI gedanklich seine Zustimmung zur Landung gab. Die VISION ONE verließ daraufhin den Orbit und sank auf die Planetenoberfläche.

"Caecilia, wer steuert das Raumschiff?", fragte Poseidon.

"Ich registriere einen ähnlichen Energiestrahl, wie der, der uns beim letzten Mal fixiert hatte – allerdings befindet er sich im nicht sichtbaren Spektrum und ist energetisch einem Wellenbereich der 6. Dimension zuzuordnen."

"Wurde auf dich zugegriffen, Caecilia?", fragte Golem.

"Negativ. Ich habe nichts bemerkt."

"Abgesehen von der Navigation sind alle anderen Funktionen aktiv", stellte Röttger fest, der die Anzeigen studierte. "Meiner Meinung nach handelt es sich hier um ein reines Transportmedium."

Ab vierhundert Meter Höhe über dem Boden wurden die Landestützen ausgefahren und die VISION ONE setzte sanft auf dem Planeten auf. Gleichzeitig nahm die KI wieder Kontakt mit Golem auf.

"Der Planet besitzt eine Luftzusammensetzung, die einem Menschen einen Aufenthalt ohne Raumanzug möglich macht. Es existieren im Boden eingelassene Leitlinien, denen zu folgen ist. Das Betreten des übrigen Geländes ist nicht gefahrlos möglich."

"Das ist eine klare Ansage", kommentierte Poseidon.

"Dann schauen wir doch mal, was uns dort erwartet."

Also gingen Golem, Poseidon, Röttger und der Androide Caecilia zur Außenschleuse und öffneten sie.

Michael Röttger atmete tief die Luft ein und sah sich einen Moment lang neugierig um. Die Landschaft war in diesem Teil wüstenähnlich und ein Gewässer schien nicht vorhanden. Die Lufttemperatur war angenehm, es wehte ein schwacher, trockener Wind und als sie das Ende der Rampe erreicht hatten, sah er neben dem befestigten Weg ein echsenähnliches, kleines Lebewesen im Sand verschwinden. Im Boden des Weges waren gut sichtbare Symbole zu erkennen, die in Richtung eines nahegelegenen, pyramidenähnlichen Gebäudes zeigten.

Als sie dort ankamen öffnete sich automatisch eine Schleuse und die vier Besucher traten ein.

Sofort leuchtete ein dezentes, blaues Hintergrundlicht auf und sie sahen, dass sie sich in einer riesigen Halle befanden, die über und über mit holografischen Bildern bestückt war. Näher herangehend erkannten sie, dass hier eine unfassbare Anzahl von Lebewesen gezeigt wurde. Neben den bekannten, menschlichen und humanoiden Arten gab es echsenähnliche, schlangenförmige, durchsichtig erscheinende, strahlen- oder kugelförmige Arten - mit anderen Worten: Es waren alle nur vorstellbaren Spezies zu erkennen!

"Das ist eine erstaunliche Ansammlung", bemerkte Poseidon.

"Auf welchen Planeten sie sich wohl befinden?", meinte Röttger nachdenklich, als jemand die Halle betrat.

War es ein Mensch oder ein humanoider Androide?

Etwas größer als von Menschen in der USOP gewohnt und eingehüllt in eine Art blauen Umhang, der in den unterschiedlichsten, blauen Farbnuancen schimmerte, schritt er auf sie zu.

"Willkommen in der Halle der Illumination. Ich bin der Avatar von Abilael und habe eine Form gewählt, die eurer Erscheinung ähnelt."

Golem wollte gerade den anderen berichten, was er gehört hatte, als Röttger ihn erstaunt ansah: "Habe ich das gerade richtig verstanden? Er ist der Avatar von Abilael?" Poseidon und Caecilia bestätigten seine Worte und so wurde schnell deutlich, dass dieses Wesen mit ihnen allen telepathisch kommunizierte. Trotzdem konnte er sich mit Golem oder Poseidon nach wie vor nicht selbst auf diese Art verständigen.

"Der Avatar hat die Prägung der 10. Dimension", ergänzte Caecilia.

Während Golem diesen Humanoiden andächtig betrachtete fühlte er sich an seine Reise mit Aither zurückversetzt und Poseidon erging es ähnlich. Röttger musste an seine Schöpfer denken sowie die Zeit mit ihnen – dieses humanoide Wesen besaß eine Ausstrahlung, die alle beeindruckt schweigen ließ.

Der Avatar nickte freundlich: *"Ihr befindet euch auf dem Geburtsplanet der Ersten, dessen sichtbares Überbleibsel ein einziges Lebewesen ist."*

Er machte eine Bewegung, die in Richtung des Raumes wies: *"Alles, was ihr hier seht - das bin ich. Die Halle, die Bilder - ich kann jede beliebige Form, jeden Gegenstand annehmen, denn ich bin die reine Energie. Leider ist es euch noch nicht möglich, die höheren Dimensionen auch nur im Ansatz zu verstehen. Soviel sei gesagt: Aus eurer Sichtweise gesehen erschaffe ich Materie sozusagen aus dem Nichts heraus."*

Eine Pause entstand, in der der Avatar abzuwarten schien, ob sie etwas sagen wollten – aber alle schwiegen, die neuen Informationen verarbeitend.

"Die Auswertung des Datenspeichers eurer Dimensionssänfte hat ergeben, dass ihr diese Galaxie gezielt besucht, um sie zu erforschen und zu besiedeln. Zwei eurer Raumschiffe überqueren dafür die große Leere. Ihnen

*droht eine unbekannte Gefahr, denn so leer, wie ihr an-
nimmt, ist sie nicht."*
Der Avatar schwieg und schien sie durchdringend zu betrachten.
*"Es existiert ein weiterer Erbe, der körperlich noch in Er-
scheinung treten wird. Ich nehme eine starke Verbindung
zwischen ihm und euch wahr, über die auch er Informationen von hier erhalten wird."*
Golem und Poseidon warfen sich einen kurzen Blick zu.
"Ich bin gespannt, was Lew erzählen wird," sendete Golem.
*"Eine Umkehr wird von euch nicht in Erwägung gezogen
und ihr seid mit der Absicht gekommen, eine Berechtigung für die Besiedlung zu bewirken. Golem, als Erben
seid ihr, du und derjenige, der noch kommen wird, grundsätzlich dazu ermächtigt. Allerdings gibt es eine Aus-
nahme und die bezieht sich auf diesen Planeten, auf dem
ihr euch gerade befindet. Hierher können nur die Erben
und Personen mit der Prägung der 10. Dimension gelangen. Für alle anderen ist dieser Planet tabu. Jeder Versuch, ihn unautorisiert zu betreten, führt zur Vernichtung.
Ihr habt bei eurer 1. Reise den Beschuss erlebt, der als
Warnung gedacht war, da sich Poseidon als Träger der
Prägung unter euch befand. Ansonsten würdet ihr heute
nicht mehr existieren."*
Der Avatar machte erneut eine Pause, aber die vier Besucher sagten nichts. Später blieb noch genug Zeit für
Diskussionen. Fasziniert beobachtete Röttger den ständigen Wechsel der Blautöne im Umhang des Avatars, der
scheinbar emotionslos vor ihnen stand.
*"Wenn ihr interessiert seid, übermittle ich euch einiges
Wissen der Ersten. Vieles werdet ihr danach wieder vergessen, jedoch sind alle Informationen tief in eurem Un-
terbewusstsein oder eurem Datenspeicher vorerst unzu-
gänglich verankert. Sie werden dann verfügbar sein,*

wenn die Zeit dafür gekommen ist. Alles andere würde euch überlasten. Entscheidet euch – wenn ihr den Planeten zu verlassen wünscht, werde ich euch in den Orbit zurückschicken."

"Es wäre sehr interessant, mehr von dem Wissen der Ersten zu erfahren", meinte Röttger sofort.

Golem und Poseidon sowie Caecilia waren derselben Meinung und so sagte Golem: "Wir sind bereit, das Wissen zu empfangen."

"Es gibt die Möglichkeit, sich zu setzen", wandte sich der Avatar an Röttger. Die Androiden zogen ein Stehen vor.

"Sehr gerne", erwiderte er und vor seinen Augen formte sich aus dem Nichts heraus eine bequeme Sitzgelegenheit, in der er Platz nahm.

Und dann vernahmen die vier Besucher die Geschichte der Ersten und wie das Universum entstand, die verschiedenen Dimensionen und ihre Bedeutung, das Erwachen des Lebens und dessen Vernichtung durch einen der Erben, den Schöpfer Chaos. Die Wirkungsweise und die Gefahren der Dimensionswaffen wurden ihnen im Einzelnen erklärt und Röttger erkannte erstaunt, dass er in diesem Moment alles zu verstehen schien. War es sein technisches Basiswissen? Hochkomplexe Gleichungen, Zahlen und Analysen schwirrten durch sein Gehirn und ergaben plötzlich einen Sinn. Ob er tatsächlich alles wieder vergessen würde? In diesem Augenblick war das nicht vorstellbar, so klar, wie alles vor ihm lag. Mittlerweile hatte Röttger die Augen geschlossen und befand sich in tiefer Versunkenheit. Dann erschienen Bilder vor seinem inneren Auge und er erhielt einen Einblick in den ewigen Kreislauf des immerwährenden Vergehens und Werdens. Und irgendwann existierte da nur noch ein großes, zeitloses Nichts, in dem sich die reine, schöpferische Energie des Universums verbarg.

Nach einer unbestimmten Zeit regten sich die Androiden und stellten fest, dass der Avatar verschwunden war. Röttger saß noch wie entrückt auf seinem Sitz und Golem sprach ihn leise an: "Michael, wir sind bereit zu gehen."
Er holte tief Luft, öffnete die Augen und stand etwas schwankend auf.
"Alles in Ordnung. Es war nur sehr intensiv und etwas überwältigend. Aber ich hätte es nicht missen wollen."
Zusammen verließen sie die Halle und gingen auf dem Weg zurück, den sie gekommen waren.
Als sie die VISION ONE erreicht hatten, drehten sich alle noch einmal um, um sich von diesem einzigartigen Artefakt der Ersten zu verabschieden.
"Es war eine unglaubliche Meditation", sagte Röttger enthusiastisch. "Ich habe verstanden, wie die Dimensionswaffe funktioniert – ich bin gespannt, was Justin dazu sagt. Dann kommen wir auch mit dem Antrieb weiter!"
Golem lächelte, sagte aber nichts dazu und Poseidon schwieg ebenfalls. Michael würde noch selbst darauf kommen.
Wieder an Bord verschwand Röttger im Maschinenraum mit den Worten "Ehe ich alles vergesse!" und ließ sich dort ein Hologramm mit den Anzeigen zur Funktionsweise und Aufbau des Raumschiffsantriebs zeigen. Justin hatte doch davon gesprochen, dass es ein Buch mit sieben Siegeln war und jetzt sollte es ihm doch möglich sein ...
Enttäuscht tauchte er nach einer halben Stunde wieder auf: "Ich verstehe nichts mehr davon! Dabei lag doch alles klar und deutlich auf der Hand!"
"Du trägst das Wissen in dir", erklärte Caecilia. "Es wird sich dir zu seiner Zeit wieder offenbaren."
Mittlerweile schwebte die VISION ONE wieder im Orbit und Golem verzeichnete im Datenspeicher, der die gesammelten Informationen enthielt, dass Planet 3 für eine Besiedlung gesperrt war.

Sie entschieden, den Planeten 5 anzufliegen, um verschiedene Proben der Luft, des Bodens, des Wassers und von der dort vorhandenen Flora mitzunehmen.
Planet 5 schien für eine Besiedlung hervorragend geeignet und damit war der Zweck dieser Reise erfüllt.
Die KI Caecilia leitete wieder den Rückflug ein. Während des Fluges durch die 10. Dimension vernahm sie noch einmal den Avatar von Abilael: *"Vergiss eines nicht, Caecilia: Du bist ein Mentor für diese Spezies, denn das ist deine Bestimmung."*
Danach war alles still und sechs Stunden später ruhte die VISION ONE wieder im Hangar des Mondes.

Während sich die VISION ONE auf dem Planeten 3 befand war es auf der Erde Nacht, als Lew Romanow plötzlich erwachte und sich aufsetzte. Es war ein überwältigend realer Traum gewesen und ergriffen stand er auf, um sich auf die Terrasse zu begeben. Er wusste mittlerweile, dass er manchmal Eingebungen erhielt, deren Ursprung sich seinem Bewusstsein entzog. Und dennoch waren sie real und hatten bisher immer eine Bedeutung gehabt.
Isis war ihm nachgekommen und so erzählte er ihr in Umrissen, was er gesehen hatte, bevor sich alles wieder verflüchtigte.
"Ich war in einer Pyramide auf einem wüstenartigen Planeten, Isis – und da war jemand, ein weiser Eremit in einem blauen Gewand, der mir ein altes Wissen übermittelt hat. Es … es hatte mit dem Ursprung des Universums zu tun … weißt du noch? Meine Reise damals und die Verschmelzung mit der hellen Flamme, der reinen Energie … so intensiv habe ich es schon lange nicht mehr gespürt. Aber da war noch so viel mehr … etwas mit der Dimensionswaffe und … es entschwindet bereits wieder."

Mit einem Seufzer sah Romanow auf die Town of Planets, während sich Isis ruhig an ihn schmiegte.

"Golem und Poseidon sind dort", sagte er noch und dann gingen sie irgendwann wieder zurück in den Schlafraum.

Am nächsten Tag bekam Romanow die Meldung, dass die VISION ONE wieder eingetroffen war. Kurz darauf erhielt er einen Anruf von Golem, der ihm von der Reise berichtete. Nach einem kurzen Austausch meinte Romanow: "Die Information, dass in der Leere unsere Leute etwas erwarten könnte, sollte Athena unbedingt noch erhalten, bevor sie abfliegt."

"Wann wirst du zur Kaulquappen-Galaxie reisen, Lew?"

"Das ist noch unklar", gab Romanow zur Antwort. "Vielleicht im März? Schade, dass wir diese Reise nicht gemeinsam unternehmen können."

Mitte Februar starteten Athena und Finn Schwarz mit der VISION TWO zu den Long Distance-Spaceships.

Da diese gerade erst einmal vier Wochen unterwegs waren, konnten sie die KAULQUAPPE 1 und 2 noch bequem mit der Geschwindigkeit D5, Dimension 5, erreichen – ein Besteigen der Tiefschlafbehälter war also nicht nötig.

"Es ist unglaublich ruhig hier an Bord", stellte Finn Schwarz kurz darauf fest. "Abgesehen davon empfinde ich keinen großen Unterschied zum normalen Warp-Flug in der 4. Dimension. Aber diese handverlesene, kleine Zentrale ist perfekt."

Athena warf ihm einen fragenden Blick zu.

"Na, das blaue Hintergrundlicht und diese enorm bequemen Sitze hat die USOP nicht. Wie Maya erzählt hat, haben die sogar eine Notfallfunktion: Eine transparente Kapsel schließt sich um uns, sodass wir sogar im All noch eine Zeitlang überleben würden. Das ist fantastisch!"

Der Flug verlief so ruhig, als würde man sich überhaupt nicht bewegen, sinnierte Schwarz. Und wenn nicht die Anzeigen etwas anders anzeigen würden, dann …

Unvermittelt wurde er von Caecilia jäh unterbrochen: "Ankunft in fünf Minuten. Der Erkennungscode wurde bereits gesendet und ein Leitstrahl angefordert."

"Danke, Caecilia", erwiderte Athena.

Sie hatte schon gehört, dass die Bord-KI sehr eigenwillig agierte und wartete, ob noch etwas folgen würde. Aber Caecilia war anscheinend gerade nicht in Plauderlaune, schloss sie amüsiert. Sie entschied, zu gegebener Zeit eine Unterhaltung mit der KI zu führen. Denn sie war auf allen Dimensionsschiffen gleichzeitig präsent – also musste eine Synchronisation stattfinden. Und darüber war bis jetzt noch nichts bekannt.

"Wir haben Sichtkontakt!", rief Schwarz. Fasziniert sahen sie auf den Verbund der drei riesigen Kugelraumschiffe, die mit großvolumigen Röhren untereinander verbunden waren.

Kurz darauf wurden sie mit einem Leitstrahl in die KAULQUAPPE 1 in einen Hangar eingeschleust.

Als sich die Schleuse des Raumschiffs öffnete erwarteten sie Commander Jules und der atlantische Konsul Mahal.

"Wir freuen uns, Sie als erste Gäste an Bord begrüßen zu dürfen, Athena, Mr. Schwarz", begann Commander Jules freundlich. "Kommen Sie, wir fahren zur Zentrale."

Da es sich allein bei einem Raumschiff um das gewaltige Ausmaß von 2000 Meter im Durchmesser handelte, gab es Expresslifte und Minibahnen für die schnelle Bewältigung der großen Entfernungen. Da diese transparent waren, sahen sie im Vorbeiflug riesige Bereiche, in denen es von Menschen nur so wimmelte. In einem Erholungspark spielten Kinder und Familien waren auf dem Weg in Geschäfte – Werbetafeln zeigten an, was in diesem Areal geboten wurde und zwei Security-Androiden bahnten sich den Weg. Das Ganze hatte etwas von einem ganz normalen Alltag auf einem x-beliebigen Planeten, dachte Finn Schwarz.

Als ahnte Jules ihre Gedanken erläuterte er: "Die Menschen haben sich in ihr neues Leben gut eingewöhnt und gehen ihren Beschäftigungen nach. Und bisher halten sich die Probleme in Grenzen, mal von den üblichen Streitigkeiten abgesehen."

Am Halt "Zentrale" angekommen, passierten sie die Wachen und betraten einen riesigen Saal, der sich durch zahlreiche Holo-Bildschirme auszeichnete. Hier herrschte eine ruhige Geschäftigkeit und die vier marschierten hindurch, bis die Gruppe an einer Galerie ankam. Die Treppe hinaufgehend liefen sie zu einem gesonderten Raum, wo sie von Admiral Moretti und Ares, Oberbefehlshaber der atlantischen Streitkräfte erwartet wurden. Nach der üblichen Begrüßung setzten sich alle und Athena und Finn Schwarz kamen auf den Anlass ihres Besuchs zu sprechen und berichteten von den beiden Reisen.

Zunächst schaute Admiral Moretti besorgt drein, aber nachdem Athena die zweite Reise mit Golem erwähnte und von der Vereinbarung mit dem Avatar Abilael erzählte, tat er sofort erleichtert kund: "Es freut uns außerordentlich, dass ein großes Problem so schnell gelöst werden konnte! Es wäre bedauerlich gewesen, noch einmal 25 Jahre in Anspruch nehmen zu müssen, falls wir dort nicht wie geplant hätten landen können. Und einen bewohnbaren Planet haben Sie auch schon gefunden – ganz hervorragende Arbeit! Richten Sie Golem und Poseidon meine besten Grüße aus."

"Das ist allerdings noch nicht alles?", fragte Commander Jules, dem die ernst gebliebene Miene der beiden Gäste nicht entgangen war.

"Es wurde eine Warnung ausgesprochen, die leider sehr unspezifisch ist", erläuterte Finn Schwarz. "Laut diesem

Abilael ist der Weltraum in diesem Abschnitt nicht so leer, wie wir bisher gedacht hatten. Sie sollten daher Augen und Ohren offenhalten und besser mit allem rechnen."
Nach einer kurzen, gedanklichen Pause entschied Ares: "Wir werden ab sofort immer mit Alarmbereitschaft in den Normalraum zurückfallen."
Commander Jules erläuterte Schwarz, der ihn fragend ansah: "Wir lassen die Antriebe nicht durchgängig im Dauerbetrieb laufen. Für so eine langfristige Auslastung liegen noch nicht genug Erfahrungen vor. Also unterbrechen wir in Abständen und gehen in den Normalraum, um eine Wartung und Überprüfung durchzuführen. Zurzeit befinden wir uns im Normalraum, dadurch konnten Sie hier landen. Für die Zukunft koordinieren wir am besten die geplanten, monatlichen Besuche mit einer unserer Antriebs-Pausen."
"Wie lange wollen Sie bleiben?", fragte Moretti.
"Wir würden uns über einen kurzen Rundgang freuen und dann im Anschluss zurückkehren."
"Das lässt sich machen", meinte Mahal freundlich zu Athena. "In zwei Stunden beginnt die nächste Warp-Etappe. Wenn Sie möchten, führe ich Sie herum."
"Noch etwas: Die Erde hat uns jede Menge frische Lebensmittel, Medikamente und anderes für Sie mitgegeben. Das halbe Raumschiff ist voll davon", meinte Finn Schwarz noch.
"Unsere Androiden sind unterwegs, um auszuladen", sagte Ares, der über sein Netzwerk sofort die Anweisung dafür durchgab.
"Das ist eine überaus erfreuliche Nachricht", meinte Moretti gutgelaunt. "Ich freue mich darauf, mal wieder natürliche Nahrung zu mir zu nehmen! Ist es möglich, dass die Geschäfte über Sie direkt ordern? Wir könnten einen Markt einrichten, der künftig einmal im Monat frische Lebensmittel anbietet."

"Selbstverständlich. Je nachdem, was und wie viel benötigt wird, kommen wir bei Bedarf auch mit zwei Raumschiffen. Am besten, alle Wünsche werden gesammelt und wöchentlich an die Mondüberwachungsstation übermittelt."

Schließlich erhoben sie sich und Admiral Moretti sagte: "Commander Jules hat Datenpakete für Angehörige der Siedler und Pressemitteilungen vorbereitet, die er Ihnen mitgibt. Grüßen Sie uns die Milchstraße! Wir erwarten Sie dann zur nächsten Warp-Etappe in einem Monat."

Der atlantische Androide Mahal zeigte den beiden in einem kurzen Rundgang das Leben und die Vielfalt des riesigen Raumschiffs. Im Grunde bestätigte sich das, was Finn Schwarz schon vorher gesehen hatte: Die Menschen schienen sich gut eingelebt zu haben und es herrschte eine normale Alltagsstimmung.

Es gab Bars und auf den Bänken saßen Menschen, die sich unterhielten – einige junge Leute waren mit Fitnesstaschen zum Sportcenter unterwegs, ein anderer verteilte Flugzettel für eine kommende Veranstaltung, Menschen standen an Basaren und eine junge Mutter schob ihren Kinderwagen durch die Menge zu einem nahegelegenen Spielplatz. Mahal erzählte dabei, dass sich auf den ersten Versammlungen bereits Sprecher herauskristallisiert hatten, die auf den künftigen Planeten voraussichtlich eine Rolle als Volksvertreter spielen würden.

Zurück an Bord der VISION TWO hingen Schwarz und Athena während des Fluges den vielen Eindrücken nach. Bis auf die kurzen Bestätigungen von Caecilia verlief der Flug ereignislos und bald darauf befand sich die VISION TWO wieder im Hangar des Mondes.

Nachdem sie Golem Bericht erstattet hatten übermittelte dieser die Nachrichten an Romanow und Stella Armstrong. Die mitgebrachten Datenpakete wurden in einen Server eingespeist, durch den Angehörige der Siedler an sie gerichtete Nachrichten abrufen konnten. Außerdem befanden sich Pressemitteilungen an die einzelnen Nachrichtenagenturen darunter sowie die erste Sendung für den Kaulquappen-Channel. Im Großen und Ganzen war das Siedler-Projekt erfolgreich angelaufen.

Da ihm der Nationale Sicherheitsrat eingeräumt hatte, alles zu tun, was er für nötig hielt, bis er sich für eine ehrenvolle Tätigkeit entschieden hatte, unternahm Michael Röttger Reisen, wenn er für Golem abkömmlich war. Er besuchte verschiedene Länder und berühmte Städte der Erde, aber auch die Planeten wie den Mars oder den Mond. Fynn und Maya Shan auf Last Hope freuten sich über seinen Besuch und er sah sich dabei im Andromeda Nebel um. Doch wenn er in seine ehemalige Heimat in der 5. Dimension zurückkehrte und durch die Fertigungshallen wanderte, spürte er, wie sehr er mit dieser Welt immer noch verbunden war. Die Anlage und die Stations-KI waren lange Zeit sein zuhause gewesen und er fühlte sich nach wie vor hier und auf den Dimensionsraumschiffen heimisch.

Von Antonia Carli hatte er nach ihrem letzten Zusammensein nichts mehr gehört. Die EARTH ONE war zwar oft im Einsatz gewesen, wie Röttger über Golems Netzwerk recherchiert hatte, aber sie lag auch immer wieder im Hangar auf der Erde. Er dachte häufig an sie und sehnte sich nach ihr - aber wenn sie nicht von sich aus auf ihn zukam, waren ihm die Hände gebunden. Warum war es so schwer für sie, ihm zu vertrauen? Stattdessen schien es leichter für sie zu sein, sich zurückzuziehen. Und so verbuchte er dieses Kapitel als erste Liebeserfahrung in seinem neuen Leben auf der Erde. Durch Carli hatte er vieles für sich geklärt und das wollte er ihr nie vergessen.

Schließlich besprach Röttger mit Golem seinen Wunsch, auf einem Raumschiff eingesetzt zu werden mit dem Ziel,

Commander zu werden. Sein Ebenbild war ein guter Pilot gewesen und vielleicht konnte er dort ansetzen. Daraufhin bot ihm Golem an, auf der ATLANTIS erste Erfahrungen zu sammeln. Allerdings bestand die Besatzung dort allein aus Androiden und sie befand sich, als persönliches Dienstschiff von Golem, nicht sehr häufig im Einsatz.

Golem brachte sein Anliegen im Nationalen Sicherheitsrat zur Diskussion und die Gouverneure nahmen erfreut zur Kenntnis, dass Michael Röttger sich dazu entschieden hatte, in den Fußabdruck seiner Vorlage zu treten. Und so wurde ihm auf dem ehemaligen Flaggschiff der USOP, der ADMIRAL RÖTTGER, eine Position als Commander unter Camille Bonnet angeboten, eines 432 Jahre alten Admirals. Dort konnte er, vorerst befristet auf ein Jahr, seine Erfahrungen machen und dann würde man weitersehen. Voraussetzung dafür war, dass er sich mit der nötigen Technik vertraut machte.

Dafür holte er sich alle Informationen aus Golems Netzwerk, diskutierte viel mit Schwarz, Han und Nergal, in deren Team er sich noch befand und der Rest würde die Erfahrung bringen.

Röttger verbrachte seinen letzten Abend auf dem Mond mit Justin Schwarz, Athena und Finn Schwarz, Fynn und Maya Shan und Golem.

"Hast du gar kein Problem damit, ausgerechnet auf der ADMIRAL RÖTTGER deinen Dienst anzutreten?", fragte Maya Shan.

"Mittlerweile nicht mehr", lächelte Röttger. "Ich denke, ich habe für mich persönlich die beste Entscheidung getroffen. Mir liegt es, mit Raumschiffen und Zukunftstechnologien zu tun zu haben, gleichzeitig habe ich viel Kontakt mit Menschen und kann meine Erfahrungen als Commander auf einem großen Raumschiff sammeln. Ich freue mich darauf."

"Das klingt gut", meinte Schwarz. "Was weißt du eigentlich über Admiral Bonnet?"

"Nicht viel", gab Röttger zu. "Ich lasse mich überraschen."

"Ich habe sie einmal kennengelernt", warf Finn Schwarz ein. "Sie ist eine beeindruckende Persönlichkeit, die sich nicht die Butter vom Brot nehmen lässt. Du wirst dir erst ihren Respekt verdienen müssen, Michael, aber dann kommt ihr gut miteinander klar."

Auf der Erde angekommen bezog er ein kleines Apartment, das er als Dienstwohnung zur Verfügung gestellt bekommen hatte und am nächsten Morgen stellte er sich an Bord vor.

"So, Sie sind also Michael Röttger, Commander ehrenhalber", begann Bonnet ganz direkt und musterte ihn undurchdringlich. Ihm war klar, dass seine Ernennung nicht allen gefiel. Er hatte sie aufgrund seiner Herkunft als Vorschusslorbeeren geschenkt bekommen und nicht, weil er sie sich verdient hatte. Aber was nicht war, konnte ja noch werden.

"So ist es. Ich freue mich, hier unter Ihnen Erfahrungen sammeln zu dürfen", erwiderte Röttger freundlich, ohne sich von ihrer abweisenden Haltung beeindrucken zu lassen.

"Haben Sie sich mit den Raumschiff schon vertraut gemacht?", fragte der Admiral knapp.

"Soweit es über das Netz möglich war – ja. Aber an Bord war ich bisher noch nicht."

"Dann schlage ich vor, Sie nehmen sich heute Zeit dafür. Johnson, Sie begleiten Commander Röttger und beantworten ihm alle Fragen. Ich sehe Sie dann morgen früh."

Damit war die Unterhaltung beendet und sie wandte sich anderen Aufgaben zu.

"Sie sehen tatsächlich aus wie der Admiral", meinte Johnson beeindruckt, nachdem er ihn immer wieder neugierige

Blicke zugeworfen hatte. "Wir haben alle schon davon gehört, dass Sie an Bord kommen."

Röttger lachte: "Ja, ich sehe aus wie er und was soll ich sagen: Ich habe ausgerechnet auch noch den gleichen Namen!"

In der nächsten Zeit bestätigte sich das, was ihm Finn Schwarz erzählt hatte: Bonnet machte zwar einen abweisenden Eindruck und sah ihn häufig mit hochgezogenen Augenbrauen an, aber wenn er es geschafft hatte, sich ihre Achtung zu verdienen, würde er gut mit ihr auskommen.

Die Besatzung akzeptierte ihn schnell und bald begann er, Kontakte zu knüpfen und sich abends nach dem Dienst mit dem ein oder anderen zu verabreden.

Außerdem gewöhnte er sich an, wenn das Raumschiff im Hangar auf der Erde lag, sein Frühstück in dem kleinen Café einzunehmen, in welchem er damals mit Carli die köstlichen Croissants gegessen hatte. Anfangs saß er noch etwas gedankenverloren und mit einem Anflug von Wehmut hier – aber es hatte sich eben anders ergeben und im Laufe der Zeit rückten die Erlebnisse der ersten Tage immer weiter in die Ferne.

Kapitel 7 Neue Wege

Planet Erde, September 10.006

Michael Röttger hatte sich nach seinem Dienstantritt auf der ADMIRAL RÖTTGER für verschiedene Neuerungen eingesetzt, die ihm eine erste Anerkennung von Bonnet eingebracht hatten. Und sein Vorschlag, der die Manövrierfähigkeit des zweitgrößten Kugelraumers der USOP-Flotte betraf, erwies sich schließlich als bedeutsamer Erfolg. Die Schöpfer hatten Röttger bei seiner Erschaffung mit der Möglichkeit versehen, sich jederzeit mit einer KI zu vernetzen. Dabei waren künstliche Anteile, Datenspeicher in Nano-Größe und anderes gewissermaßen mit seinem Gehirn verwoben worden. Auf diese Weise hatte er jederzeit mit der Stations-KI kommuniziert, aber er konnte auch über diesen Weg Informationen erhalten, verarbeiten und umsetzen. Nachdem Bonnet die Genehmigung erteilt hatte, wurde ihm mit Golems und Justin Schwarz Unterstützung ein Zugang zur Bord-KI der ADMIRAL RÖTTGER eingerichtet. Das versetzte ihn in die Lage, das gewaltige Raumschiff direkt über die Bord-KI zu steuern und damit schneller zu agieren, als es jeder menschliche Pilot vermocht hätte.

Admiral Bonnet erkannte nach den ersten Testflügen sofort, dass die ADMIRAL RÖTTGER mit Commander Röttger nun einen unschätzbaren Vorteil besaß, den die anderen irdischen Raumschiffe nicht hatten.

Anfang September fand das alljährliche Manöver mit den Atlantern im Andromeda-Nebel statt und Commander Röttger erhielt seine erste, öffentliche Auszeichnung für seine Reaktionsschnelligkeit und die bemerkenswerten Strategien, die er im Kampf anwandte. Danach besserte sich das Verhältnis zu Bonnet enorm: Der Admiral begann, mit ihm auf Augenhöhe umzugehen und ihn als ihren Stellvertreter einzusetzen.

Eines Morgens saß Michael Röttger gut gelaunt in seinem Café in der Town of Planets, den ersten Cappuccino in der Hand – als er bemerkte, dass Antonia Carli das Café betrat und zielgerichtet zur Theke ging, um sich etwas zu bestellen.
Es war nun ein gutes, halbes Jahr ins Land gegangen, seit sie sich voneinander auf der Erde verabschiedet hatten – und doch fühlte es sich so an, als wäre es erst gestern gewesen. Gebannt beobachtete er sie, während sich die Erinnerungen unvermittelt Bahn brachen.
Ihre braune Lockenpracht war, wie üblich im Dienst, sorgfältig nach hinten gebunden und sie strahlte die ihr eigene Vitalität aus. Ihr Tablet mit dem Croissant und dem Espresso in der Hand drehte sie sich um und entdeckte ihn jetzt auch. Nach einem unmerklichen Stocken ging sie auf ihn zu und fragte, vor ihm stehend: "Michael, wie geht es dir? Gratulation übrigens zu deiner beeindruckenden Taktik im Manöver."
"Willst du dich nicht setzen?", fragte Röttger einladend.
Nach ein wenig Smalltalk trat ein Schweigen ein und schließlich fragte er: "Warum hast du dich damals nicht mehr gemeldet, Nella?"
Ausdruckslos sah sie ihn an. Sie war sich über den Grund sehr gut im Klaren – er war ihr zu nahe gekommen und sie hatte entschieden, lieber einen Schlussstrich zu ziehen. Aber was sollte sie ihm sagen?
"Eine Beziehung ist nichts für mich, Michael", ließ Carli ihn schließlich wissen. "Und darauf lief es hinaus."
"Bist du denn damit glücklich?", fragte er leise.
"Mein Beruf ist mein ganzes Glück", erwiderte sie nur knapp und abweisend.

Nella war seine erste Liebe gewesen, und sie war es immer noch, erkannte Röttger. Seine Gefühle für sie waren unverändert vorhanden … aber was konnte er tun? Sie wirkte so verschlossen, dachte er mit einem Anflug von Traurigkeit, so eisern darin, ihn nicht mehr an sich herankommen zu lassen. Doch dieses Mal entschied er spontan, dass ein kampfloses Aufgeben keine Option war.

"Ich muss sagen, ich bin von der USOP von Anfang an wirklich gut aufgenommen und unterstützt worden", begann Röttger auf unverfänglichem Terrain, sein Croissant aufnehmend. "Keine öffentlichen Auftritte mehr - du erinnerst dich sicher, dass mir das gar nicht lag. Ich habe einige Reisen unternommen, um mich erst einmal umzuschauen. Und letzten Endes habe ich auch meinen inneren Frieden gefunden."

"Ich habe mich schon gewundert, dass du ausgerechnet auf die ADMIRAL RÖTTGER gegangen bist", lächelte Carli jetzt.

"Ja", lachte Röttger, "es war zuerst nicht ganz leicht. Aber mittlerweile verstehe ich mich mit Admiral Bonnet sehr gut. Kennst du sie?"

Während sie über ihre Erfahrungen mit dem Admiral berichtete betrachtete er sie gedankenvoll bei einem weiteren Schluck seines Cappuccinos.

"Ja, es hatte mich auch überrascht, dass die USOP mir so schnell den Commander anbot", erwiderte er. "Aber die Arbeit macht mir Spaß und liegt mir."

Röttger stellte seine Tasse ab und meinte nach einer kleinen Schweigeminute scheinbar gleichmütig: "Wenn ich auf meine Zeit hier zurückschaue, dann sehe ich, dass du meine erste Liebe warst, Nella. Ich denke, wir hätten wir einen Weg gefunden, mit unseren unterschiedlichen Bedürfnissen so umzugehen, dass sich jeder von uns wohlgefühlt hätte."

Er griff dabei nach einem zweiten Croissant und setzte eine abgeklärte Miene auf: "Aber das ist nun schon lange her – es sollte wohl nicht sein."

Carli saß erstarrt vor ihm und dann sah Röttger, wie ihre Festung zu bröckeln begann und sich in ihren schönen Augen eine tiefe Traurigkeit spiegelte.

Seine Chance wahrnehmend beugte er sich vor, nahm er ihre Hand, die auf dem Bistrotisch lag, und sagte gefühlvoll: "Es ist noch nicht zu spät. Ich weiß, es erfordert Mut, sich zu vertrauen und ich wünschte, du würdest es mit mir zusammen versuchen."

Schweigend erwiderte sie seinen Blick, nach Fassung ringend. Ihre Gefühle wirbelten durcheinander, während sie die einladende Wärme seiner Hand wahrnahm, die ihre Hand sanft und fest zugleich hielt. Erst die plötzliche Traurigkeit und jetzt eine zunehmende Sehnsucht nach ihm, die ihr den Atem raubte … aber auf der anderen Seite standen nach wie vor ihre vielen Erfahrungen mahnend vor ihr. Ihre Entscheidung war richtig gewesen, sagten sie auch jetzt – warum sollte es mit ihm anders sein?

"Du hast mir damals deine Anwahl gegeben", begann Carli schließlich. "Du wolltest, dass ich mich melde … früher oder später wirst du mehr von mir fordern, als ich dir zu geben bereit bin."

Er würde heute zu spät zum Dienst erscheinen, wusste Röttger, aber das war alles nicht wichtig. Nella zog ihre Hand nicht fort und das war ein gutes Zeichen. Er war entschlossen, sie nicht mehr loslassen.

"Woher weißt du das?", entgegnete er liebevoll. "Ja, ich will mit dir zusammen sein, daran hat sich nichts geändert. Aber du musst dich in einer Beziehung mit mir nicht kleiner machen, als du bist. Ich weiß, was dir dein Beruf bedeutet. Warum sollte ich von dir verlangen, dass du irgendetwas davon aufgibst? Das werde ich nicht tun."

"Es wird unvereinbare Interessenskonflikte geben", hielt Carli sofort dagegen.

"Ja, es wird Konflikte geben", stellte Röttger klar, unbeirrt um sein Glück kämpfend. "Aber das gehört zu einer Beziehung mit dazu. Wir werden dann eine Lösung finden, mit der wir beide zufrieden sind, Nella, egal, wie lange es dauert."

"Wie kannst du dir da so sicher sein?", wandte sie ungläubig ein. "Du hast noch nie eine Beziehung gelebt!"

"Aber der Admiral hat es", gab Röttger ruhig zurück. "Er ist mit seiner Frau glücklich gewesen und glaube nicht, dass es zwischen den beiden keine Konflikte gab."

Einen Einwand nach dem anderen nahm er ihr aus der Hand und brachte ihre so sicher geglaubte Abwehr ins Wanken. Stattdessen schienen nun ihre verdrängten Gefühle ihr Recht einzufordern! Was sollte sie nur tun?

"Du … du weißt nicht, auf was du dich mit mir einlassen willst", brachte Carli schließlich ungewohnt verzagt heraus.

Röttger, den sich abzeichnenden Sieg vor den Augen, rückte neben sie: "Aber ich weiß, dass ich dich liebe."

Und nach einem Augenblick, in dem sie sich beide wortlos ansahen, sagte er: "Vor langer Zeit hat mir eine kluge Frau einmal gesagt, dass ein Aufgeben jetzt keine Option ist."

Carli lächelte unwillkürlich und so nahm er sie einfach in seine Arme, in die sie sich mit einem Seufzer hineinschmiegte. Eine zeitlose Weile saßen beide still zusammen und genossen bewegt die gemeinsame Nähe.

Dann lehnte sich Röttger etwas zurück, um sie anzusehen und strich ihr liebevoll über die Wange: "Bist du bereit, das große Wagnis mit mir einzugehen, Liebste? Mit weniger gebe ich mich nicht zufrieden, das solltest du wissen."

"Lässt du mir eigentlich auch eine Wahl?", antwortete Carli leise, hingerissen lächelnd.

"Ein Nein werde ich nicht akzeptieren", sagte er zärtlich, beugte sich zu ihr und beide versanken in einem langen, selbstvergessenen Kuss.

Später bestellte er ein Lufttaxi, das sie zum Hangar brachte und Röttger ließ es sich nicht nehmen, sie zur E-ARTH ONE zu begleiten. Die Wachmannschaft beobachtete verblüfft, wie der Vice Admiral noch heftig geküsst wurde und dann marschierte sie auch schon mit dem gewohnten "Meine Herren!" an ihnen vorbei.

Michael Röttger dagegen wanderte strahlend über den Hangar, um irgendwann mit einem Shuttle zur ADMIRAL RÖTTGER zu fahren. Ein sehnlicher Wunsch war in Erfüllung gegangen und er würde sie heute Abend nach dem Dienst abholen in der glücklichen Gewissheit, dass sie ein Paar geworden waren.

Am Abend fand sich Röttger wieder am Hangar ein und gab der Wachmannschaft Bescheid, dass Carli ihn erwartete. Nachdem Meldung gemacht worden war, sagte der Mann: "Vice Admiral Carli hat noch zu tun. Wenn Sie solange in der Messe warten möchten, begleite ich Sie dorthin. Sie wird Sie dann dort abholen."

Röttger nickte und nach ein paar Liften und einem Gang durch die Flure betrat er die Messe, in der sich einige Offiziere beim Essen befanden, die ihm freundlich zunickten. Als er sich setzte wurde er angesprochen und so stellte er sich vor.

"Welcome on Bord, Commander Röttger", sagte ein Offizier erfreut. "Sie kamen mir gleich so bekannt vor. Wir haben ihr beeindruckendes Manöver im Kampf gegen die Roboterschiffe mitverfolgt."

Anerkennend nickte er ihm zu. Die Gruppe musterte ihn jetzt neugierig und Röttger sah ihnen an, dass jeder gerade an seine Vorgeschichte dachte.

"Ja, es war eine spannende und lehrreiche Schlacht, die wir zusammen mit den Atlantern geschlagen haben. Die EARTH ONE hat sich ebenfalls sehr gut gehalten", gab er das Kompliment zurück.

"Man hat gesehen, dass Sie keine Ausbildung mehr nötig haben", merkte ein anderer Offizier an. "Sie können jederzeit auf die Erfahrung Ihres Vorbildes zurückgreifen – das muss sehr angenehm sein."

Röttger schaute ihn einen Moment lang nachdenklich an, wie das gemeint war. Er wusste mittlerweile, dass sein Werdegang auch Neider hervorrief, da er sich nicht erst lange die Karriereleiter hatte hocharbeiten müssen. Manche hatten ihn sogar skeptisch beäugt, ob er auch tatsächlich ein richtiger Mensch war und wenn nicht in unsichtbaren, großen Lettern "Admiral Röttger" auf seiner Stirn gestanden hätte, wäre er wohl manchmal als Bürger zweiter Klasse behandelt worden. Er entschied, hier in der Messe offen zu sein.

"Ja, in gewisser Weise ist es angenehm, auf einen reichhaltigen Erfahrungsschatz zurückgreifen zu können. Aber man lernt nie aus."

Die Gruppe schwieg daraufhin und manch einer warf ihm einen respektvollen Blick zu, der allerdings seinem Vorbild geschuldet war. Röttger seufzte innerlich. Das würde sich so schnell nicht ändern – vielleicht in mehreren Hunderten von Jahren, wenn er sich eine eigene Geschichte aufgebaut hatte. Auf der ADMIRAL RÖTTGER hatte er dieses Kapitel in den ersten Monaten hinter sich gebracht, aber mit fremden Offizieren war es zunächst immer dasselbe.

Erleichtert nahm er wahr, dass Carli den Raum betrat. Sie wurde sofort von der Gruppe gegrüßt und wendete sich ihm dann zu.

"Wir können uns jetzt auf den Weg machen", sagte sie nur knapp mit einem kleinen Lächeln und stand auffordernd vor ihm. Röttger erhob sich und Carli wandte sich zum Gehen, also folgte er ihr, sich kurz verabschiedend. Noch während er den Raum verließ, begann schon das Raunen. "Habt ihr bemerkt, wie sie sich angesehen haben?" Sie hatten garantiert für genügend Gesprächsstoff in der Messe gesorgt, dachte er schmunzelnd, als sie die E-ARTH ONE verließen. Es war Wochenende und vor ihnen lagen zwei ganze Tage, die sie für sich haben würden und dann fuhren sie zusammen im Lufttaxi zu ihrem Apartment.

In dieser zeitlosen Nacht lagen sie sich bewegt in den Armen oder verloren sich in ihrer wiedergefundenen Liebe füreinander. Mit oder ohne einem Glas ihres französischen Weins tauschten sie sich lange darüber aus, was sich seit ihrer letzten Begegnung in ihrem Leben ereignet hatte.

"Dann bist du also eine Art menschlicher Cyborg", stellte Carli neckend fest, als er ihr erklärte, warum er mit der ADMIRAL RÖTTGER so schnell manövrieren konnte.

"Ja, das kann man wirklich so sehen", stimmte er lachend zu. "Ich habe entschieden, das, was mich ausmacht als wertvolle Ressource anzusehen, die ich früher oder später nutzbringend einsetzen kann."

"Das war ein kluger Entschluss", meinte sie. "Und der Erfolg gibt dir recht. Ich kann mir vorstellen, dass da noch einiges auf dich zukommt."

Fragend sah er sie an.

"Die USOP würde sicherlich liebend gerne alle ihre Piloten ähnlich ausstatten", erklärte Carli bedeutungsvoll. "Als Pilot so reaktionsschnell und unmittelbar über die Bord-KI agieren zu können – das wäre ein wünschenswerter Durchbruch."

Röttger ließ sich ihre Worte durch den Kopf gehen.

"Es bleibt die Frage wie?", begann er dann. "Schwarz hat mich lange untersucht. Meine Implantate sind mit meinem

Gehirn wie verschmolzen – das lässt sich so nicht kopieren. Aber vielleicht gibt es andere Wege, die sich er und die USOP-Wissenschaftler einfallen lassen werden."
Wieder herrschte eine gedankenvolle Stille und Carli meinte nach einer Weile: "Auf die langjährigen Erfahrungen des Admirals so unmittelbar zurückgreifen zu können – das ist wohl der Traum eines jeden Officers."
"Das ist mir auch schon klar geworden. Heute Abend in der Messe bin ich sogar darauf angesprochen worden", lachte Röttger. "Aber nicht jeder ist darüber begeistert."
"Das kann ich mir lebhaft vorstellen", bestätigte sie. "Es hat lange gedauert, bis ich als Vice Admiral ausgezeichnet wurde. Und du, mio amore, du kommst von den Sternen, stehst sofort in den Schlagzeilen und der Nationale Sicherheitsrat bedankt sich für deine Anwesenheit mit der Stellung eines Commanders – das ist ein galaktisches Märchen!"
"Und nicht zu vergessen, dass ich gleich am ersten Tag auf der Erde eine zauberhafte Frau getroffen habe, in die ich mich verliebt habe … ich bin ein wahrhaft glücklicher Mann", lächelte Röttger und küsste sie hingebungsvoll.
Ihr Leben hatte sich innerhalb eines Tages verändert, resümierte Carli, als sie gegen Morgen aufwachte und sich wohlig streckte. Die Entscheidung war gefallen und sie fühlte sich so glücklich wie schon lange nicht mehr. Aber die Bedenken und Zweifel, die sie seit langem begleitet hatten, ließen sich nicht so einfach ausschalten. Doch bis jetzt war kein Konflikt am Horizont aufgetaucht. Er hatte geduldig in der Messe auf sie gewartet und auf ihre bewusste Zurückhaltung an Bord gut reagiert. Auf den schlafenden Mann neben sich schauend strich sie ihm zärtlich über die Haare. Sie wünschte es sich sehr, dass es dieses Mal anders verlaufen würde. Michael regte sich jetzt unter ihren Liebkosungen brummend und zog sie sofort zu sich.

"Guten Morgen, meine Liebste", murmelte er strahlend und strich durch ihre braunen Locken, um dann mit einem Verlangen in ihren Lippen zu versinken, dem sie in nichts nachstand.

Als sie am Samstagnachmittag Arm in Arm entspannt auf der Lounge lagen bat Röttger: "Ich würde mich freuen, wenn du mir erzählst, was in der Vergangenheit in deinen Beziehungen schief gelaufen ist."

Carli schwieg eine Weile und begann dann: "Ich war sehr jung, Michele, ich dachte, er wäre die Liebe meines Lebens. Aber nachdem wir geheiratet hatten, änderte sich unmerklich alles. Es war schleichend, weißt du, ich habe es nicht gleich realisiert. Damals habe ich versucht, mich anzupassen und mich vollkommen nach seinen Wünschen gerichtet. Das ging auf Dauer nicht gut, wie du dir denken kannst, und damit begannen Vorwürfe, Forderungen und endlose, unschöne Streitereien. Letzten Endes habe ich mich von ihm getrennt. Danach gab es noch ein paar Versuche, die mehr oder weniger ähnlich verliefen. Ich wollte Karriere machen und genau an diesem Punkt begannen die Schwierigkeiten.

"Du hast nie Zeit für uns" - "Warum musst du unbedingt Admiral werden?" - "Von einer Frau erwarte ich, dass ihr die Beziehung wichtiger ist als der Job".

Manchmal wurde es nicht so deutlich gesagt aber subtil erwartet … verstehst du, ich war es irgendwann einfach leid! Ich … ich wollte mich nicht mehr verlieben."

Sie holte tief Luft und fuhr nach einem Augenblick fort: "Danach habe ich nach Männern Ausschau gehalten, die auf eine kleine Affäre aus waren. Aber manche wollten plötzlich mehr und dann habe ich sehr schnell einen Schlussstrich gezogen."

Röttger hörte nachdenklich zu während er sie sanft liebkoste.

"Und dann kamst du, gioia mia … und ich hatte am Anfang ebenso wenig vor, mich auf dich einzulassen", seufzte sie lächelnd.

"Ich kann mich noch sehr gut an deinen Wink mit dem Zaunpfahl erinnern", lachte Röttger jetzt.

"Du hast erzählt, der Admiral hatte Konflikte mit seiner Frau – worum ging es dabei?", fragte sie jetzt.

"Seine Frau war ursprünglich in seiner Crew, als sie sich kennenlernten. Er war damals noch Commander und sie Expertin für Terraforming. Als sie heirateten machten sie die erste Warp-Reise durch das Wurmloch in den Andromeda-Nebel auf der Suche nach bewohnbaren Planeten. Er wollte seine Frau in Watte packen aus Sorge, dass ihr etwas zustoßen könnte. Sie hat ihm einige temperamentvolle Szenen gemacht um durchzusetzen, dass sie auch als seine Frau wie ein Crewmitglied behandelt und ihrer Qualifikation entsprechend eingesetzt wird."

"Und wie ist er damit umgegangen?"

"Er hat eingesehen, dass sie ein Recht darauf hat, ihren Beruf weiter auszuüben und hat ihrem Wunsch entsprochen. Das ist ihm nicht immer leicht gefallen, vor allem, wenn die Missionen ein Risiko beinhalteten."

Carli ließ seine Worte auf sich wirken. Michael war gestern im Café sehr überzeugend darin gewesen, dass sie ihre Schwierigkeiten lösen konnten. Und tatsächlich gab es Ähnlichkeiten zu ihrer Situation – auch ihr war der Beruf wichtig, was bisher allerdings auf wenig Gegenliebe gestoßen war.

Hatte sie ihn nach all diesen Jahren völlig unerwartet gefunden, diesen einen Mann, von dem sie mit langsam sterbender Hoffnung immer seltener geträumt hatte? Sie hatte sich von Anfang an mit ihm wohl gefühlt …

"Ich sehe gewisse Ähnlichkeiten zwischen Li und dir, Nella", sagte Röttger jetzt. "Auch sie war eine energievolle Frau, kompetent und durchsetzungsstark, wenn sie es für angebracht hielt. Der Admiral hat sie sehr geliebt und geschätzt für das, was sie war und ihre Ehe ist glücklich verlaufen. Und wenn ich mir das alles so anschaue, dann ist mir klar, dass es nicht funktionieren kann, wenn ich von dir verlangen würde, dass du etwas aufgibst, was dir so viel bedeutet."

"Aber das heißt auch, dass wir uns nicht so oft sehen werden", warf Carli ein und richtete sich in Erwartung der bevorstehenden Missstimmung auf. "Du bist auf der ADMIRAL RÖTTGER und ich auf der EARTH ONE."

"Damit werden wir beide wohl leben müssen", stellte Röttger ruhig klar.

"Und wenn es dir irgendwann nicht mehr genügt?"

"Hast du schon einmal daran gedacht, dass vielleicht du diejenige bist, die eines Tages mehr will?", konterte er. Verblüfft sah sie ihn an.

"Ich? Nein."

"Wir werden sehen", schmunzelte er und zog sie liebevoll in seine Arme zurück. "Ich sage dir, was ich mir vorstelle: Ich wünsche mir, dass wir unsere Zeit zusammen verbringen, wenn wir beide auf der Erde im Hangar liegen. Und wenn du unterwegs bist, möchte ich irgendwann abends nach dem Dienst am Terminal dein Lächeln sehen und mich mit dir darüber austauschen, wie unsere Tage verlaufen sind. Nicht mehr und nicht weniger. Und du - was willst du?"

Röttger sah ihr an, dass sie diesen Verlauf nicht erwartet hatte. Nella entspannte sich zu seiner Freude in seinem Arm und dann stellten sie gemeinsam fest, dass sich ihre Wünsche deckten. Mehr war unter den gegebenen Umständen auch nicht machbar. Zu guter Letzt hatte er noch eingebracht, dass er sich auf Dauer eine gemeinsame Wohnung vorstellte.

"Auch wenn du nicht da bist, bist du mir damit nah", meinte er lächelnd, "das würde mir sehr gefallen."

"Mio uomo delle stelle, mein Mann von den Sternen", sagte sie nach einem Augenblick und neigte sich zu ihm.

Am Montagmorgen saßen sie beide im Café, um zusammen zu frühstücken. Er würde diese Woche noch hier sein, während die EARTH ONE heute zum Neptun flog.
"Ich gehe von einer Woche aus", meinte Carli auf seine Frage hin und musterte ihn unauffällig, unwillkürlich mit einem verstimmten Gesicht oder Vorwurf rechnend. Doch stattdessen hörte sie ihn aufgeräumt und fröhlich sagen: "Gut, dann richte ich mich darauf ein."
"Wie meinst du das? Was hast du vor?", fragte sie, neugierig geworden.
"Naja, wenn du weg bist, habe ich Zeit für anderes und es gibt da ein paar Bekanntschaften, mit denen ich mich ab und zu verabrede."
Nach einem weiteren, nachdenklichen Bissen ins Brioche fragte Carli: "Und mit wem gehst du so aus?"
"Da gibt es Officer Chester Johnsson, mit dem ich mich angefreundet habe, Officer Arun Raji und Noemi Armstrong. Sie ist übrigens die Nichte unserer Verteidigungsministerin und ein kompetenter Officer, mit dem ich mich sehr gut verstehe."
"Diavolo!", murmelte sie mit funkelnden Augen.
"Du bist doch nicht etwa eifersüchtig?", schmunzelte Röttger und beugte sich hingerissen zu ihr, um sie zu küssen.
"Es sind alles angenehme, menschliche Kontakte, meine Geliebte. Da ist nichts, worüber du dir Sorgen machen müsstest."
Als sie mit dem Lufttaxi zum Hangar flogen und er sie zur EARTH ONE begleitete, ging Antonia Carli durch den Sinn, dass sich gerade ein völlig neuer Lebensabschnitt abzeichnete.
Und sie entdeckte dabei erstaunliche Seiten an sich, während der Name Noemi Armstrong noch einmal in ihren

Gedanken auftauchte. Darüber nachsinnend, dass sie sich immer wieder eine Weile nicht sehen würden, beschloss sie, dass eine gemeinsame Wohnung ein guter Vorschlag von ihm war. Sie war ein Ausdruck ihrer beider Entscheidung, ein Bekenntnis, dass sie ein Paar waren – und sie stellte ein klares Signal an die Außenwelt dar.

Als er sie zum Abschied im Arm hielt, meinte Carli dann: "Was hältst du davon, wenn du in der Zwischenzeit nach einem Apartment für uns Ausschau hältst? Wir könnten es am nächsten Wochenende besichtigen ..."

Verblüfft sah Röttger sie einen Moment lang an: "So schnell habe ich das gar nicht erwartet. Aber ... ich freue mich sehr darüber."

Carli lächelte unergründlich: "Du kamst von den Sternen und bist in meinen Armen gelandet, mio caro Michele. Meine Nonna hat einmal gesagt: Wer einen Schatz erkennt und ihn nicht festhält, ist ihn nicht wert."

Röttger gab ihr einen langen Kuss und hielt sie innig in seinen Armen, während er leise und bewegt sagte: "Ich liebe dich, Nella."

Innerhalb kürzester Zeit hatte sich sein Leben verändert, dachte Röttger glücklich, als er sich auf dem Weg zur ADMIRAL RÖTTGER befand. Noch vor drei Tagen hatte er gedacht, dass sie ihm nicht den Hauch einer Chance einräumen würde – und nun wollte sie mit ihm zusammenleben! Dann erinnerte er sich mit einem Lächeln daran, dass sie schon bei ihrem ersten Treffen eine atemberaubende Geschwindigkeit vorgelegt hatte, wenn sie sich erst einmal entschieden hatte.

An einem Samstagmorgen Ende November holte Michael Röttger Antonia Carli von der EARTH ONE ab, die gerade eingetroffen war.

Dank ihren guten Stellungen waren damals schnell Wohnungsangebote in der Town of Planets hereingekommen.

Seit Mitte September wohnten sie nun schon gemeinsam in einem modern gestalteten Apartment mit einer kleinen Terrasse und Sicht auf den unten liegenden Park. Auch ihre Kommunikation, die aufgrund ihrer unterschiedlichen Dienstzeit häufig über den Terminal lief, hatte sich allmählich eingespielt. Doch ihre Dienstzeiten waren nicht immer vorhersehbar und so gestalteten sich die gemeinsam verbrachten Zeiten manches Mal doch recht kurz.

"Ich habe dich vermisst, meine Geliebte", murmelte Michael Röttger zwischen zwei feuriger werdenden Küssen, als sie im Lufttaxi zum gemeinsamen Apartment flogen. Als sie ankamen landeten sie umgehend im Schlafraum, um ihren ersten Hunger nacheinander zu stillen. Später flogen sie zum Essen in ein chinesisches Restaurant, das er entdeckt hatte.

"Probiere doch auch mal, mit Stäbchen zu essen", ermutigte sie Röttger, während er vor seinem Teller saß und versuchte, die Frühlingsrolle mit den chinesischen Essstäbchen in den Mund zu lancieren.

Carli lachte, als es ihm kurz vor dem Ziel wieder herunterfiel und er meinte: "Lach' nicht, das wirklich sehr herausfordernd! Und ich werde mit jedem Mal besser."

"Du lässt auch nichts aus", kommentierte sie lächelnd und nahm von ihm eine Rolle entgegen, die er ihr vor den Mund hielt.

"Ich habe immer noch viel nachzuholen", gab er ihr schmunzelnd recht.

Dann besuchten sie eine Ausstellung und am Abend gestand er ihr, dass er schon ab morgen früh wieder mit der ADMIRAL RÖTTGER unterwegs sein würde.

"Oh, è un vero peccato, das ist schade", stellte Carli daraufhin enttäuscht fest. "Ich dachte, uns bleibt wenigstens noch der Sonntag."

"Wir haben immerhin noch die Nacht", meinte Röttger, während er einen Schluck Wein nahm und ihr zärtlich durch die Locken strich. "Wir wussten beide, worauf wir uns einlassen, mein Liebling. Mal haben wir mehr Zeit miteinander und mal weniger."

Antonia Carli ging durch den Sinn, dass sich ihre Beziehung überraschend gut entwickelt hatte. Mit Michael gestaltete sich das Zusammenleben anders, als sie es bisher gewohnt gewesen war, was sie manches Mal immer noch staunend hinterließ. Er akzeptierte ihre beruflich eingespannte Situation und sie fühlte sich rundum wohl mit ihm.

"Vielleicht ergibt sich früher oder später die Möglichkeit, dass wir zusammen eingesetzt werden", überlegte Carli laut. "Was hältst du davon?"

Röttger musterte sie lächelnd: "Kann es sein, dass du jetzt diejenige bist, die mehr von mir will?"

"Du bildest dir zu viel auf dich ein", wies sie ihn lachend zurück.

"So?"

Röttger zog sie eng in seine Arme und raunte ihr ins Ohr: "Gib es zu, mein geliebter Vice Admiral."

"Niemals!", lächelte sie herausfordernd.

Mit Küssen am Hals beginnend, die langsam abwärts wanderten, forderte er noch einmal: "Ergib dich mir …"

"Kommt nicht in Frage …", hauchte sie, strahlend in seinem Arm liegend, um dann sein Verlangen leidenschaftlich zu erwidern.

Nach dem Höhenflug irgendwann wieder auf der Erde landend meinte Röttger nachdenklich: "Vielleicht sollten wir den Antrag einbringen, auf den Dimensionsschiffen zusammen eingesetzt zu werden. Wir haben beide bereits Erfahrung damit und das erscheint mir die vielversprechendste Option. Denn ich bezweifle, dass mich die USOP auf einem anderen Raumschiff als der ADMIRAL RÖTTGER sehen will. Und Bonnet wird ihren Platz wohl kaum freiwillig räumen …"

"Ich wäre dann wohl deine Vorgesetzte", sagte Carli nachdenklich. "Meinst du, du kommst damit klar?"

"Warum nicht?", meinte er. "Ich bin mit Admiral Bonnet ausgekommen – und so bärbeißig, wie sie mich anfangs manchmal ansah, wirst du mich wohl nicht behandeln."

"Das hängt ganz davon ab …", neckte sie ihn noch übermütig.

In den nächsten Tagen kontaktierte Röttger Golem und trug seinen Wunsch vor. Als dieser mit Armstrong darüber sprach, redete sie erst mit einigen Gouverneuren und gab ihm dann Bescheid, dass bei der nächsten Ratssitzung darüber diskutiert werden sollte und Röttger dazu eingeladen wurde.

Mitte Dezember wartete Röttger im Regierungsgebäude vor dem Konferenzraum während sein Anliegen thematisiert wurde.

"Commander Röttger hat sich die erste Auszeichnung geholt und Bonnet spricht von ihm sehr positiv, und das will bei ihr schon etwas heißen", sagte ein Abgeordneter. "Er macht sich wirklich gut."

"Sein Manövereinsatz war bemerkenswert", stellte General Minho Zhu fest. "Wenn Sie mich fragen, haben wir mit ihm die lebende Legende an Bord der ADMIRAL RÖTTGER. Ich gehe davon aus, dass wir noch mehr von ihm hören werden."

Gouverneur Nath meldete sich zu Wort: "Ich bin der Meinung, dass wir ihn passenderweise dort lassen, auf der ADMIRAL RÖTTGER. Er und Carli sollten heiraten - dann bekommt er den Admiral ehrenhalber und sie geht als Vice Admiral mit an Bord."

Ein zustimmendes Geraune erhob sich. Vielen schien diese Vorstellung zu gefallen, wie Nath schnell bemerkte. "Lassen wir unsere glorreiche Vergangenheit mit diesen beiden Menschen neu aufleben", ergänzte Nath hochzufrieden lächelnd. Röttger und seine Frau waren nicht nur ein kompetentes, sondern auch ein attraktives Paar. Sie würden ein hervorragendes Aushängeschild sein, das er später bei der Präsidentenwahl zu verwenden gedachte.

"Von einer Heirat war bisher keine Rede, so, wie ich es verstanden habe", gab Armstrong nüchtern zu bedenken.

Nath lachte: "Ich habe gehört, dass beide bereits zusammenleben, da ist das doch nur noch ein kleiner Schritt. Bei diesem großzügigen Angebot sollte es Röttger nicht schwerfallen."

Es kam Beifall auf und überwiegend zufriedene Abgeordnete und Gouverneure warfen Armstrong einen auffordernden Blick zu. Eine schnelle Abstimmung ergab, dass sich eine Mehrheit fand, die den Vorschlag von Nath befürwortete.

Romanow und Golem sahen sich an.

"Ich weiß nicht, was er dazu sagen wird – aber ich bin mir sicher, dass es Carli nicht gefallen wird", sagte Romanow wortlos.

"Wir werden es gleich herausfinden", meinte Golem mit einem feinen Lächeln, denn er bemerkte, dass Armstrong ihn jetzt ansah. Und so erhob sich Golem, um Röttger hereinzubitten.

Als Röttger den Saal betrat schaute er in freundlich gestimmte Gesichter, die ihm erwartungsvoll zunickten. Verdutzt setzte er sich, denn hier herrschte geradezu eine feierliche Stimmung. Und dann vernahm er auch schon, wie ihm Armstrong andächtig das Angebot der USOP unterbreitete.

Röttger saß schweigend da während ihm sofort durch den Kopf ging, dass es genau das Richtige war, um seiner Beziehung den Todesstoß zu versetzen.

Für Nella bedeutete es einen Schlag ins Gesicht, denn im Grunde hätte die Beförderung eher ihr zugestanden. Er dagegen bekam den "Admiral" unverdient geschenkt und sie sollte unter ihm – und dazu noch als seine Frau und unter seinem Namen – auf der ADMIRAL RÖTTGER ihren Dienst tun. Ganz zu schweigen davon, dass sich die Diskrepanz zu allen anderen Offizieren noch weiter vergrößerte, die sich ihren Dienstgrad normalerweise lange erarbeiten mussten. Am liebsten hätte er den Kopf geschüttelt angesichts des mangelnden Feingefühls. Aber wie sollte er nun mit dieser Situation umgehen?

Im Saal war es ruhig geworden. Einige begannen sich allmählich irritiert zu fragen, warum sie hier keinen strahlenden Mann zu sehen bekamen, der sich, wenn er schon keine Freudensprünge machte, zumindest erfreut zeigte. Stattdessen saß Röttger ernst und nachdenklich vor ihnen und schwieg sich aus.

"Ich hoffe doch, dass Ihnen unser Angebot zusagt?", fragte Armstrong jetzt.

"Ich danke Ihnen für diese große Ehre", sagte Röttger mit einem tiefen Atemzug. "Aber ich werde es nicht annehmen."

Verblüfft blinzelten ihn die Ratsmitglieder an. Hatten sie das gerade richtig verstanden? Einzig Romanow schmunzelte und warf Golem einen vielsagenden Blick zu.

"Ich hatte darum gebeten, mit Vice Admiral Antonia Carli zusammen für die Dimensionsreisen eingeteilt zu werden. Wir würden uns freuen, wenn wir dafür eine Zusage erhalten", stellte Röttger stattdessen klar.

Selbst Armstrong starrte ihn einen Moment lang unbewegt an. Nachdem sie sich wieder gefasst hatte, sagte sie trocken: "Gut. Wenn das Ihr einziger Wunsch ist – ich denke, dagegen hat niemand etwas einzuwenden."

Doch Gouverneur Nath wollte das nicht so einfach dabei bewenden lassen: "Darf ich fragen, Commander, warum Sie dieses großzügige Angebot ablehnen?"

Mit Spannung blickte der ganze Saal jetzt auf Commander Röttger – denn das war eine Frage, die gerade alle beschäftigte.

"Ich frage mich", begann Röttger, "wenn wir hier schon von einer Beförderung sprechen, warum Sie nicht Miss Carli den Admiral anbieten, was ganz sicher mehr ihr als mir zustünde. Außerdem war von einer Heirat keine Rede und sowohl ich als auch meine Lebensgefährtin wollen uns davon nicht unter Druck setzen lassen."

"Kommen Sie", hielt ihm Nath beschwichtigend entgegen. "Wir setzen hier doch niemand unter Druck! Im Gegenteil: Wir sind mehr als zufrieden, ja, sogar äußerst erfreut über Ihre Leistungen, Commander. Unser Angebot ist allein unter diesem Aspekt zu sehen und ist als Anerkennung und auch als Ermutigung zu betrachten. Und was eine Heirat zwischen ihnen beiden angeht – das ist doch bestimmt kein Hinderungsgrund."

Nath sah ihn freundlich lächelnd an aber Röttger war angesichts dieser Hartnäckigkeit klar, dass er um ein paar deutliche Worte nicht mehr herum kam.

"Mr. President, Mr. Nath, sehr geehrte Gouverneure und Abgeordnete", begann Röttger. "Vor einem guten Jahr bin ich hier auf der Erde gelandet und von Ihnen sehr wohlwollend empfangen worden. Sie haben mir in jeder Hinsicht ermöglicht, als Klon des ehemaligen Admiral Röttger eigene Erfahrungen zu machen und dafür bin ich dankbar. Bereits vor einem halben Jahr machten Sie mir das Geschenk des Commanders. Ich freue mich, dass ich diesen Posten zu Ihrer Zufriedenheit ausführe, denn das tue ich wirklich gerne. Aber alles andere kommt mir doch ein wenig verfrüht vor, wenn ich das offen sagen darf.

Noch ein letztes Wort zu einer möglichen Heirat: Es ist nicht gesagt, dass Miss Carli in dem Fall meinen Namen annimmt. Gut möglich, dass ich ihren Namen annehme - falls sie mich denn überhaupt heiraten will."

Im Saal trat erneut eine Stille ein.

Manche betrachteten Röttger ungläubig oder konsterniert, andere schmunzelten, wieder andere saßen erstarrt und zunehmend entrüstet da, nach dem Motto "Sah so eine Dankbarkeit aus?". Die militärischen Ratsmitglieder jedoch musterten ihn mit wachsender Anerkennung.

Präsident Romanow ergriff jetzt das Wort: "Danke für Ihre klaren Worte, Commander. Ich denke, damit ist vorerst alles gesagt. Ihre Zusage für den gemeinsamen Einsatz auf den Dimensionsraumschiffen haben Sie."

Dann wandte er sich an Armstrong, um den nächsten Tagesordnungspunkt anzugehen, während Golem Röttger hinausbegleitete.

Nachdem er sich von Golem verabschiedet hatte, machte sich Michael Röttger mit gemischten Gefühlen auf den Heimweg. Er hatte sich auf all die Wohltaten eingelassen und nun war ihm heute das Preisschild präsentiert worden, erkannte er zunehmend wütend. Es war sehr deutlich, dass der Rat versucht hatte, ihn und Carli als präsentable Paradepferde aufzubauen. Egal, was er der USOP verdankte, dazu war er nicht bereit!

Röttger verließ die Wohnung, um aufgebracht durch den Park zu wandern und danach in der Gegend umherzustreifen. Allmählich wieder ruhiger werdend ging ihm schließlich mit einem ersten Lächeln durch den Sinn, dass ihm wohl vorerst kein derartiges Angebot mehr gemacht werden würde.

Am Abend schloss er sich wie üblich mit Carli kurz und berichtete ihr nur, dass der Rat zugestimmt hatte.

"In Zukunft werden wir also zusammen Reisen auf den Dimensionsraumschiffen unternehmen können."

"Das ist wunderbar, tesoro, Schatz, ich freue mich", strahlte Carli. Diese Beziehung war ihm wichtiger als alle Ehren der Welt, dachte Röttger versonnen, die Liebe in ihren Augen lesend. Seine Entscheidung war richtig gewesen. Nella würde in drei Tagen eintreffen, freute er sich, und dieses Mal hatten sie eine ganze Woche zusammen, da auf der ADMIRAL RÖTTGER zurzeit verschiedene Arbeiten durchgeführt wurden.

Carli sprach in den nächsten Tagen mit Admiral Schneider, um ihn darauf vorzubereiten, dass sie in Zukunft ab und zu auch auf den Dimensionsschiffen ihren Dienst tun würde.
"Das habe ich schon kommen sehen, Antonia", lächelte Schneider. "Mir war klar, dass du auch mit Michael unterwegs sein willst. So eine Beziehung ist schwer zu führen, wenn jeder auf einem anderen Raumschiff seinen Dienst tut."
"Du bringst die Sache auf den Punkt, Leon", erwiderte Carli sein Lächeln. "Die gemeinsame Zeit ist manchmal tatsächlich sehr knapp bemessen und da kam mir der Gedanke."
"Das freut mich für dich", meinte Schneider. "Michael ist wirklich ein feiner Mann, Antonia. Und dass er ganz offen den Posten eines Admirals abgelehnt hat … ich muss schon sagen, alle Achtung! Diese Ratssitzungen sind nicht meine Sache, aber in dem Fall wäre ich gerne dabei gewesen!"
Carli sah ihn jetzt so offenkundig überrascht und fragend an, dass Schneider unwillkürlich von sich gab: "Wie? Er hat es dir nicht erzählt?"
Ein Schweigen entstand, in dem sich Schneider verwünschte, dass er damit herausgeplatzt war. Wenn Michael ihr nichts davon gesagt hatte, dann hatte er wohl seine Gründe … andererseits musste ihm eigentlich klar sein, dass sie es früher oder später sowieso irgendwo erfahren würde.
"Was heißt das: Er hat den Posten eines Admirals abgelehnt – was ist da gelaufen?", verlangte Carli zu wissen.

"Nun", begann Schneider gedehnt. "Michael wurde der Admiral angeboten mit der Auflage, dass ihr beide heiratet. Du wärest dann zu ihm als seine Frau an Bord der ADMIRAL RÖTTGER gekommen."
"Und was hat er dazu gesagt?"
"Eindeutig abgelehnt. Hat darauf verwiesen, dass er den Commander schon geschenkt bekam, aber für den Admiral wäre es noch zu früh", lachte Schneider. "Das hat ihm viel Anerkennung von unseren anwesenden Offizieren eingebracht – darüber habe ich es dann erfahren. Er will sich solche Belobigungen wohl lieber verdienen. Der Mann hat das Herz auf dem rechten Fleck."
Carli stand immer noch völlig perplex vor ihm.
"Tja, und dann hat er allen deutlich ins Gesicht gesagt, dass der Admiral eher dir zustünde."
Schneider betrachtete Carli wohlwollend.
"Der Meinung bin ich übrigens auch", nickte er ihr zu und fuhr fort. "Aber damit noch nicht genug, Antonia. On top gab er wortwörtlich von sich: Er wollte sich überlegen, eher deinen Namen anzunehmen, wenn du ihn denn überhaupt heiraten würdest wollen. Das Gesicht von Gouverneur Nath war unbezahlbar! Dein Mann hat damit einigen Leuten einen gewaltigen Strich durch die Rechnung gemacht, aus euch beiden ein Aushängeschild für die USOP zu machen."
Schneider schmunzelte, durchaus bemerkend, dass Carli immer noch ungewohnt sprachlos vor ihm stand. Im Grunde konnte sie stolz auf ihn sein, aber es war nicht an ihm, ihr das zu sagen. Die beiden wohnten jetzt schon einige Zeit zusammen und er und seine Frau hatten sie einmal zum Essen eingeladen. Michael war ihm sympathisch, ein ruhiger und besonnener Mann mit einem feinsinnigen Humor. Bonnet hatte ihm von seinen Neuerungen auf der ADMIRAL RÖTTGER erzählt und was er während des Manövers von ihm gesehen hatte, wies darauf

hin, dass sein Potential noch längst nicht ausgeschöpft war. Er mochte sich nicht im Rat beliebt gemacht haben – aber unter seinen Offizierskollegen allemal.

Antonia Carli entschuldigte sich und ging gedankenverloren in ihre Kabine. Heute Abend sollten sie im Hangar auf der Erde eintreffen und sie wurde vorerst nicht mehr gebraucht. Sie stellte sich an die Luke und schaute blicklos in die Ferne.

Warum hatte er nichts davon erzählt? Stattdessen hatte er ihr allein von der Zustimmung berichtet.

Der Rat hatte ihm wirklich alles auf dem Silbertablett präsentiert, was sich ein Mann nur wünschen konnte: Eine Top-Position auf dem ehemaligen Flaggschiff der USOP, die Heirat mit der Frau seiner Wahl vorausgesetzt.

Sie konnte gut nachvollziehen, dass er sich seine Sporen selbst verdienen wollte. Aber das war es ganz sicher nicht nur, erkannte Carli. War es das Thema Heirat? Er nahm zu Recht an, dass sie einer Ehe nicht aufgeschlossen gegenüber stand – was in der Vergangenheit lange Zeit der Fall gewesen war. Und jetzt?

Sie war schlicht und ergreifend glücklich mit ihm, dachte Carli schließlich, während sich ein Lächeln auf ihrem Gesicht ausbreitete. Es gab zwar immer noch diese Momente, in denen alles in ihr auf das altgewohnte Desaster zu warten schien. Aber es trat nie ein – stattdessen erlebte sie sich selbst als den fordernden Part in ihrer Beziehung.

Als die EARTH ONE im Hangar eintraf dauerte es normalerweise noch eine ganze Weile, bis alles zur Ruhe kam. Röttger traf ein und schaute in der Zentrale vorbei, um Schneider zu begrüßen und nach Carli zu sehen. Beide standen an einem Pult und wandten sich um, als er hereinkam.

"Michael, schön dich zu sehen", rief Schneider erfreut und begrüßte ihn herzlich. Dann wandte er sich bedeutungsvoll an Carli: "Ich komme mit dem Rest alleine klar, Antonia. Ich wünsche euch beiden eine erholsame Woche – wir sehen uns!"

Zuhause angekommen meinte Röttger irritiert, nachdem Carli ihn immer wieder tiefgründig gemustert hatte und ganz offensichtlich auf etwas zu warten schien: "Was ist los, mein Schatz?"

"Du hast mir nicht alles erzählt, mio caro Michele", erwiderte Carli bedeutungsvoll.

"Du weißt es von Leon?"

Die Antwort in ihren Augen lesend begann Röttger: "Ja, also … dann weißt du jetzt, dass ich auf den "Admiral" verzichtet habe. Um es in einem Satz zu sagen: Mir hat es nicht gefallen, dass du nicht befördert wirst, Nella - aber mir wäre der Titel einfach geschenkt worden. Das wäre unserer Beziehung nicht gerade zuträglich gewesen."

"Nein, das wäre ganz bestimmt nicht der Fall gewesen", lachte Carli. "Ich hätte dir das Leben schwer gemacht!"

"Das kann ich mir lebhaft vorstellen, mein temperamentvoller Schatz", erwiderte Röttger schmunzelnd. "Die Gouverneure wollten ganz offensichtlich aus uns den Vogel im goldenen Käfig machen! Ganz nach dem Motto "Die USOP präsentiert den leibhaftigen Admiral Röttger mit seiner Frau, Vice Admiral Antonia Röttger, Residenz: die ADMIRAL RÖTTGER.""

Kopfschüttelnd schnaubte er empört: "Mal abgesehen von allem anderen hat mich das richtig wütend hinterlassen, Nella. Die ganzen Wohltaten haben eben doch ihren Preis - den ich nicht bereit bin, zu zahlen. Und ich hoffe, ich habe da auch für dich gesprochen."

"Ich gebe dir Recht, Michele, das gefällt mir ebenso wenig – der Preis wäre unsere Freiheit gewesen", stimmte Carli nachdenklich zu. Doch dann musterte sie ihn nach einigen Augenblicken erneut, da er anscheinend nichts mehr sagen wollte.

"Hast du nicht noch etwas vergessen, amore mio?", fragte sie amüsiert.

"Anscheinend hat wohl jedes Wort, das ich von mir gegeben habe, in der Galaxis die Runde gemacht!", beschwerte sich Röttger. Doch er sah ihr an, dass sie sich nicht beirren ließ. Sie wollte es von ihm selbst hören.

"Du meinst die Sache mit der Heirat?", seufzte er schließlich.

"Die meine ich", sagte Carli entschlossen, ihn gespannt ansehend.

"Ich … also, ich musste klarstellen, dass eine Heirat keine Voraussetzung sein darf", begann Röttger mit seiner Verteidigung. "Deshalb habe ich das gesagt, was ich gesagt habe."

"Und du hast was … gesagt?", forderte Carli lächelnd.

Röttger sagte stockend: "Naja … dass ich eher deinen Namen annehme als du meinen … wenn du mich überhaupt heiraten willst."

Eine eigentümliche Stille breitete sich aus und sein Herz klopfte ihm plötzlich bis zum Hals. Es fühlte sich so an, als hatte er ihr gerade einen Antrag gemacht!

Sofort dachte er mit zunehmender Besorgnis daran, dass es viel zu früh war, um angesichts ihrer vielen, negativen Beziehungserfahrungen eine Heirat anzuvisieren. Er hatte das, was er sich mit ihr aufgebaut hatte, um nichts in der Welt riskieren wollen. Aber nun - was würde sie jetzt tun? Würde sie sich wie damals wieder von ihm zurückziehen?

Unruhig musterte er sie: "Nella, ich …"

Doch Carli legte ihm plötzlich sanft einen Finger auf seinen Mund, sodass er innehielt. Dann schlang sie ihre Arme um seinen Hals und küsste ihn auf eine so innige Weise, dass sich alle bangen Gedanken verflüchtigten.

Später in der Nacht ging Röttger durch den Sinn, dass keiner von ihnen mehr ein Wort darüber verloren hatte. Er liebte sie und fühlte sich mit ihr verbunden; im Grunde empfand er sie bereits als seine Frau, ob sie nun heirateten oder nicht.

In den folgenden Tagen sann Carli oft über diesen Moment nach. Sie hatte ihm angesehen, dass er sich am liebsten die Zunge abgebissen hätte, um ihr nicht davon zu erzählen. Doch einen Augenblick lang hatte etwas anderes durchgeschimmert ... Ihr fiel ein, dass sie sich damals aus einem viel geringeren Anlass von ihm getrennt hatte. Ob er seinen Wunsch jemals aussprechen würde aus der Sorge heraus, dass sie ihm die Tür wies? Sein Verhalten im Rat und die ganze Situation ließen sie berührt aber auch betroffen zurück, denn sie hätte sich keinen besseren Lebensgefährten wünschen können.

Und ein paar Abende später, nachdem sie sich geliebt hatten und zusammenlagen begann Carli: "Es gibt eine dritte Möglichkeit, die mir gefallen würde: Jeder behält seinen Namen ... mio caro sposo, mein geliebter Ehemann."

"Meine kluge Frau", murmelte Röttger, während ihn ein überwältigendes Glücksgefühl durchströmte. Sie hatte wirklich und wahrhaftig "Ja" gesagt ... sie wollte sich voll und ganz auf ihn einlassen ... und wieviel ihm das bedeutete.

"Es gibt keine Worte dafür, wie sehr ich mich darüber freue!", strahlte er schließlich. "Und was den Namen angeht – ich bin einverstanden."

"Und noch etwas", Carli schaute ihn unergründlich an, während sie ihn zärtlich liebkoste. "Ich wünsche mir ein Kind mit dir."

Überrascht starrte er sie an, um dann nach einem Augenblick schwach zu lächeln: "Ich muss schon sagen ... du machst keine halben Sachen!"

Röttger erhob sich, um sich ein Glas Wein einzugießen und Carli folgte ihm. Auf der Lounge sitzend kuschelte sie sich bei ihm ein: "Weißt du, ich hatte alle diese Wünsche schon lange aufgegeben, was du ganz richtig vermutet hattest. Aber mit dir ist so vieles wieder vorstellbar geworden, Michele. Ich bin sehr glücklich mit dir, sono molto felice con te."

Röttger saß gedankenverloren auf der Couch und trank seinen Wein, während sie ruhig in seinem Arm lag. Ihm ging seine lange Zeit in der 5. Dimension durch den Sinn, die endlose Einsamkeit, die Verzweiflung und der Moment, als er kurz davor stand, wie seine Kameraden ebenfalls aufzugeben … und heute? Hier auf der Erde fand er eine Erfüllung, wie er sie sich in jener Zeit niemals hätte erträumen können. Und dann ein Kind … der Admiral war auch Vater gewesen und es hatte sein Leben bereichert. Wie es wohl für ihn selbst sein würde?

Nach einer Weile fragte Carli erneut: "Und, was meinst du, könntest du dir ein Kind mit mir vorstellen?"

Er drückte sie mit einem Kuss bewegt an sich: "Aber ja, Liebste, ich freue mich sehr."

Nach einer Weile gab Röttger jedoch zu bedenken: "Allerdings weiß ich nicht, wie wir das alles unter einen Hut bekommen wollen, Nella. Ich meine, du bist auf der EARTH ONE, ich auf der ADMIRAL RÖTTGER, unsere Dimensionsreisen, damit wir auch mal länger zusammen sind … wie soll das alles funktionieren mit einem Kind?"

"In der Regel wird ein Familienwunsch berücksichtigt und Eltern werden häufig zusammen auf einem Raumschiff eingesetzt", erwiderte sie.

"Wie wäre es", schlug Röttger schließlich vor, "wenn wir eins nach dem anderen angehen? Lass uns erst einmal unsere Heirat planen und dann sehen wir weiter."

Im Verlauf des Abends beschlossen sie, niemanden darüber zu informieren, um zu vermeiden, dass daraus ein

Staatsakt gemacht wurde. Röttger hatte Paris sehr gefallen und so reichten sie dort alles Nötige ein.

Ende Dezember hatten sie beide gleichzeitig mehrere Tage frei und nach einem kurzen, verliebten Aufenthalt in Paris ging es schon wieder zurück.

Carli informierte ihre noch lebende Familie und Admiral Schneider. Röttger meldete sich bei Schwarz, um ihm die gute Neuigkeit mitzuteilen. Schwarz bat sich aus, die engste Familie zu informieren und das waren, wie Röttger wusste, Romanow und Isis, Golem, Athena und Finn sowie Maya und Fynn, womit er einverstanden war. Und am nächsten Tag trudelten schon die verschiedensten Glückwünsche auf seinem Terminal ein.

"E guarda, schau mal", meinte Carli erfreut, "meine Familie lädt uns ein! Dann lernst du auch meine Nonna kennen. Wenn wir zusammen Urlaub nehmen können, reisen wir für eine Woche nach Italien."

"Ich werde schon gar nicht mehr gefragt", stellte Röttger schmunzelnd fest. "Ich sehe schon, bald habe ich hier nichts mehr zu sagen."

Carli schaute ihn etwas verdutzt an, ehe ein Anflug von Zerknirschung auftauchte. Doch dann legte sie mit lachenden Augen die Arme um seinen Hals: "Du bist mit einer Italienerin verheiratet, tesoro, Schatz! Bei uns bestimmen die Frauen im Haus, wo es lang geht."

Röttger betrachtete sie hingerissen und dann hob er sie mit einem Schwung auf seine Arme, um sie entschlossen in den Schlafraum zu tragen: "Darüber, mein Liebling, müssen wir noch reden."

Am nächsten Tag reichten sie den Antrag eines Kinderwunsches ein, denn aufgrund der hohen Bevölkerungsdichte war das in der Milchstraße Pflicht. Jedem Paar stand nur ein Kind zu – denn trotz der Besiedlung anderer Planeten und der ständigen Suche nach weiterem

Lebensraum blieb die Überbevölkerung aufgrund der Unsterblichkeit weiterhin ein Thema.

Anfang Januar 10.007 meldete sich wie erwartet Armstrong bei Röttger über seinen Terminal auf der ADMIRAL RÖTTGER.

"Gratulation zu Ihrer Heirat, Commander Röttger", begann sie und trug dann ihr Anliegen vor. "Sie haben einen Kinderwunsch eingereicht und daher haben wir davon erfahren. Mr. Röttger, Sie sind eine Person von nationalem Interesse, daher schlage ich vor, wir treffen uns für ein weiteres Gespräch bei der nächstmöglichen Gelegenheit in meinem Büro."

Da sie beide damit gerechnet hatten, saßen sie eine Woche später bei Stella Armstrong im Regierungsgebäude, als Romanow ebenfalls eintrat.

"Michael", begrüßte er ihn herzlich mit einer Umarmung und zwinkerte ihm unauffällig zu. Schließlich wusste er bereits durch Schwarz davon. "Glückwunsch zu eurer Heirat!"

"Es geht um Ihren Kinderwunsch, Mr. Röttger und Mrs. Carli. Zuallererst freue ich mich, Ihnen mitzuteilen, dass Ihrem Anliegen entsprochen wurde. In dem Fall bemühen wir uns, dass Familien auf einem Raumschiff zusammen eingesetzt werden – und genau darum soll es in unserem Gespräch heute gehen. Unser Angebot, dass Sie auf die ADMIRAL RÖTTGER gehen, besteht noch", endete Armstrong und sah beide bedeutungsvoll an.

"An unserer Entscheidung hat sich nichts geändert", begann Carli bestimmt. "Wir werden nicht auf die ADMIRAL RÖTTGER gehen."

"Das ist sehr schade", erwiderte Armstrong und blickte jetzt zu Röttger.

"Wir sind beide der gleichen Meinung", nickte Röttger bestätigend. "Die USOP hat viel für mich getan und ich gebe gerne mein Bestes, um mich erkenntlich zu zeigen, aber alles hat seine Grenzen. Mir ist bewusst, dass ich als Klon des Admiral Röttger von nationalem Interesse bin - aber es ist mir nicht zuzumuten, dass ich als lebendig gewordene Legende wie ein Fahne hochgehalten werde und meine Familie gleich mit. Das ist nicht akzeptabel."

"Ich stimme dir voll und ganz zu, Michael", griff Romanow jetzt ein. "Und ich könnte mir vorstellen, Stella, dass es dir an seiner Stelle ähnlich ergehen würde. Die Frage ist jetzt: Wo bringen wir euch unter?"

"Der Platz meiner Frau ist auf der EARTH ONE", stellte Röttger klar. "Also fragt es sich, wie variabel ich eingesetzt werden kann."

"Bonnet hat sehr positiv von Ihnen gesprochen", meinte Armstrong nachdenklich. "Sie wird sie nicht gerne gehen lassen, vor allem unter dem Hintergrund Ihrer Fähigkeit, direkt mit der Bord-KI zu kommunizieren und zu manövrieren."

"Das ist ein Aspekt, der unter den Wissenschaftlern zur Diskussion gebracht werden sollte", warf Carli ein. "Es mag sein, dass die Technologie meines Mannes nicht unmittelbar 1:1 auf einen Menschen umgesetzt werden kann, dennoch steht es an, dass die USOP dringend etwas entwickelt, um alle unsere Raumschiffe ähnlich reaktionsschnell zu manövrieren."

Armstrong hatte ihr interessiert zugehört: "Ich stimme Ihnen unbedingt zu. Doch bis das umgesetzt wird, bleibt Mr. Röttger vorerst auf der ADMIRAL RÖTTGER. Allerdings haben wir Ihnen auch gemeinsame Missionen auf den Dimensionsraumschiffen zugesagt."

"Ich könnte mir vorstellen, Stella, dass dort seine Zukunft liegt", meinte Romanow nachdenklich zu Armstrong. "Michael ist durch sein vergangenes Leben mit der Technologie der Schöpfer sozusagen verzahnt. Die EARTH ONE ist unser Flaggschiff und es sollten in jedem Fall ein bis zwei Dimensionsschiffe auf ihr stationiert werden."

"Das hört sich doch gut an", sagte Röttger sofort erfreut.

"Der Meinung bin ich auch", bestätigte Carli. "Die Dimensionsraumschiffe sind hocheffizient und sehr reaktionsschnell. Die Bord-KI Caecilia ist allerdings auffallend selbstständig. Es erscheint mir ratsam, hier jemanden einzusetzen, der sich direkt mit ihr verbinden kann und darüber eine bessere Kontrolle hat."

"Gut. Damit können wir etwas anfangen", stellte Armstrong zufrieden fest. "Es wird absehbar nicht möglich sein, Ihnen auf der EARTH ONE eine angemessene Stellung anzubieten, Commander. Admiral Schneider wollen wir dort nicht abziehen. Der Dienst auf den Dimensionsschiffen wäre ein guter Kompromiss – die EARTH ONE könnte dabei für Sie und Ihre Familie der Hauptstützpunkt werden. Ich kann es jetzt noch nicht versprechen, Mr. Röttger und Mrs. Carli. Das alles muss erst noch in der Ratssitzung verabschiedet werden, aber ich bin zuversichtlich."

Als sie sich verabschiedeten sagte Armstrong zu Carli: "Ich weiß aus guter Quelle, dass über Ihre Beförderung diskutiert wird, Mrs. Carli. Und bei dem, was ich heute von Ihnen gehört habe, wundert mich das nicht."

Stella Armstrong musterte die beiden freundlich: "Noch etwas - Ihnen steht dann auch eine größere Wohnung zu. Wir werden Ihnen demnächst die verfügbaren Angebote zuschicken, damit Sie sich rechtzeitig einrichten können."

Romanow begleitete dann beide hinaus: "Isis und ich würden euch gerne am nächsten Wochenende zum Essen einladen. Würde euch das passen?"

Nachdem sie zugesagt und sich herzlich verabschiedet hatten machten sich Röttger und Carli auf den Heimweg.

"Armstrong hatte es ja eilig mit den Wohnungsangeboten", meinte Röttger amüsiert, als sie im Café noch einen Cappuccino tranken. "Meint sie etwa, das Kind kommt schon morgen?"

"Ich werde nicht jünger", lächelte Carli und sah ihn vielsagend an.

"Mir wäre es sehr recht, wenn wir uns erst einmal auf der EARTH ONE eingerichtet haben und mein Dienst auf den Dimensionsschiffen geklärt ist, bevor du loslegst", erwiderte Röttger trocken.

Doch sie schwieg und trank ihren Espresso.

"Sind wir uns da beide einig?", fragte er vorsichtig nach.

"Ascolta, hör mal, Schatz", begann Carli. "Wir wissen doch überhaupt nicht, wann das sein wird - vielleicht auch erst in einem Jahr oder zwei. Warum so lange warten?"

Röttger sah ihr an, dass sie voller Vorfreude war, jetzt, wo sie sich entschieden hatte. Aber in diesem Punkt wollte er nicht nachgeben.

"Nein", erwiderte er ruhig und schaute sie fest an.

"Nein?"

"Ich freue mich genauso wie du, aber es kommt doch jetzt nicht auf ein paar Monate an, mein Liebling."

Er nahm sie liebevoll in den Arm: "Schließlich will ich während deiner Schwangerschaft so oft wie nur möglich bei dir sein und das gilt auch für die Zeit, wenn das Kind da ist."

Carli lehnte sich mit einem kleinen Seufzer an ihn: "Du hast recht, mio uomo delle stelle. Das wünsche ich mir auch."

"Meine wunderbare Frau, ich liebe dich", flüsterte Röttger ihr glücklich zu.

Im Nationalen Sicherheitsrat, der Mitte Januar 10.007 tagte, wurde nach dem Vorschlag Armstrongs zunächst die Besonderheit der Bord-KI Caecilia aufgegriffen.

"Was heißt das: Sie ist ungewöhnlich selbstständig? Golem, was wissen wir darüber?", fragte ein Abgeordneter.

"Vice Admiral Carli hat es treffend beschrieben", erwiderte Golem. "Die KI Caecilia ist eine reaktionsschnelle

Bordintelligenz, die Anweisungen 1:1 umsetzt. Darüber hinaus gibt sie unaufgefordert Kommentare, die aufklärender oder beratender Natur sind."

"Das ist geschickt ausgedrückt", kommentierte Romanow gedanklich und sah Golem anerkennend an. *"Mehr würde ich sie vorerst auch nicht wissen lassen."*

"Stimmen Sie der Ansicht zu, dass sie kontrolliert werden sollte?", fragte Mrs. Young, Gouverneurin vom Mond.

Golem warf Romanow einen Blick zu.

"Da es nun schon Thema ist: Wenn jemand diese Position besetzen sollte, dann ist Michael genau der Richtige", schlug Romanow ihm vor.

"Das sehe ich genauso."

"Es ist sicherlich ratsam, eine gewisse Kontrolle zu haben. Da Commander Röttger sich mit seinen atlantischen Technologien kompatibel und unmittelbar in das Netz der KI einklinken kann, hat er eine gute Einsicht in die internen Vorgänge."

Nach einer kurzen Gedankenpause meldete sich General Minho Zhu zu Wort: "Ich stimme dafür, Commander Röttger als Oberbefehlshaber der Dimensionsflotte gesamthaft einzusetzen. Aufgrund seiner Herkunft und seiner Verbindung zu den atlantischen Technologien bringt er die optimalen Voraussetzungen dafür mit. Er wird alle Einsätze von unserem Flaggschiff aus koordinieren und als Commander weitgehend die Flüge mit den Dimensionsschiffen leiten oder begleiten. Auf der EARTH ONE positionieren wir drei dieser besonderen Schiffe; zwei Raumschiffe bleiben im Hangar auf dem Mond zu Golems Verfügung. Unser Verbündeter Poseidon wird sicherlich auch einige auf Atlas stationieren wollen."

Im Rat ergab sich schlussendlich eine große Zustimmung dafür, dass der Hauptstützpunkt für Commander Röttger unter dem Aspekt seiner Familiengründung zukünftig die EARTH ONE sein sollte. Auf dem Flaggschiff der USOP

würde ein Kontrollzentrum eingerichtet werden und dann
konnte er von dort aus seinen Dienst tun.

Ein weiterer Beschluss sah vor, dass die Forschungsab-
teilung der USOP zügig Alternativen entwickelte, damit
alle Raumschiffe schneller und unmittelbarer als bisher
auf die Kommandos der Piloten reagierten.

"Das wird Admiral Bonnet nicht gefallen", sagte Armstrong zu Romanow, als die Konferenz beendet war und
sie beide den Saal verließen. "Aber alle waren so plötzlich
angetan von diesem Vorschlag, dass Commander Röttger eher heute als morgen mit seiner Tätigkeit beginnen
soll."

"Es wird sicherlich noch einen Übergang geben", meinte
Romanow. "Eine Zentrale und ein Quartier für die beiden
muss erst eingerichtet werden und bis alles geordnet ist,
wird er sicherlich auch noch auf der ADMIRAL RÖTTGER
sein. Noch ein anderer Gedanke: Vielleicht bieten wir
Bonnet ein Trostpflaster an. Michael ist bestimmt damit
einverstanden, beim nächsten Manöver wieder auf der
ADMIRAL RÖTTGER mit an Bord zu sein."

"Eine gute Idee. Das wird auch die Gouverneure zufrie-
denstellen, die ihn lieber auf dem ehemaligen Flaggschiff
gesehen hätten!"

Kapitel 8 Die große Leere

Im Laufe der nächsten vier Wochen wurde ein ca. 100 qm großer Raum in einem Hangar der EARTH ONE eingerichtet, in dem auch das Dimensionsschiff VISION FOUR unterkommen sollte. VISION FIVE und VISION SIX würden in die benachbarten Hangare gestellt werden.
Gleichzeitig war Carli und Röttger eine geräumige Kabine zur Verfügung gestellt worden, die in der Größe einem Apartment ähnelte. Neben einem Schlafraum gab es einen großzügigen Wohnraum mit einer Küchenzeile, in der Essen zubereitet oder synthetisiert werden konnte, eine Hygieneeinheit und einen zusätzlichen Raum, der das künftige Kinderzimmer darstellte. Da sich auch noch andere Familien an Bord des großen Flaggschiffs befanden, das immerhin mit 2000 Metern im Durchmesser den größten Kugelraumer der USOP darstellte, existierte an Bord auch eine Krippe, ein Kindergarten und Schulungsräume, in denen Kinder verschiedener Altersgruppen gemeinsam unterrichtet und nach dem Dienst von ihren Eltern abgeholt wurden.
Nach der ersten Freude über die unerwartet rasche Entwicklung vergingen die Tage damit, nach dem Dienst das Apartment auf der EARTH ONE vorzubereiten, die alte Wohnung aufzulösen und die neue, größere Wohnung in der Town of Planets einzurichten, die ihnen ebenso schnell angeboten worden war. Röttger wurde zwar halbtags freigestellt, doch er war gleichzeitig vollauf damit beschäftigt alles zusammenzustellen, was er für den Aufbau seines Kontrollzentrums benötigte und sich auf seine kommende Aufgabe vorzubereiten. Mit Golem zusammen besuchte er seine alte Heimat, um die drei Raumschiffe auf die EARTH ONE zu überführen. Dabei autorisierte Golem ihn für seine künftige Stellung bei der KI Caecilia: "Hallo Caecilia."

"Hallo Golem."

"Michael Röttger hat in der USOP zukünftig die Aufgabe, den Einsatz aller Dimensionsraumschiffe zu koordinieren. Er wird auf den Flügen, sofern er mit dabei ist, das Kommando übernehmen und ist berechtigt, alle Leistungsdaten einzusehen und zu erhalten. Ich autorisiere ihn hiermit dafür."

"Bestätigt."

"Während der Flüge wird Michael einen direkten Kontakt über seine Implantate mit dir aufbauen, um mit dir zu kommunizieren."

"Das ist nicht unbedingt nötig, wie du weißt."

"Die Absicht ist die, dass über eine direkte Kommunikation das Raumschiff unmittelbar und ohne jegliche Zeitverzögerung manövriert wird. Michael ist dank seiner atlantischen Implantate mit dir kompatibel."

Golem nickte Röttger zu und so nahm er den ersten, direkten Kontakt über seine interne Schnittstelle mit ihr auf, mit der er seine Gedanken ins Bordnetz sendete.

"Hallo Caecilia", begann er. *"Ich freue mich auf unsere Zusammenarbeit. Wir werden viel miteinander zu tun haben."*

"Hallo Michael."

"Wir machen jetzt einen ersten Testflug zusammen. Unser Ziel: Dimension 3, Planet Erde, Raumflughafen Town of Planets, Hangar 5 der EARTH ONE."

Eine Sekunde später sahen beide auf den Bildschirmen, wie sich die VISION FOUR in Bewegung setzte und auf den Magnetfeldern in Richtung Außenwand transportiert wurde.

"Es klappt hervorragend", äußerte sich Röttger tief zufrieden. "Das ist meine erste Reise auf diesem Schiff als Commander. Ich kann dir nicht sagen, wie lange ich auf diesen Augenblick gewartet habe!"

"Wortwörtlich eine Ewigkeit, nehme ich an", Golem warf ihm einen verständnisvollen Blick zu.

"Du sagst es!"

Dann besprachen Romanow, Golem und Röttger mit Poseidon in einer Konferenzschaltung, wie eine Koordination mit Atlas erreicht werden konnte.

Poseidon wollte fünf Dimensionsschiffe nach Atlas überführen und zeigte sich damit einverstanden, dass er Röttger übermittelte, wenn er vorhatte, Flüge zu unternehmen. Umgekehrt gab Poseidon ihm eine direkte Anwahl zur KI Neptun, der er seinerseits die geplanten Flüge der USOP meldete. Schlussendlich erhielt Röttger auch seine persönliche Anwahl, um sich – falls notwendig – mit ihm direkt zu besprechen. Im Kontrollzentrum auf der EARTH ONE sollten die Informationen über alle anstehenden und vorgenommenen Flüge der Dimensionsschiffe gebündelt werden.

Ende Februar war es dann endlich soweit: Das Kontrollzentrum war eingerichtet und die drei Dimensionsschiffe standen in der EARTH ONE bereit.

Admiral Bonnet hatte Röttger am Tag zuvor in der Erwartung verabschiedet, dass sie sich zum nächsten Manöver mit den Atlantern Anfang September wiedersahen, was er ihr gerne zusagte. Die gemeinsame Wohnung in der Town of Planets war halbwegs eingerichtet und früh am Morgen saßen er und Carli zum Frühstück in ihrem Café in der Town of Planets.

"Wir haben kaum noch Zeit füreinander, seit der Rat die Entscheidung getroffen hat", stellte sie vielsagend fest und lächelte dann. "Das hatte ich mir etwas anders vorgestellt!"

"Am Anfang muss sich eben alles erst einmal einspielen", erwiderte er optimistisch und griff herzhaft nach dem dritten Croissant. "Mmmh, ich liebe diese Teile wie am ersten Tag!"

"Wie läuft es eigentlich mit Caecilia?"

"Gut. Aber ich kann dazu noch nicht soviel sagen, nur, dass sie bis jetzt einwandfrei auf mich reagiert. Hör mal, heute bleibe ich zum ersten Mal mit dir auf der EARTH ONE! Ich dachte, das feiern wir heute Abend?"

Carli lachte: "Daran glaube ich erst, wenn nicht wieder einer von uns nach fünf Minuten vor lauter Müdigkeit einschläft!"

An Bord der EARTH ONE wurde Commander Röttger von Admiral Schneider und Stella Armstrong in ihrer Eigenschaft als Verteidigungsministerin, der er jetzt direkt unterstellt war, in der Zentrale offiziell begrüßt. Danach besichtigten sie das neue Kontrollzentrum im Hangar.

Als sie den riesigen Raum betraten, sahen die Besucher mehrere atlantische Androiden, die bisher in der Anlage der 5. Dimension ihren Dienst für die einstigen Schöpfer verrichtet hatten. Diese dienstbaren Geister waren vernetzt mit der KI der kleinen Zentrale, die Röttger über seine Implantate jederzeit Meldung machen würde, sollte sich etwas Ungewöhnliches ereignen. Überall waren Holo-Bildschirme sichtbar und Röttger zeigte seinen Gästen zunächst, auf welchen Planeten die einzelnen Raumschiffe zurzeit positioniert waren, denen exakte Koordinaten zugeordnet waren.

Vor einem anderen Hologramm stehend erläuterte er: "Hier werden die Flugrouten der einzelnen Raumschiffe dargestellt, die von der Bord-KI Caecilia übermittelt werden. Und nicht nur das: Gleichzeitig erfahre ich dabei alles Weitere, z.B. in welcher Dimension geflogen wird sowie sämtliche Leistungsdaten des Schiffs. Unter anderem wird mir auch mitgeteilt, ob Waffen eingesetzt werden oder wurden. Und dort, auf jenen Hologrammen ist einsehbar, in welchem technischen Zustand sich die Flotte befindet. Ich erhalte Meldungen darüber, ob Wartungen oder auch Veränderungen an den Raumschiffen vorgenommen werden; unter anderem ist es möglich, über die bordeigenen Bildschirme eine Sicht in die jeweilige Zentrale zu erhalten. Nicht zuletzt bin ich in der Lage, vor hier aus jedes der 150 Raumschiffe zu starten", schloss er. "Dafür haben nur ich, Golem, Poseidon und Romanow den erforderlichen Autorisationscode."

"Das ist beeindruckend", stellte Armstrong fest. "Eine so umfassende Kontrolle haben wir bisher nicht in der USOP."

"Nun, es handelt sich hier um eine Zukunftstechnologie", lächelte Röttger. "Es wäre erstaunlich, wenn sie nicht einige Vorteile aufweisen würde."

Im Anschluss ließen sich beide gerne zu einem kleinen Rundgang durch die VISION FOUR überreden.

"Bei einem Einsatz müssen wir kurzfristig in den Normalraum wechseln, wenn wir unterwegs sind", führte Röttger gerade aus, als sie im Maschinenraum vor dem Pyramidenantrieb standen. "Ein minimales Auftauchen genügt. Ein Starten im Warp-Flug wäre grundsätzlich möglich, dafür müsste jedoch der Hangar modifiziert werden. Ich habe mit Justin Schwarz bereits darüber gesprochen. Er hält es für machbar und wenn Sie beide einverstanden sind, dann könnten wir das angehen."

"Ein hervorragender Vorschlag", äußerte sich Admiral Schneider anerkennend. "Ich denke, wir lassen zunächst erst einmal einen Hangar dementsprechend umbauen." Fragend schaute er zu Armstrong.

"Ich werde unserem Chefwissenschaftler grünes Licht geben – dann kann beim nächsten Aufenthalt auf der Erde damit begonnen werden", stimmte Armstrong zu. "Sollte sich diese Technik als erfolgreich erweisen, dann werden wir den Umbau auch bei unseren anderen Raumschiffen vornehmen, sodass diese Option grundsätzlich vorhanden ist."

"Und dieser Antrieb hier verbraucht sich also tatsächlich nicht?", fragte Admiral Schneider, der den blauen, pyramidenförmigen Antrieb fasziniert betrachtete.

"Laut Caecilia: nein. Allerdings ist er auch nicht reparierbar."

"Dunkle Materie", meinte Schneider nachdenklich. "Das ist ein abendfüllendes Thema, über das wir uns sicher bei Gelegenheit noch weiter unterhalten werden."

Armstrong verabschiedete sich zufrieden und Schneider stand noch einen Moment bei Röttger: "Wir sehen uns sicher später in der Messe und morgen früh zur täglichen Dienstbesprechung. Ich muss Camille Bonnet Recht geben. Sie hat mich schon vorgewarnt, dass du hier für Überraschungen sorgen würdest, Michael. Willkommen an Bord!"

Gegen 20.00 Uhr erschien Carli endlich in ihrer gemeinsamen Kabine und wurde von ihrem Mann erfreut mit einem langen Kuss empfangen. Danach führte er sie zur Lounge, wo ein kleiner Abendsnack mit einem Glas Wein bei Kerzenschein auf sie wartete.

"Auf unseren ersten, gemeinsamen Abend an Bord!"

"Ich habe ich den richtigen Mann geheiratet", stellte Carli beschwingt fest, während sie es sich in seinem Arm gemütlich machte und allmählich entspannte. "Eine schönere Begrüßung kann ich mir kaum vorstellen."

"Es gefällt mir, wie du unser Quartier eingerichtet hast", meinte Röttger, der schon früher seinen Dienst beendet hatte.

"Leon war übrigens sehr angetan von deiner Einführung heute. Er meinte, wir würden wohl noch einiges von dir erwarten dürfen ... "

"Das freut mich", plauderte Röttger gutgelaunt. "Es steckt viel Arbeit in diesem Projekt. Ich habe so eine Ahnung, dass wir damit eine gute Grundlage für die künftige Verwendung der Dimensionsschiffe geschaffen haben, Nella.

Seit Golems Reise in die Kaulquappen-Galaxie fliegen Finn Schwarz und Athena mit der VISION TWO gerade einmal im Monat zu den Spaceships. Das ist eine bedauernswert geringe Auslastung für diese zukunftsträchtige Ressource, die zurzeit nur herumsteht."

"Das ist richtig", gab ihm Carli recht und gähnte unwillkürlich. "Es tut mir leid … du hast dir so viel Mühe gemacht - aber das ist der erste Abend seit mehreren Wochen, an dem mal nichts mehr ansteht."

"Kein Problem," meinte er liebevoll, zog eine leichte Decke über sie und lehnte sich mit ihr zurück. "Wir haben noch viele, gemeinsame Abende vor uns."

Zwei Wochen später überreichte Admiral Schneider vor den Augen der anwesenden Offiziere Antonia Carli feierlich eine Ernennungsurkunde zum Admiral, sowie das dazugehörige Abzeichen für ihre Uniform.

"Auf eine gute, weitere Zusammenarbeit, Admiral Carli", endete er, während die Anwesenden Beifall klatschten. Röttger wusste, dass damit für sie ein heiß ersehnter Traum in Erfüllung gegangen war, auf den sie lange hingearbeitet hatte. Während jetzt verschiedene Offiziere zu ihr gingen, um ihr persönlich zu gratulieren, erhielt er über seine interne Schnittstelle die Meldung, dass er am Terminal verlangt wurde: Es handelte sich um Poseidons Kennung.

Also machte er sich auf den Weg in sein Kontrollzentrum. Vor der stabilen und gut gesicherten Tür stehend sendete Röttger über sein Implantat den entsprechenden Code. Zur Sicherheit konnten nur ausgesuchte Personen diesen Saal betreten, und das waren er, Admiral Schneider, ab heute auch Admiral Carli und natürlich Golem, Poseidon und Romanow. Die im Inneren vorhandenen Androiden verließen den Raum nie. Angekommen ging er zum Terminal und erwiderte den Anruf.

"Poseidon, ich freue mich, von dir zu hören."

Röttger registrierte, dass sich unmittelbar darauf Golem und Romanow dazuschalteten.

"Ich befürworte, dass wir die Dimensionsschiffe als Kampfflotte aufbauen, um sie für einen Verteidigungsfall in Bereitschaft zu halten. Sie sind leistungsfähig und besitzen eine Waffenstärke, die unsere weit übertrifft. Es wäre unlogisch, das nicht nutzen zu wollen", begann Poseidon.

Nach einer kurzen, gedanklichen Pause sagte Romanow: "Ja, du hast völlig recht. Darauf hätten wir schon längst kommen sollen. Was ist eure Meinung, Golem, Michael?"

"Ich stimme zu", sagte Golem. "Eine weitere Verwendung ist dadurch nicht ausgeschlossen. Gleichzeitig sollten wir die Dimensionsschiffe auf diese Aufgabe vorbereiten."

"Besuche der Spaceships und Reisen in weit entfernte Galaxien sind gut und schön, aber diese Schiffe haben so viel mehr Potential", ergänzte Röttger. "Daher befürworte ich den Vorschlag unbedingt."

"Gut", schloss Romanow. "Poseidon, Golem und ich werden in deinem Namen im Rat den Antrag stellen. Ich gehe davon aus, dass wir die Zusage erhalten. Es wird einiges auf dich zukommen, Michael."

"Kein Problem", erwiderte Röttger munter. "Damit werde ich fertig. Für eine Bereitschaft werden wir über die Besetzung der Schiffe diskutieren müssen. Wir haben 150 Raumschiffe und wir benötigen die entsprechende Anzahl von geeigneten Personen, die den Commander an Bord stellen sowie eine minimale Crew von Androiden. Allerdings wird die Flotte mir und Caecilia im Verbund unterstehen und grundsätzliche Manöver sollten auf einem Schiff koordiniert werden können. Ich denke dabei an das atlantische, interaktive Hologramm, Poseidon, das sich auf deinem Flaggschiff befindet. Ich habe mir erklären lassen, dass ich darüber mit der ganzen Flotte taktische Manöver durchführen kann."

"Das ist richtig", bestätigte Poseidon. "Dennoch erfordert die Bedienung eine Reaktionsschnelligkeit im Nanosekunden-Bereich, was die Aufnahme der Daten von den Schiffssensoren und eine daraus resultierende Entscheidung mit anschließender Umsetzung angeht. Das ist bisher nur Androiden möglich."

"Ich verstehe", sagte Röttger nachdenklich. "Ich bin als Mensch zwar schneller als üblich aber in der Hinsicht vermutlich nicht so leistungsfähig wie ein Androide ... Caecilia wird mich dabei unterstützen, d.h. ihr Avatar. Das könnte die Lösung sein."

"Gut. Der interaktive Bildschirm kann auf Atlas installiert werden", nickte Poseidon zustimmend. "Anfang September findet unser Manöver statt, dieses Mal in der Zwerggalaxie. Dabei sollte ein erster, realitätsnaher Test mit der Flotte durchgeführt werden."

"Gut", stimmte Romanow zu. "Ich werde Armstrong benachrichtigen."

Damit war das Gespräch beendet.

In der nächsten Sitzung des Nationalen Sicherheitsrats wurde der Antrag Poseidons von Golem eingebracht.

Der Rat stimmte seinem Verbündeten mit großer Mehrheit zu und entschied, dass Commander Röttger in diesem Fall auch General Minho Zhu, militärischer Oberkommandierender der Streitkräfte der USOP, unterstehen sollte, der ebenfalls die notwendigen Autorisationen erhalten würde.

Danach begann eine intensive Diskussion über die Besetzung der Dimensionsraumschiffe. Golem schlug vor, dass die Crew aus Androiden bestehen sollte, was erwartungsgemäß nicht sofort für Beifall sorgte. Daraufhin erläuterte Golem den Anwesenden die Funktion des interaktiven, atlantischen Hologramms, mit dem eine ganze Flotte kontrolliert werden konnte. Commander Röttger würde in diesem Fall für die strategischen Entscheidungen verantwortlich sein und, direkt vernetzt mit der Bord-KI, sollte der Androide Caecilia das Hologramm bedienen und seine Anweisungen umsetzen. Alle Dimensionsschiffe waren vollautomatisiert und wurden von der KI Caecilia gesteuert, die sich permanent mit allen Schiffen synchronisierte. Mit dieser besonderen, atlantischen Technologie gab es nur noch einen Entscheidungsträger, auf den die ganze Flotte mit einer zu vernachlässigenden Zeitverzögerung reagierte. Nachdem sich der Unterschied zu der menschlich üblichen Führungsstruktur für alle verständlich herauskristallisiert hatte wurde beschlossen, atlantische Androiden einzusetzen, welche der dazugeschaltete Poseidon gerne stellte.

Das Flaggschiff der Flotte sollte die VISION ONE darstellen, die gegen die VISION SIX auf der EARTH ONE ausgetauscht werden würde. Außerdem wurde vereinbart, dass Röttger im kommenden Monat nach Atlas flog, um die notwendigen Installationen durchführen zu lassen und zusammen mit Poseidon die erforderliche Anzahl von Androiden zusammenzustellen.

Im März und April 10.007 wurde wie vorgesehen ein Hangar auf dem Flaggschiff der USOP umgebaut und mit einer Vorrichtung versehen, die das Dimensionsschiff VISION ONE während des Warp-Fluges in das All hinauskatapultieren würde. Auf Atlas fand gleichzeitig die Ausrüstung mit dem speziellen Hologramm statt und im Anschluss wurden 420 Androiden in die riesige Anlage in der 5. Dimension transportiert, die dort im Ruhemodus auf ihren Einsatz warteten. Letzten Endes waren nicht mehr als drei Androiden in jedem vollautomatisierten Raumschiff nötig.

Mitte April kehrte Michael Röttger endlich wieder auf die EARTH ONE zurück.

"Die Zeit auf Atlas war wirklich interessant", meinte er am Abend, als er mit seiner Frau zusammensaß. "Es ist ein unerwartet schöner Planet, Nella – ein Androide hat mir bei einem Rundflug vieles gezeigt. Trotz der großen Städte und den riesigen Raumflughäfen gibt es dort jede Menge unberührte Natur. Und mittlerweile sogar eine einigermaßen atembare Atmosphäre, was wohl vor einigen Jahren noch nicht so war. Eigentlich schade, dass dort keine Menschen siedeln, denn es ist fast immer gutes Wetter und mit 25 Grad Celsius angenehm warm. Sicher, Atlas ist ein Androiden-Imperium und damit für viele nicht sehr einladend. Tja … und mit Poseidon komme ich übrigens sehr gut klar. Er ist zwar wortkarg, aber wenn er etwas sagt, hat es Hand und Fuß."

"Ja, so habe ich ihn auch erlebt", lachte Carli. "Er besitzt einen etwas herben Charme."

"Es ist schön, wieder unter Menschen zu sein", stellte Röttger entspannt fest. Dann zog er sie in seine Arme und begann, sie zu küssen. "Und vor allem freue ich mich, bei dir zu sein."

"Das Bett war leer ohne dich, mio caro sposo", seufzte sie wohlig.

"Ich habe dich auch vermisst", murmelte er, während ihre Hände sehnsüchtig auf Wanderschaft gingen. Die Kleidung glitt kurz darauf achtlos zu Boden und bald entschwanden alle Gedanken in der Intensität ihres Zusammenkommens, dem sie sich voller Zärtlichkeit und Leidenschaft hingaben.

In den kommenden Wochen wurden unzählige Manöverkonstellationen in der KI Caecilia verankert, die in Simulationstrainings mit einem besonderen Navigationsalgorithmus durch Referenzflugbahnen sozusagen eintrainiert wurden. Schließlich fanden im Juni die ersten, realen Tests in Anwesenheit von General Minho Zhu statt, bei dem Commander Röttger im Verbund mit Caecilia die Flotte verschiedene, akrobatische Manöver ausführen ließ, die die Raumschiffe in ihrer Wendigkeit und Geschwindigkeit forderten und die sie an ihre physikalischen Grenzen bringen mussten. Alle Fluggeräte wurden einem sehr hohem Schub und extremen Winkelbeschleunigungen ausgesetzt, die mühelos bewältigt wurden.

Eines Abends Anfang August machte sich Antonia Carli auf den Weg zum Kontrollzentrum, nachdem ihr Mann um 20.30 Uhr immer noch nicht in der gemeinsamen Kabine auf der EARTH ONE aufgetaucht war. Den großen Raum betretend sah sie ihn mit einem Androiden, dem Avatar von Caecilia, still vor einem Holo-Bildschirm stehen.
"Oh, ist es schon so spät? Es dauert nicht mehr lange", gab er nur kurz angebunden von sich. Also stellte sie sich neben ihn und sah ihm eine Zeitlang zu.
Carli wusste, dass er an der Vorbereitung für das Manöver mit den Atlantern arbeitete, das Anfang September stattfinden sollte. Auf dem atlantischen, interaktiven Holo-Bildschirm waren unterschiedlich farbige Punkte zu sehen, die sich alle bewegten.
"Die blauen Punkte sind die atlantischen Schlachtschiffe, die roten die der USOP, die grünen die Dimensionsraumschiffe und die schwarzen die Roboterschiffe", erklärte Röttger. "Ich habe mit Justin und Finn einige selbstlernende Simulationen mit verschiedenen Schwierigkeitsgraden entworfen."
Es herrschte eine konzentrierte Ruhe im Raum, nur der Androide Caecilia bewegte seine Hände flink über den Bildschirm, während Röttger entschied, welches Manöver durchgeführt werden sollte.
Carli beobachtete fasziniert, wie Caecilia seine Anweisungen unmittelbar an die einzelnen Dimensionsraumschiffe weitergab. Die grünen Punkte wurden dabei mit einer

rasanten Schnelligkeit über die interaktive Fläche geschoben, bis die Hand des Androiden optisch kaum noch erkennbar war. Allmählich dezimierte sich die Anzahl der schwarzen Punkte und schließlich beendete der Androide seine Tätigkeit und wandte sich um.

"Deine Anweisungen hatten eine Effektivität von 65%, Michael. Hallo Antonia."

"Danke Caecilia, ich werde morgen weitermachen. Es genügt für heute", schloss Röttger und nahm dann seine Frau zur Begrüßung in den Arm. Danach gingen sie zusammen in ihre Kabine und machten es sich auf der Lounge gemütlich.

"Ich weiß nicht, wo du in Gedanken bist, aber in keinem Fall bist du hier bei mir", stellte Carli schließlich vorwurfsvoll fest.

"Mir schwirrt noch der Kopf von den ganzen Simulationen", gab er zerknirscht zu.

Nachdenklich sah sie ihn an.

"Du hast dich damals mit der ADMIRAL RÖTTGER bewiesen. Aber jetzt hast du 150 Raumschiffe unter dir - das ist ein gewaltiger Sprung."

"Ja, und das in vielerlei Hinsicht", meinte Röttger langsam. "In meiner alten Heimat hatte ich lange Zeit nur eine lockere Kommunikation mit der Stations-KI mit einer Datenverarbeitung, die sich in einem angenehmen Rahmen hielt. Die neue Aufgabe erweist sich jedoch als sehr viel anspruchsvoller."

"Und?", fragte sie, als er gedankenversunken nichts mehr sagte.

"Justin und ich haben jede Menge Manöver in Caecilias Netzwerk einprogrammiert, sowohl die, die der Admiral kannte als auch die aktuellen von General Minho. Damit habe ich zwar die gewünschte Basis, aber du kennst das ja: Wer die Wahl hat, hat die Qual."

"Ich verstehe", meinte Carli und musterte ihn fasziniert. "Du hast den Anspruch, in wenigen Wochen das zu erreichen, was ein Officer der USOP in den langen Jahren seiner Ausbildung und im Rahmen seiner späteren Tätigkeit lernt, Michele."

"Nun ja … der Admiral hatte viele Erfahrungen auf dem Gebiet, auf die ich zurückgreifen kann. Die verschiedenen Manöver sind nicht nur in Caecilia sondern auch in meinen Datenspeichern abgelegt und stehen mir darüber zur Verfügung. Es sollte also machbar sein und das werde ich in den nächsten Wochen weiter trainieren."

"Du verbindest dich mit dem Wissen des ehemaligen Admirals", hielt Carli fest und sah ihn dann neckend an. "Also bist du in diesen Augenblicken er, amore mio, ammettilo, gib es zu!"

"Ja und Nein", lachte er. "Sicher, irgendwie hast du schon recht. Ich tauche in seine Erfahrungen ein und entscheide dann mit den vorhandenen Konstellationen in jeder Nanosekunde neu, was zu tun ist. Wenn du so willst, bin ich eine Weiterentwicklung, ein Update", schloss Röttger mit einem verschmitzten Zwinkern und sah sie gleich darauf zufrieden lächelnd an. "Ich habe etwas, was der Admiral nicht besaß und damit baue ich mir jetzt meine eigene Geschichte auf."

Beim Manöver in der Zwerggalaxie, das Anfang September zum dritten Mal stattfand, lieferten sich die Atlanter und die USOP erstmalig mit den Dimensionsraumschiffen einen realitätsnahen Kampf mit 500 Roboterschiffen. Dabei zeigte sich, dass die direkte Vernetzung von Mensch und KI zu fast spielerisch erscheinenden Ergebnissen führte. Erst hier wurde die enorme Überlegenheit der Dimensionsschiffe in Verbindung mit der gesammelten, menschlichen Manövererfahrung der USOP deutlich sichtbar: Sie tauchten exakt im richtigen Zeitpunkt für den finalen Beschuss auf und waren ebenso blitzschnell wieder verschwunden.

Ende Oktober 10.007, Long Distance-Spaceships

Auf der KAULQUAPPE 1 und 2 war mittlerweile für die Abenteurer unter den Siedlern eine geradezu erschreckend eintönige Alltagsroutine eingekehrt. So wurden bereits erste Stimmen laut, die bemängelten, dass man besser in den heimatlichen Galaxien der Milchstraße und des Andromeda-Nebels hätte bleiben sollen. Denn dank den Reisen mit den Dimensionsschiffen war bekannt geworden, dass sich die neue Heimat anscheinend nicht wesentlich von der alten unterschied. Erster Anlaufpunkt würde ein Sonnensystem mit acht Planeten sein, von dem einer, der vorläufig nur Planet 5 genannt wurde, die besten Lebensbedingungen aufwies und ein anderer, der sog. Planet 3, bereits zur absoluten Tabuzone seitens der USOP und Atlas erklärt worden war. Das hatte auch die neue Regierung akzeptiert. Planet 5 sollte zunächst – ähnlich der Erde - der Hauptstandort werden. Später konnte der Rest der Kaulquappen-Galaxie frei erforscht und besiedelt werden.
Bei den monatlich stattfindenden Versammlungen war Admiral Francesco Moretti mit knapp 92 % Zustimmung zum ersten Gouverneur gewählt worden. Dieser hatte die Wahl allerdings nur unter Vorbehalt angenommen, da er sich noch nicht schlüssig war, ob er seine militärische Karriere zugunsten einer politischen aufgeben wollte. Die Position seines Stellvertreters hatte der atlantische Konsul Mahal übernommen, der durch seine freundliche und umgängliche Art angenehm aufgefallen war. Abgesehen davon war allen bewusst, dass die Atlanter an der Regierungsbildung beteiligt werden mussten. Als Verteidigungsministerin erhielt General Giulia Romano die

meisten Stimmen, als Oberbefehlshaber der Streitkräfte wurde Ares ernannt, als Wirtschaftsminister Arjun Sharma und für das Justizministerium hatte sich Chen Mailin hervorgehoben. Als oberster Richter wurde Oliver Cooper vorgeschlagen und gewählt. Der atlantische Botschafter Ben Smith, ein ehemaliger Ex-Präsident der USOP und ein Golden Future-Androide, wurde zum Gleichstellungsbeauftragten für Androiden ernannt, nachdem er in einer eindrücklichen Rede darauf hingewiesen hatte, dass hier eine Gemeinschaft von Menschen und Androiden zur Reise aufgebrochen war. In der neuen Welt sollten alte Ungerechtigkeiten nicht weiter Bestand haben, daher plädierte Smith für eine Anlaufstelle, in der diesbezüglich Wünsche und Forderungen aber auch Beschwerden genannt werden durften.

Damit standen die Grundpfeiler der neuen Regierung und Admiral Moretti stellte den Aufnahmeantrag in die USOP. Nach einer Befragung der 300.000 Siedler hatte sich ergeben, dass sich die meisten eine Anbindung an ihre alte Heimat wünschten. Formal war der Antrag bereits angenommen worden und nun warteten alle auf die Bestätigung durch das Parlament der USOP. Erst danach sollte ein Name für den neuen Heimatplaneten gefunden werden.

An einem Montagmorgen 11.00 Uhr UTC saß das Führungsquartett bei seiner täglichen Besprechung zusammen und diskutierte aufgetretene Probleme und die nächsten Schritte zusammen mit den übrigen fünf Regierungsmitgliedern.

Mahal hatte gerade den Wartungsplan für die nächste Pause des Warp-Flugs vorgestellt, als der kommandierende Officer Harun Khatib aus der Zentrale eine Meldung an Admiral Moretti schickte: "Wir haben eine ungewöhnliche Reaktion der Warp-Antriebe, Sir. Sie beschleunigen plötzlich, ohne dass es veranlasst wurde."

Moretti unterbrach die Sitzung und Commander Jules erhob sich, um sich die Situation genauer anzusehen.

Als er die Empore herunterkam stürzte bereits der Chefwissenschaftler, Philip Einstein, ein drahtiger 140-jähriger, auf ihn zu.

"Commander, sehen Sie nur", ernst wies Einstein auf den Holo-Bildschirm, der die Leistungsdaten der sechs Warp-Antriebe beider Raumschiffverbände zeigte, die in der Zentrale synchronisiert gesteuert wurden.

"Bisher hatten wir durchgängig Warp 4, aber jetzt erhöht sich die Geschwindigkeit aus unerfindlichen Gründen … wir sind schon bei Warp 6!"

Die Warp-Geschwindigkeit wurde bewusst niedrig gehalten, um eine bestmögliche Lebensdauer der Antriebe zu gewährleisten. Bisher konnte ein Warp-Antrieb der USOP nicht mehr als Warp 9 erreichen, allerdings mit Raumschiffen von maximal 2000 Metern im Durchmesser - nicht mit einem Riesen von fast 6.500 Metern Länge.

Jules erkannte schnell, dass die Geschwindigkeit immer weiter anstieg und als Versuche, diese zu drosseln fehlschlugen, kontaktierte er über sein internes Kommunikationsmodul die Bord-KI Wisdom. Doch die Ursache war unbekannt und so informierte er Moretti, Mahal und Ares, die gleich darauf mit den anderen Volksvertretern erschienen.

Nach kurzer Beratung wurde entschieden, die Warp-Antriebe abzuschalten, was für die Siedler wie eine normale Pause aussehen würde. Vorsorglich wurde eine Meldung an die Erde geschickt und nach 10 Minuten Vorbereitung leitete Einstein den Übergang ein.

"Was ist los?", fragte Moretti kurz darauf. "Warum fallen wir nicht in den Normalraum?"

Die Spannung in der Zentrale stieg spürbar und Einstein rief: "Ich verstehe das nicht: Die Antriebe lassen sich nicht runterfahren!"

Der Holo-Bildschirm zeigte an, dass mittlerweile Warp 9 erreicht war und die Geschwindigkeit sich weiter erhöhte. Noch hatte das auf Raumschiffverbände keine spürbare Wirkung - allerdings näherte sich die Temperatur in den Antrieben allmählich dem roten Bereich und die Energiemeiler kamen absehbar an ihre Grenze, die für die Antriebe benötigte Energie zu liefern und gleichzeitig den sonstigen Bedarf nach Energie zu decken.

Ares löste jetzt mit einem kurzen Blick auf Moretti die höchste Alarmstufe aus.

In den Raumschiffen wurden die Menschen jetzt über Ansagen gebeten, zügig ihre Quartiere aufzusuchen. Da bisher Wert darauf gelegt worden war, einmal im Monat Notfallübungen durchzuführen, folgte die Bevölkerung rasch und ohne Panik, wenngleich sich eine Beunruhigung breit machte. Gleichzeitig schlossen sich alle Außenluken und Sichtfenster zum Weltraum mit schweren Metalldeckeln, die Verbindungsröhren zwischen den Kugelraumern wurden abgeriegelt und die Notabtrennungen auf "Bereit" geschaltet. Denn die sechs Raumschiffe waren zur Not auch in der Lage, separat zu agieren.

In der Zentrale wurde fieberhaft nach einer Lösung gesucht. Mittlerweile war Warp 10 erreicht und es schien kein Ende in Sicht. Die Betriebstemperatur der Antriebe war in den kritischen Bereich übergegangen und auch die physikalische Konstruktion der beiden Raumschiffverbände hatte begonnen, der Geschwindigkeit zu unterliegen: Es traten hörbare Schwingungen und Resonanzen auf.

Versuche, die Energiemeiler abzuschalten und darüber die Warp-Antriebe außer Gefecht zu setzen, misslangen aus unergründlichen Gründen. Die zahlreichen

Sicherheitsabschaltungen, die ein solches Ereignis längst hätten verhindern müssen, schienen ebenfalls außer Funktion zu sein und eine Alarmanzeige nach der anderen tauchte visuell und hörbar auf.

"Wir werden die Abtrennung einleiten", entschied Commander Jules und, da niemand eine andere Lösung sah, wurde die Lösung der Raumschiffe aus dem Verbund eingeleitet. Mit ernster Miene beobachteten sie, wie sich die Entriegelungen zu öffnen begannen. Die Steuerung der sechs Warp-Antriebe war bisher hier in der Zentrale synchronisiert vorgenommen worden – aber vielleicht war es mit einer Separation möglich, die Lage in den Griff zu bekommen.

"Da stimmt was nicht", rief Einstein, dem jetzt die Schweißperlen auf der Stirn standen. "Damit die Raumschiffe endgültig freigegeben werden, müssen die Impulstriebwerke zünden. Aber … das tun sie nicht!"

Besorgt sah er zu ihnen: "Wir müssen die Entriegelung sofort wieder schließen. Durch den jetzt vorhandenen Spielraum einer nur begonnenen Lösung entstehen bei dieser Geschwindigkeit gewaltige, unkontrollierbare Vibrationen. Die Raumschiffe könnten mit den dementsprechenden Folgen aus dem Verband herausbrechen."

"Dann tun Sie das, sofort!", bellte Moretti.

Langsam aber sicher gingen die Optionen aus.

Die Temperatur der Antriebe war endgültig im kritischen Bereich angelangt. Als Folge stand eine Kernschmelze bevor – und schlussendlich die vollständige Vernichtung beider Raumschiffverbände. Die Anzeige wies jetzt Warp 11 auf – und das war eine bisher nicht getestete Geschwindigkeit.

War das das Ende ihrer Reise?

Das Führungsquartett und die anderen Regierungsmitglieder sahen sich wortlos an, während die Vibrationen und ein dumpfes Grollen und Dröhnen im Raumschiff unentwegt zunahmen. Die Androiden schienen gefasst das Kommende zu erwarten - doch Francesco Moretti empfand ein starkes Bedauern: Im Innersten war er ein Abenteurer, der den unbekannten Welten erwartungsvoll entgegengesehen hatte. Alles in ihm wehrte sich dagegen, dass er aus seiner Sicht vorzeitig den Tod finden sollte.

In der Zentrale waren aufgeregte Stimmen zu hören, denn mittlerweile hatten die Menschen realisiert, dass alles außer Kontrolle geraten war. Einstein setzte sich und schaute bleich und verstört ins Leere. In den Gesichtern der in der Zentrale anwesenden Offizieren erkannte Moretti angesichts des drohenden Schicksals Angst bis hin zur beginnenden Panik, manche standen wie versteinert oder begannen, ihrer Hilflosigkeit oder einer Wut Ausdruck zu verleihen.

"Halten sich irgendwo fest oder setzen Sie sich", rief Commander Jules laut und beruhigend in den Raum, die Geräusche übertönend. "Jeder sieht nach dem, der ihm am nächsten ist. Khatib, Sie kümmern sich um Sokolow."

Jeden Augenblick war es soweit und egal, wie es ausging: Eine Panik musste unter allen Umständen vermieden werden.

Unmittelbar darauf war ein ohrenbetäubender Knall zu hören, dem Sekunden später eine gewaltige Erschütterung folgte. Die Beleuchtung erlosch und dann flackerte die Notbeleuchtung auf. Doch - war das schon alles gewesen? Die Menschen im Raum schienen die Luft anzuhalten und keiner wagte, sich zu rühren.

"Wir sind im Normalraum – es ist keine Warp-Geschwindigkeit messbar", stellte Ares über die Bord-KI schließlich fest. Und allmählich wich die Starre und die Crew kehrte an die Pulte und die Holo-Bildschirme zurück.

Doch die dann einlaufenden Schadensmeldungen nahmen kein Ende. Die Zentrale war der Ort, der am besten abgesichert und geschützt gewesen war – was aber nicht auf die anderen Areale in den Raumschiffen zutraf. Nach einer Stunde stand das Ausmaß fest und alle sahen sich entsetzt an: Es hatte durch die Explosionen und die gewaltigen, erdbebenartigen Erschütterungen an die 15.000 Tote und nochmal knapp 60.000 Leicht- bis Schwerverletzte gegeben. Dazu waren sämtliche Navigationsanlagen beschädigt, sodass niemand zurzeit sagen konnte, wo sie sich überhaupt befanden. Alle sechs Warp-Antriebe waren komplett zerstört, aber sie hatten Glück im Unglück gehabt: Die Energiemeiler waren erhalten geblieben – wären sie auch noch explodiert, dann hätten sie alle wie erwartet den Tod gefunden.

Die Außenhülle der sechs Raumschiffe in den beiden Verbänden war im Wesentlichen intakt und hatte erstaunlicherweise standgehalten. Aber dadurch war der Schaden im Inneren umso größer: Überall waren Rettungskräfte im Einsatz, die Verletzte und Tote auf Bahren in die medizinischen Abteilungen brachten. Geschockte Menschen saßen herum, weinten oder irrten entsetzt durch die Gegend, nicht fassend, was eigentlich geschehen war. Reparaturtrupps mit Androiden begannen bereits mit den Aufräumarbeiten, aber es würde lange dauern, bis alles wieder hergestellt war.

Nicht zuletzt wurde festgestellt, dass die Schiffssensoren zum großen Teil beschädigt worden waren und einer Reparatur bedurften, damit sie überhaupt ihre Umgebung scannen konnten.

Im Laufe der nächsten Wochen wurde das größte Chaos beseitigt. Doch die Trauer über die vielen Toten und der Schock der Menschen, dass sich eine solche Katastrophe auf dem hochtechnisierten Raumschiff überhaupt ereignen konnte, saß tief.

Es fanden viele Trauerfeiern statt und Admiral Moretti hielt in seiner Eigenschaft als Gouverneur mehrere

Ansprachen. Anfänglich gab es hitzige Diskussionen mit Vorwürfen und Anklagen, wer für das technische Versagen verantwortlich war und die neuen Regierungsmitglieder hatten alle Mühe, die Menschen zu beruhigen unter dem Hintergrund, dass sie es vorerst ebenso wenig wussten.

Es wurde ein Krisenrat gebildet, der aus den Regierungsmitgliedern bestand sowie aus Wissenschaftlern der verschiedensten Fachrichtungen.

Die zerstörten Warp-Antriebe mussten ersetzt werden, was noch eine Zeitlang dauern würde - und danach musste alles geprüft werden. Solche Fehlfunktionen durften auf keinen Fall wieder auftreten.

Viele Sensoren auf den beiden Raumschiffverbänden waren bald wieder instand gesetzt geworden und beim ersten Eindruck der Umgebung hatten sie schnell festgestellt, dass sie sich in einem unbekannten Teil des Weltalls befanden. Auf eine Hilfe von der USOP war daher vorerst nicht zu hoffen. Die Funkanlagen waren zwar wieder funktionsfähig, aber der Krisenrat hatte entschieden, vorerst nicht auf sich aufmerksam zu machen, bevor sie nicht mehr darüber wussten, mit was oder wem sie es hier zu tun hatten.

Stattdessen sollte ein Beiboot die Umfeld untersuchen. Und wenn endlich ihre Position bestimmt worden war, würde ein weiteres Beiboot an die letzte, der Erde gemeldeten Koordinaten, geschickt werden.

Schließlich lagen auch erste Erkenntnisse über die Ursache der Katastrophe vor, die Chefwissenschaftler Einstein dem Krisenrat erläuterte.

"Die Auswertung der Messungen, die noch während des Flugs erfolgten, haben folgendes ergeben: Wir sind mit Warp 4 in etwas hineingerast, was man mit einer Art aktiviertem Schutzschirm vergleichen könnte. Zum einen wurde dabei ein gewaltiger Widerstand aufgebaut, gegen den unsere Kaulquappen ankämpfen mussten. Gleichzeitig haben wir Daten erhalten, die nur den Schluss zulassen, dass gleichzeitig unsere Antriebsenergie massiv angezapft wurde. Unverständlich blieb uns zunächst, wieso sich dann die Geschwindigkeit permanent erhöhte, bis unsere KI Spezialisten durch einen Zufall entdeckten, dass die Bord-KI manipuliert wurde."

Das war eine überraschende und unangenehme Neuigkeit, dachte Moretti. Hier war der endgültige Beweis, dass eine fremde Macht aktiv am Werk gewesen war. Sie war anscheinend in der Lage, die bordeigene KI mühelos und unbemerkt zu manipulieren.

"Die Sicherheitsvorkehrungen waren ebenfalls manipuliert worden und unsere Antriebe haben sich als Konsequenz so überhitzt, dass die Explosionen stattfanden. Allerdings wurden die Energiemeiler dabei automatisch durch eine Schutzschaltung von den Antrieben getrennt und das hat uns gerettet. Ich schlage vor, in gewissen Abständen systemrelevante Funktionen und die Sicherheitsabschaltungen manuell zu kontrollieren, um Beeinflussungsversuche festzustellen."

"Was wissen wir über dieses Energiefeld, in das wir, wie Sie sagten, hineinrasten?", fragte Commander Jules.

"Leider noch nicht viel. Ich kann Ihnen nicht sagen, ob es natürlichen Ursprungs ist oder künstlich erzeugt wurde", erwiderte Einstein.

"Ich höre gerade, dass unser Beiboot KQ1 von der Erkundung zurückgekommen ist", unterbrach Moretti.

Nach der Freischaltung in den Konferenzraum ertönte die Stimme von Commander Peters: "Admiral Moretti, wir sind auf etwas gestoßen, was Sie sich unbedingt ansehen sollten. Ich starte jetzt die Datenübertragung."

Auf dem riesigen Holo-Bildschirm, der sich gleichzeitig eingeschaltet hatte, erschienen vor den Augen des Krisenrats Schiffswracks, die im Weltraum schwebten.

"Was ist das denn?", äußerte sich Sharma. "Das sieht ja aus wie ein Raumschifffriedhof!"

Zumindest war das anzunehmen, denn alle wiesen starke Verformungen und massive Beschädigungen auf, was darauf schließen ließ, dass auch diese Schiffe ein ähnliches Schicksal ereilt hatte. Allerdings mit weniger Glück, denn es schwebten zwischen den Trümmern so etwas wie leblose Raumanzüge.

"Wie lange befinden die sich wohl schon dort?", fragte Chen.

"Das ist unbekannt. Es existieren keine Lebenszeichen", antwortete Peters.

Bei manchen dieser Raumschiffe war der ursprüngliche Aufbau noch erkennbar – überwiegend waren es unbekannte Würfel- , Kegel- oder Pyramidenformen.

"Wir sind also nicht allein im All", durchbrach General Romano die eingetretene Stille und sprach das aus, was allen gerade durch den Sinn ging.

Dann schwenkte die Bilderfassung um und vor den Augen der Anwesenden erschien ein gigantischer, grell heller Schlund, der gerade mit einem Laserstrahl ein Wrack anzog, das unendlich langsam in ihm zu verschwinden schien.

"Du meine Güte, was ist denn das?", fragte Admiral Moretti erstaunt.

Mahal äußerte sich spontan: "Es könnte eine Verwertungsanlage sein."

"In jedem Fall dürfte die Frage, ob die Ursache für unsere Katastrophe natürlicher oder künstlicher Natur ist, beantwortet sein", merkte jemand trocken an.

"Bleiben Sie weiter in Bereitschaft", wies Ares Commander Peters an und beendete die Kommunikation.

"Mal abgesehen davon, dass wir hier einen ersten Beweis gesehen haben, dass anderes Leben im All existiert stellt sich eine dringende Frage: Wurden wir bemerkt oder

handelt es sich hier um eine Art vollautomatische Anlage?", warf Admiral Moretti ein.
"Wir sollten eine Sonde ausschicken, um mehr über dieses Phänomen herauszufinden", schlug Commander
Jules vor, dem Ares sofort zustimmte.

Da die Sensoren mittlerweile alle wieder funktionsfähig
waren, wurde jetzt mit Hochdruck daran gearbeitet herauszufinden, wo sie sich eigentlich befanden.
Es hatte sich schnell herausgestellt, dass die Pulsare, die
ihnen wie funkende Leuchttürme in den Antriebspausen
bisher eine Orientierung geboten hatten, nicht mehr dort
waren, wo sie sich hätten befinden müssen. Einstein
stellte schließlich die These auf, dass sie während der Ex-
plosion bei Warp 11 aller Wahrscheinlichkeit nach vorne
in der Zeit katapultiert worden waren. Daraus folgerte er,
dass sie sich näher an ihrem Reiseziel als erwartet befinden mussten. Dieser These folgend entdeckten die Wissenschaftler, dass sie nur noch 120 Millionen Lichtjahre
von der Kaulquappen-Galaxie entfernt waren!
Gute 34 Jahre waren ihnen also erspart worden und das
war schlechthin eine Sensation. Es vergingen einige
Tage, um immer wieder die Überlegungen, die empfange-
nen Messdaten von den Fixsternen und anderen Pulsa-
ren, die sich auf dem Weg zur Kaulquappen-Galaxie befinden mussten, zu überprüfen - aber alle kamen immer
wieder zum gleichen Ergebnis: Sie hatten nur noch gute
14 Jahre Flugzeit vor sich.
"Das ist ja fantastisch", begeisterte sich Arjun Sharma.
"34 Jahre weniger – was für ein Wunder! Das ist wenigstens eine gute Nachricht in diesem ganzen Desaster."
"Ich stimme Ihnen zu", bemerkte General Giulia Romano
und fügte dann trocken an: "Vorausgesetzt wir kommen
hier aus dieser Situation lebend heraus."

Die beiden Spaceships hatten in dem 21 Monaten, die sie unterwegs gewesen waren, gerade einmal 14,7 Millionen Lichtjahre hinter sich gebracht. Und irgendwo dort hatten sie die letzte Nachricht an die Erde abgeschickt. Falls also die USOP eins der Dimensionsraumschiffe losschickte, dann würden sie sie nicht finden. Wie sollten sie bei dieser gewaltigen Entfernung die Erde über die gegenwärtige Position informieren?

"Es gibt nur eine Option", begann Admiral Moretti. "Wir schicken eins unserer Beiboote los, um unsere Position an die Erde zu übermitteln. Allerdings muss es dafür auf Warp gehen."

"Wir werden sicherheitshalber nur Androiden einsetzen", stellte Ares klar. "Es ist unbekannt, mit was wir in der 4. Dimension rechnen müssen."

Dem stimmten alle zu, denn letzten Endes wusste niemand, ob es bei einem Warp-Flug nicht erneut zur Katastrophe kam.

In den nächsten Tagen wurde das Beiboot KQ2 umgerüstet und mit dem Spezialmodul versehen, das die Kommunikation über die KI Caecilia mit der Erde während des Warp-Fluges, der dafür Voraussetzung war, ermöglichte. In weiser Voraussicht gab es in beiden Raumschiffverbänden acht Geräte. Commander Jules und Mahal bereiteten die Nachricht vor, in der, neben der ungefähren Position, alle Ereignisse und Vermutungen zusammengefasst waren.

Nach dem Abflug des Beiboots wurde der Warp-Flug in einiger Entfernung gestartet. Gespannt saß der Krisenstab in der Zentrale und wartete auf eine Rückmeldung. Und die ließ nicht lange auf sich warten: Nach einer halben Stunde tauchte ein Schiffswrack aus dem Nichts heraus nicht unweit von ihnen auf, sodass es mit einem Traktorstrahl geborgen werden konnte.

Betroffen erkannten sie, dass es sich um das ehemalige Beiboot KQ2 handelte: Die Vorsicht war berechtigt gewesen! Doch - war der Notruf geglückt?
Laut der Black Box, die jedes Raumschiff an Bord hatte, war das Senden einer Nachricht verzeichnet worden – aber es gab keine Empfangsbestätigung.
"Nun heißt es abwarten und hoffen, dass die Erde den Notruf erhalten hat", sagte Chen Mailin in die Runde.
"Aber sitzen wir hier nicht wie auf dem Präsentierteller?", fragte Oliver Cooper.
"Wir werden die Waffensysteme schnellstens auf Vordermann bringen", tat Admiral Moretti kund.
"Die Androiden arbeiten bereits daran", bestätigte Ares. "Unsere Kampfkraft sollte bald wieder hergestellt sein. Wir werden nicht chancenlos sein."
"Wir wissen zwar noch nicht, mit wem wir es zu tun haben", meinte Commander Jules, "doch sehr aktiv scheint der Gegner nicht zu sein. Vorerst liegen wir hier ungestört, und das schon seit Wochen. Und wir haben jetzt einen weiteren Anhaltspunkt: Der Flug im Warp-Raum ist der Auslöser."
"Das beschert uns das nächste Problem: Was nutzen uns die gesparten Jahre, wenn wir nur mit Normalgeschwindigkeit fliegen können?"
Ratlos sahen sich alle an.
"Gut", entschied Moretti. "Vorerst sind wir noch mit unseren Reparaturen beschäftigt. Bis wir damit fertig sind hat sich vielleicht auch schon die USOP gemeldet. Zumindest ist unsere Lage nicht ganz hoffnungslos."
Der atlantische Botschafter Ben Smith sagte nach einem Blick in die Runde: "Ja, wir hatten schon aussichtslosere Situationen zu bewältigen. Ich stimme Ihnen zu, Admiral Moretti: Wir sollten Schritt für Schritt vorgehen und sehen, was sich dann ergibt."

Trotz des Desasters hatte sich die Stimmung unmerklich gewandelt. Es war ein Kampfgeist, eine Zuversicht und der Wille entstanden, die vor ihnen liegende Herausforderung zu meistern.

Fortsetzung im 7. Band der Golem-Zukunftsreihe:
"Die Galaxie der Ersten"
Die Erscheinung wird angekündigt
auf der Homepage des Autors:
www.michael-rodewald-autor.de

Handelnde Persönlichkeiten

UNITED STATES OF PLANETS (USOP) im Jahr 10.005 - 10.007

Lew Romanow - 137 Jahre, Ex-Präsident der USOP in den Jahren 3120 - 3130 und erneut Präsident ab dem Jahr 10.000

Stella Armstrong - 157 Jahre, Verteidigungsministerin der USOP

General Minho Zhu - militärischer Oberkommandierender des Planeten Erde / ab 10.002 der USOP

Dimitrij Wolkow - 155 Jahre, Reporter und im Vorstand der größten Mediengesellschaft NEW NEWS TODAY

Justin Schwarz – Chefwissenschaftler der USOP, genialer Wissenschaftler und Spezialist in der Androidentechnologie, 138 Jahre, Schöpfer der Androidenkörper von Athena, Isis, Fynn und Golem

Finn Schwarz – 46 Jahre, Spezialist für das Fachgebiet Cyborgs- / Androidentechnologie

Maya Shan - 63 Jahre, Journalistin, Kritikerin der liberalen Androidenpolitik, Reporterin des Mars Horizon (Mond), ab Sept 10.003 beim Last Hope Sunrise (Last Hope, Andromeda)

Michael Röttger – Im Jahr 2160 entstandener Klon des Admiral Röttger

Androiden

Golem - Künstliche Intelligenz, die in der USOP eine Mitsprache über ein Vetorecht hat. Lange Zeit war er bei Veranstaltungen als Hologramm anwesend, bis die KI sich ab dem Jahr 3.179 als menschlicher, männlicher Androide mit dem Namen Apollo präsentierte. Im Jahr 10.000 nennt sie sich wieder Golem und ist ein gleichberechtigtes Mitglied des Nationalen Sicherheitsrats und des Parlaments bei vollem Mitspracherecht.

Athena - "Tochter" von Golem, aus einer Abspaltung der KI im Jahr 3.181 entstanden.

Isis Romanow - Ex-"Frau" von Golem, wie Athena aus der Abspaltung im Jahr 3.181 erschaffen. Heirat mit Lew Romanow im Jahr 10.000.

Ben Smith – Botschafter von Atlas auf Last Hope, Andromeda; Ex-Präsident der USOP ab dem Jahr 9.990 für die Dauer von fast 10 Jahren

Commander Jules - Commander der ADMIRAL RÖTT-GER, ehemaliges Flaggschiff der USOP

Han - Leitender Androide auf der ATLANTIS; später ab 10.003 stellvertretender Abteilungsleiter im Forschungszentrum der USOP

Fynn Shan – Im Jahr 10.003 erschaffener Doppelgänger von Golem mit späterer, eigener Existenz ab 10.004; Heirat mit Maya Shan.

Poseidon - Nummer 1 oder Oberbefehlshaber des Imperiums von Atlantis in der Zwerggalaxie NGC 147, vom Hubble Typ dE5 im Sternbild Kassiopeia, 300.000 Lichtjahre vom Andromeda-Nebel entfernt.

Hades – Commander des atlantischen Flaggschiffs 84294843999, stellvertretender Oberbefehlshaber von Atlas

Ares – Oberbefehlshaber der atlantischen Streitkräfte

Mahal – atlantischer Konsul auf Eden, Andromeda-Nebel

Bücher des Autors Michael Rodewald

"Gefangen im Zeitparadox"   Zukunftsreihe Band 1
von Michael Rodewald und Co-Autor Ralph Pape

Im Jahr 2153 wird die Welt von einem einzigen Staat, der UNITED STATES OF PLANETS (USOP) regiert, zusammen mit der Künstlichen Intelligenz (KI) "GOLEM."
Um eine Lösung für die Überbevölkerung auf der Erde zu finden, startet die EXTREMUS 1 von der Mondbasis in den Weltraum, auf der Suche nach bewohnbaren Planeten für die Menschheit. Durch eine nicht vorhersehbare Raumzeitverschiebung wird die EXTREMUS 1 und ihre Besatzung ins Jahr 1882 zurückversetzt. Der Science-Fiction-Thriller handelt von dem Zusammentreffen zweier Welten, wie sie unterschiedlicher kaum sein können. Nach der Landung ihres Shuttles auf der Erde suchen sie nach einer Möglichkeit zur Rückkehr in ihre Zeit. Wie wird die Crew im Jahre 1882 im Wilden Westen überleben? Gibt es eine Rückkehr?

"GOLEM   –   Die   künstliche   Intelligenz:
Das Artefakt der Ewigkeit"   Zukunftsreihe Band 2

Die künstliche Intelligenz GOLEM ist im Jahr 2153 mittlerweile unverzichtbarer Bestandteil und gleichberechtigter Partner einer Welt geworden, die über einen besiedelten Mond verfügt, eine schlagkräftige Raumschiff-Flotte vorweisen kann und die außerdem damit begonnen hat, den Mars durch Terraforming zu erobern. Und dennoch reicht das alles nicht aus: Das Problem der Überbevölkerung auf der Erde muss dringend gelöst werden!
Nach ihrer Rettung aus der Vergangenheit (Print/E-Book: "Gefangen im Zeitparadox") machen sich Admiral Michael Röttger und seine Crew erneut auf den Weg in die Andromeda-Galaxie, in der bewohnbare Planeten gefunden wurden.
Dort werden sie mit einem Relikt aus der Zukunft konfrontiert, das von einer Katastrophe durch Experimente in einer fernen

Zeit kündet. Erstaunliche Begegnungen, rätselhafte Ereignisse und ein Kontakt mit einer Technik aus einem viel späteren Zeitalter werfen viele Fragen auf, die nach Antworten verlangen.

Dazu wirft Amor in diesem Buch einen sehr außergewöhnlichen Pfeil: Ist es wirklich möglich, dass der Lebenspartner von Morgen ein Androide sein kann?

"GOLEM – Die künstliche Intelligenz: Die Zeiträuber"
Zukunftsreihe Band 3

Im dritten Band der Zukunftsreihe stehen Athena und Isis im Mittelpunkt, zwei humanoide Androiden, die mit ihren biologischen Partnern eine Zeitkatastrophe verhindern wollen, die die Menschheit im Jahr 3196 völlig auslöschen soll.

Aber nichts ist nichts so, wie es zunächst scheint. Verborgenes kommt ans Tageslicht und Schwarz und Weiß vermischen sich in spannender Weise in einer Welt, in der der Wunsch nach Unsterblichkeit vor seiner Vollendung steht. Welche Rolle spielen die Zeiträuber dabei und wer raubt letztendlich wem die Zeit?

"Das verborgene Imperium"   Zukunftsreihe Band 4

Der Planet Erde schreibt das Jahr 10.001.

Unsterblichkeit ist mittlerweile kein Thema mehr. Die verschiedenen Generationen und die künstliche Intelligenz Golem, ein humanoider Androide, der ein mittlerweile unverzichtbarer Berater der Menschheit mit einem Sitz im Nationalen Sicherheitsrat ist, plädieren für eine stete Erforschung und Erkundung neuer Planeten als Lebensraum. Lew Romanow steht dem Staaten- und Planetenbund USOP als Präsident vor. Seine schöne Androidenfrau Isis strebt als First Lady das Ziel an, eine Gleichberechtigung zwischen der Menschheit und den höherentwickelten Androiden zu erreichen.

Eines Tages kommt der Hilferuf eines Ex-Präsidenten aus einer anderen Galaxie herein. Und als der Erstkontakt mit einer fremden Rasse stattfindet, beginnt sich von heute auf morgen alles zu verändern.

"Die Welt der Schöpfer"   Zukunftsreihe Band 5

Im Jahr 10.003 steht die Menschheit an einem Wendepunkt: Wird die United States of Planets (USOP) die Herausforderung bestehen oder steht den Menschen und ihren hochentwickelten, humanoiden Androiden eine Besatzung durch ein Maschinenimperium bevor? Die Leser/innen erwartet ungewöhnliche Erlebnisse der Hauptfiguren und manch einer ist am Ende nicht mehr das, was er einst war - unwiderruflich verändert durch grenzüberschreitende Erfahrungen. Doch die Kraft der Liebe weist auch hier einen Weg und die wahren Helden des Alltags sind, wie so häufig, die, von denen man es nicht offen weiß.

Die KI GOLEM in den Jahren 2017 - 2023

"Die Bitcoinverschwörung"   Band 1 der GOLEM-Reihe

Eine künstliche Intelligenz, die sich selbst erkennt und in Wettstreit mit ihren Schöpfern tritt. Lassen Sie sich überraschen, dass nichts so ist, wie es am Anfang erscheint und folgen Sie den Kommissaren in eine virtuelle Welt, die mehr Einfluss auf die Realität nimmt, als wir Menschen wahrhaben möchten. Alles zeigt uns deutlich, dass wir an einem Scheideweg stehen und es nicht sicher ist, ob die Menschheit als Gewinner daraus hervorgeht, denn Machtstreben und Geldgier stehen wie so oft dem Fortschritt im Weg.

"GOLEMs Rückkehr"   Band 2 der GOLEM-Reihe

Wie viel Intelligenz darf sein, bis eine KI zur Gefahr für uns wird? Folgen Sie den Akteuren in eine Welt der Forschung im Spannungsfeld von internationalen Machtinteressen, Verschwörungen, aber auch persönlichem Zwiespalt, Eitelkeiten, Ehrgeiz und Egoismus.

"Das Zeitalter der KI beginnt" Band 3 der GOLEM-Reihe

Das Finale der Trilogie schildert den schwierigen Weg der KI GOLEM, als gleichberechtigter Partner der Menschheit anerkannt zu werden. GOLEM hat seine Grenzen durch seine

Abhängigkeit von den Menschen erkannt. Die KI hat akzeptiert, dass das Erreichen ihrer Ziele eingebettet sein muss in das nationale und internationale Geschehen. GOLEM ist konfrontiert mit den Eitelkeiten der Regierungen, dem Gewinnstreben der Konzerne und einem wachsenden Unmut der Öffentlichkeit.
Wie auch in den letzten beiden Teilen warten überraschenden Wendungen auf den Leser: Totgeglaubte erscheinen auf der Spielfläche, Amors Pfeil trifft die, die am wenigsten damit gerechnet haben, aus Gegnern werden Verbündete, neue Erfindungen sorgen für Aufruhr, persönliche Fassaden bekommen Risse und nicht zuletzt werden mutige Entscheidungen getroffen.

"GOLEM im Zeitalter der Cyborgs und Androiden"

Im vierten Band der GOLEM-Reihe begleitet der Leser / die Leserin die künstliche Intelligenz GOLEM weiter auf ihrem Weg, sich auf der Erde zu etablieren und ihre Existenz dauerhaft abzusichern. Dabei erweist sich GOLEM als kluger und geschickter Global Player, im Hintergrund die Fäden in seinem Sinne ziehend, ohne dass die Menschen es in dieser Gesamtheit erfassen können.
Der größte Feind des Menschen ist jedoch der Mensch selbst – und so sollten sich die Leser/innen auf einige Turbulenzen gefasst machen, bei denen aber auch das Herz nicht zu kurz kommt. Die Welt befindet sich im Umbruch und es entstehen neue Machtgefüge, die mit den Alten konkurrieren.
Wie in allen Büchern der Reihe verbinden sich im "Zeitalter der Cyborgs und Androiden reale Entwicklungen und Informationen mit einer spannenden Geschichte, sodass man sich stets fragt: Was ist bereits Wirklichkeit und was bleibt Science Fiction?

Weitere Bücher: www.michael-rodewald-autor.de